그 여자의
자서전

그 여자의
자서전

김인숙

소 설 집

창비

차 례

그 여자의 자서전

고양이를 좋아해요? 처음 만났을 때, 그가 내게 던진 질문이었다. 나는 긴장한 채 그의 말을 들었다. 그것이 단순한 질문이 아니라 그쪽에서 먼저 나를 파악하고자 하는 의도로 생각되었기 때문이다. 불쾌해할 필요는 없었다. 우리 관계에 있어서 파악되고 탐색되어야 할 쪽은 그쪽이었지만, 바로 그 때문에 그 역시 나를 알아두어야 할 필요가 있을 것이다. 고양이를 좋아하냐니, 이것은 심리테스트의 첫번째 문항을 연상시킨다. 예스와 노에 따라서, 다음 문항으로 넘어가는 화살표의 진행방향이 달라지는 것이다.

아내가 고양이를 좋아해요. 뜻밖에도 그는 내 대답을 오래 기다리지 않았다. 아비시니안 종의 회색 고양이죠. 본 적 있어요? 아니,라는 대답이 이번에는 좀 쉽게 나왔다. 그가 고개를 끄덕였다. 나도 아내가 그걸 일본에서 사가지고 오기 전까지는 한번도 본 적이 없었죠. 아내는 그걸 일본에서 사가지고 왔어요. 외국에서 고양이를 사가지고 오는 여자라니, 참 기가 막히죠. 짜식이 근사하기는 합디다. 남의 집 고양이라면, 나도 한번쯤은 등을 쓰다듬어주고 싶었을 거예요. 그런데 이게 내 집에 사는 고양이라…… 아내가 싫으면 이혼이라도 하겠지만, 이게 고양이니 어쩝니까. 고양이 없이 편하게 있고 싶을 때, 가끔 이 호텔을 이용합니다. 그래서 전에 같이 일하던 사람하고는 자연스럽게 이 호텔룸에서 작업을 하게 됐지요.

화살표의 진행방향이 엉뚱한 쪽을 가리키는 것 같았다. 하긴 고양이에 관한 질문에서 심리테스트 따위를 연상하다니, 내 긴장이 지나친 것일 터였다. 그와 나는 소개팅을 하러 나온 이십대 청춘도 아니고, 인생상담 때문에 만난 정신과 의사와 환자 사이도 아닌 것이다. 52세, 이호갑. 현재 내가 그에 대해서 정확하게 알고 있는 것은 그의 나이와 이름 정도에 지나지 않는다. 물론 그를 만나기 전 미리 건네받은 자료를 통해, 내가 알고 있는 어떤 사람에 관한 것보다도 더 많은 것을 그에 대해 알게 되었지만, 그런 정보들은 가변적인 것에 지나지 않았다. 나와 호텔룸에서 작업을 하고 싶다는 말을, 고양이를 좋아하냐는 질문으로부터 시작한 52세 이호갑을 나는 다시 한번 신중한 시선으로 바라보았다. 나이보다 젊다거나 지나치게 정력적으로 보인다거나 하지는 않았지만, 적어도 비만은 아니었고 머리가 벗겨지지도 않았다. 외모에서 전해져오는 혐오감이 없다는 것은 일단 다행스러운 일이었다.

객실까지 올라가는 동안, 엘리베이터 안에는 그와 나뿐이었다. 기묘한 느낌이 부드러운 카펫 위에 놓인 내 발바닥을 간질인다. 내가 관계했던 어떤 남자도 '나와의 관계'를 위해 이처럼 비싼 투숙비를 지불한 적은 없었다. 이 사람과 일 때문에 만난 게 아니라 관계를 위해 만난 거라면, 지금 엘리베이터를 타고 최고급 호텔의 스위트룸으로 올라가는 기분은 어떤 것일까. 그러나 나는 곧 홀로 머리를 저었다. 이제부터 내가 해야 할 일은, 정계에 진출하고 싶어하는 한 돈많은 남자의 자서전을 대필하는 일이지 소설적 상상력을 동원하는 일은 아닌 것이다. 23층. 엘리베이터가 멈췄다. 문이 열리자 오후의 햇살이 부드럽게 머물고 있는, 브라운색 카펫의 복도가 정적 속에 길게 놓여 있는 것이 보였다.

내가 그의 자서전 대필을 결심한 이유는 겉으로 어떤 이유를 둘러댄다고 하더라도, 결국엔 돈 때문이었다. 이미 그의 자서전 작업을 반나마 진행한 선배가 개인적인 사정으로 그 일을 중도에서 포기할 수밖에 없게 되었을 때, 선배는 자신이 받은 선금을 내게 지급하지 않는다는 조건으로 자신이 해온 일체의 작업결과를 내게 넘기겠다고 했다. 느닷없이 전화를 걸어와 '자서전 대필' 운운할 때는 이 사람이 날 어떻게 보고 이러나 불쾌한 기분이 들었지만, 통화를 끝낼 즈음에는 한번 생각해보겠다고 승낙이나 다름없는 대꾸를 하게 되었다.

그러나 전화를 끊은 뒤, 곧바로 찾아온 것은 참을 수 없는 모멸감이었다. 자서전 대필이라니…… 한 이삼년 혹은 일년만이라도 돈걱정 없이 쓰고 싶은 것만 쓸 수 있기를 바란 건, 이미 십년도 전부터의 일이었다. 그런데 쓰고 싶은 것을 쓰기 위한 매문이라니…… 그런 모멸감에도 불구하고, 자서전 대필로 내가 받게 될 목돈이 지난 십년 동안 내가 벌어들인 어떤 돈보다도 크다는 사실을 무시할 방법이 없었다.

그날 밤, 나는 여느날과 다름없이 노트북 앞에 앉아 있었다. 책상 반대편에 놓아둔 텔레비전에서는 홈쇼핑 광고가 끝없이 반복되고 있었다. 누군가는 글을 쓰기 시작하면 책상 위에 묻은 먼지 하나도 견딜수가 없고, 시곗바늘 돌아가는 소리조차 견딜 수 없다지만 나는 오히려 정적을 참지 못하는 편이었다. 한동안은 클래식씨디를 틀어놓고 일을 했고, 또 한동안은 라디오 음악프로를 틀어놓았지만 최근에 들어서는 텔레비전을 틀었다. 등뒤에서 울려오는 홈쇼핑 광고처럼 내게 더이상 안온한 소음은 없었다. 나는 노트북의 자판을 두들기거나 책을 읽다 말고, 마치 뭣에 잡아챈 듯 등을 돌려 정신없이 수화기를 집어들곤 했다. 내가 전화기의 버튼을 누르는 순간에도 침구쎄트며, 건강보조기구, 신소재 가정용품의 현장판매 숫자가 숨막히게 올라갔다. 걸려라, 걸려. 정해진 차수의 착신자에게는 보너스 사은품까지 지급된다는 광고를 초조하게 바라보면서 나는 잭폿을 바라기나 하는 것처럼 소리내어 외치기까지 했다. 걸려라, 걸려!

그러나 그날 밤, 나는 아무것도 구매하지 않았다. 눈앞에 현실화된 목돈이 느닷없이 내게서 그런 자질구레한 구매충동을 사라지게 하기라도 한 것일까. 한 줄의 글도 쓰지 못하고, 한 페이지의 책도 읽지 못하고, 열장들이 란제리쎄트를 구매하는 정확하게 오십번째의 고객이 되기 위해 수화기 쪽으로 몸을 던지지도 않은 채, 그 밤이 그냥 그렇게 깊었다.

전형적인 자수성가형. 선배가 내게 넘겨준 자료에 특별히 밑줄표시가 되어 있는 글귀였다. 그 소제목 밑으로, 그의 가족관계와 성장배경, 업적(!) 등이 정리되어 있었다. 그는 부농 집안에서 태어났으나 부친이 가산을 탕진하는 바람에 소년기를 참담한 가난 속에서 보낸다——전형적이로군! 그는 쌀집 배달부로 청춘을 시작하는데 그의 뚝심과 성실성을 인정한 쌀집 주인의 후원으로 고등학교 졸업자격을 검정고시로 딸 수 있었을 뿐만 아니라, 자기 몫의 가게를 낼 수 있게까지 된다——이건 어디서 많이 들어본 듯한 얘기잖아. 쌀장사로 치부의 기반을 마련한 그에게 다가온 첫번째 행운은 누구한테 거저 가져가라고 해도 거들떠보지 않던 고향땅의 값이 상승한 것이었다. 이때부터 그는 부동산투자에 적극적으로 나서기 시작했고, 이것은 그가 엄청난 재산증식을 하게 되는 결정적 요인이 된다——선배는 이 부분에 또다른 색깔의 밑줄을 그어놓았다. 적어도, 겉으로 내세울 만한 이야기는 아니라는 얘기다. 뒤늦은 나이에 그는 대학에 입학하는데 그가 선택한 전공은 사회사업학과, 왜냐하면 자신이 증식한 돈을 사회에 환원하고 싶었기 때문에——이쯤 되면 더이상 토를 달 말도 없다! 그후 복지재단과 장학재단의 설립 등등.

선배의 노트는 정리가 어찌나 잘되어 있던지 오래 읽어가면서 곱씹을 필요도 없었다. 선배의 노트를 뒤적이면서 내가 곱씹은 것은 그의 경력들이 아니라, 오히려 선배가 밑줄을 그어놓은 소제목 '전형적인 자수성가형'이라는 글귀였다. 선배는 아마도 자신이 써나가게 될 자서전의 방향을 그런 식으로 잡고 싶었던 모양이다. 하기야 우리 사회에 깔고 앉은 땅의 값이 폭등해 치부의 밑바탕이 되고 인생의 소중한 교훈이 되어, 내친김에 부동산투자에 전념, 졸부가 되는 케이스처럼 '전형적인' 것이 어디 있겠는가. 고작 쌀집 배달부였을 뿐인 청년이, 쌀부대에서 떨어진 낟알들을 한알 한알 모아 마침내 자신의 쌀부대를 다 채우고도 남아 복지재단과 장학재단까지 설립했을 뿐만 아니라 거액의 돈을 들여 자서전을 대필시킬 정도로 부자가 됐다는 것은, 우리

사회에서는 확실히 비전형적인 일일 것임에 틀림없다.

얼마 동안 작업은 순조롭게 진행되었다. 갑자기 복권이라도 당첨되었는지 거의 다된 일을 내게 넘기면서 했던 선배의 말처럼, 정말이지 어려울 것은 없어 보였다. 그에 관한 자료들은 이미 전부 녹취되어 있었고, 버려야 할 것과 버리지 말아야 할 것들에 대한 별도표시들도 일목요연했다. 오십대 남자의 자서전을 여자작가가 대필하는 일이 의뢰인에게 만족스러운 일이겠는가 싶었으나, 오히려 여자작가를 원한 것은 그쪽이었던 모양이다. 52세 이호갑의 인생역정 중에 유일한 불행은——그 자신에게가 아니라 그의 자서전에 있어서 말이다——공식적으로만도 이혼을 두 번씩이나 한 경력이었다. 그는 자신의 자서전에다 그 세세한 사연들을 전부 밝히고 싶어하지는 않았지만, 혹시 여성유권자들에게 야기될지도 모를 오해를 막기 위해 그들을 사로잡을 수있는 글쓰기가 필요하다고 생각했던 모양이다. 집필을 시작한 지 한 달 만에 그에게 초고를 보여주었을 때, 그가 가장 만족스러워했던 것도 바로 그 부분이었다. 사실 나는 몇명인지도 알 수 없는 그의 아내들이 어떤 사람들인지에 대해서는 거의 아는 바가 없었다. 알고 있는게 있다면, 외국여행에서 돌아오는 길에 유명상표의 향수나 핸드백이 아니라 아비시니안 종의 회색 고양이를 사들고 왔다는, 현재의 아내에 대해서뿐이었다. 나는 최근의 추세를 감안하여 그녀를 동물애호가로, 그런만큼 사랑과 헌신이 풍부한 여자로 묘사했다.

그러나 아무리 일이 순조롭다고 해도, 넘기 힘든 부분은 있는 법이다. 자서전에서 그가 가장 잘 표현되기를 바라는 핵심적인 부분은 그의 말을 빌리자면 그 자신의 '민주주의에 대한 기여'였다. 이 경멸스럽기 짝이 없는 조어는, 그 나름대로는 고심끝에 만들어낸 것인 모양이다. 그는 애석하게도(!) 감옥에 가본 적이 없고, 지난 세기의 그 어떤 정치적인 사건에도 연루된 바가 없는 사람이다. 더욱 애석하게도 그는 정치적으로 가장 엄혹한 시기에 그의 재산 대부분을 축적했다. 그는 두 번의 이혼을 감상적인 묘사로 슬쩍 넘기기를 바랐던 것과는 달리, 이 부분만은 어떤 방식으로든 명확하게 표현되기를 바랐다. 그러니까 그의 재단에서 지원을 한 단체 중에 재야단체가 있었다는 것, 그 재야단체의 유명한 누군가에게는 비밀리에 사적인 지원을 한 바도 있다는 것, 물론 극도로 엄혹했던 시대의 일은 아니지만 그래도 당시까지만 하더라도 그건 매우 위험한 일이었다는 것, 그랬음에도 재단 이사회의 우려에도 불구하고 그가 지원을 결정한 것은 그 일이 우리 사회의 민주주의를 앞당기는 데에 있어서 매우 필요한 일이라고 생각했기 때문이라는 것……

나는 그가 원하는 것이 무엇인지를 이해했다. 시대는 변했고, 이제 변화한 시대의 이력서에는 과거의 운동경력이 명문대학의 졸업장만큼이나 필수적인 것이 되어버렸다. 그를 이해하는 것은 어렵지 않았으나, 내가 하는 일을 받아들이기까지는 좀 시간이 걸렸다. 나는 내가 쓰고 있는 게 그의 전기가 아니라 자서전이라는 사실을 반복해 떠올렸다. 그러니 글을 쓰고 있는 건 내가 아니라 내 손일 뿐이었다. 내게는 그가 원하는 무엇이든, 그것이 설령 진실이 아니고 사실도 아니라고 하더라도 써야만 할 의무가 있는 것이다. 나는 밤을 새워 쓰고 또 썼고, 그러면서 이 일이 빨리 끝나 내 손에 목돈이 들어와주기만을 바랐다. 그러나 그는 적어도 그 부분에 관한 한은 내 원고에 쉽사리 만족하려고 들지 않았다.

"이봐요, 작가양반."

그는 늘 나를 그렇게 불렀다.

"작가들이란 게 없는 말도 잘 불려서 하더구만, 있는 일에 살도 못 붙인단 말이요?"

그의 자서전 원고를 쓰는 동안에도 내 등뒤의 텔레비전에서는 낮이고 밤이고 홈쇼핑 광고가 방영되었다. 순조롭게 글이 씌어지던 동안에는 내용을 구분할 수 없는 그저 편안한 소음으로만 들리던 광고가 일이 꼬이기 시작하면서부터 다시 충동적으로 들리기 시작했다. 홈쇼핑에서 사들인 물건들은 옷장 속이나 씽크대 안, 심지어는 신발장과 침대 밑에도 가득했다. 충동적인 구매를 억제하기 위해 나는 방안의 전화기를 거실로 옮겨놓았다. 노트북의 자판을 두드리다 말고 거실까지 뛰어나가는 동안 방문턱에 걸려 넘어지듯, 내가 지금 뭘 하고 있는 건가, 하는 생각이 번쩍 들었다. 충동구매에 관한 한은 기대 이상의 효과가 있었지만, 다시 노트북 앞으로 돌아와 앉았을 때는 더이상 자판을 두드리고 싶은 욕구도 사라져버렸다.

그즈음에 늘 그게 그거이던 홈쇼핑 광고 중에, 뜻밖에도 전집류의 서적 판매광고가 방영되었다. 보통 사람들보다 한 옥타브쯤은 높은 목소리를 지닌 쇼핑호스트들이 날카롭고 선정적인 음성으로 그 책이 얼마나 재미있는지, 얼마나 문학적인지, 또한 얼마나 지적인지 선전하는 것을 나는 귀가 먹먹해지도록 들었다. 내게는 전혀 필요도 없는 남성정력제 광고에조차 간혹 충동구매욕을 느끼던 내가 무슨 까닭인지 그 광고에 대해서는 아무 구매욕이 일어나지 않았다. 결국 텔레비전을 껐고, 잠시 후에는 노트북도 꺼버렸다.

어린시절, 내 가난한 집의 마루에 놓여 있던 책장에는 위인전과 역사소설 따위의 전집류들이 가득했다. 아버지는 책에 대한 애착이 대단했다. 그는 한가한 시간마다 책에 쌓인 먼지들을 닦아내고, 혹시 순서가 뒤바뀌어 꽂힌 책들이 있으면 그걸 정성껏 바로잡아 가지런히 해놓기도 했다. 그러나 정작 그가 그 책들을 꺼내 읽으면서 침을 묻혀 책갈피를 적셔놓는다거나, 어느 한 귀퉁이에라도 접힌 자국을 만들어놓는 것을 본 적은 없다. 지금 생각해보면 그는 독서광이었다기보다는 수집광이었던 것 같다. 그런데도 그는 아직 어렸던 아들을 그 전집류의 책들이 꽂혀 있는 책장 앞에 불러앉혀놓고 말하곤 했다.

— 책을 읽어야 한다. 바로 이 안에 세상이 있고 진리가 있고 길이 있단 말이다.

그리고 아버지는 이렇게도 말했다.

— 아버지가 너희들한테 가르쳐주지 못하는 것들도 이 안에는 있단 말이다.

책 속에 들어 있는 세상과 진리와 길을 이야기할 때와는 달리, 이런 말을 할 때의 아버지의 목소리는 조금 슬프게 들렸다. 그러나 어떤 이야기든, 어린 소년이 듣기에는 지루하기 짝이 없는 연설일 뿐이었다. 쉬 끝나지 않는 아버지의 말이 이어지는 동안 오빠는 허리를 비틀고 다리를 꼬았다. 딸이어서 그런 연설을 들을 필요가 없었던 나는 오히려 아버지의 그 길고 장황한 연설이 듣고 싶어서 애가 달았다. 나는 그때부터 이미 작가가 되고 싶었고, 내 책이 언젠가 아버지의 책장에 꽂히는 것을 상상하는 것만으로도 가슴이 벅찼다. 깊은 밤, 마당에 있는 화장실에 갔다가 마루로 올라설 때, 아버지의 빛나는 책장 한칸에 오두마니 앉아 있는 내 모습이 보이기도 했다. 나는 사람들이 책꽂이에서 나를 꺼내어, 내 삶의 책갈피마다 담뱃내가 풍기는 손냄새와 들척지근한 침을 적셔주기를 바랐다. 침이 묻고, 접혀지고, 끝내는 나달나달해져가는 내 생은, 그러나 온갖 빛나는 사건들로 화려하리라고 믿었다. 그러고 보면 내가 되고 싶었던 것은 작가가 아니라 책이었던 것일까. 그리고 아버지는 그걸 알아차렸던 것일까. 내가 작가가 되겠다고 했을 때 아버지의 말은 이러했다.

　　──시집이나 가라니까, 팔자 사납게 글은 무슨…… 돈도 안되는 것을 직업이라고, 어쩌겠다는 건지……

　지금은 돌아가신 아버지의 혀차는 소리가 집안의 정적 속에서 짯짯, 울리는 것 같다. 그 환청을 참을 수가 없어서 리모컨을 들어 다시 텔레비전의 전원을 켜는데, 동시에 전화벨이 울렸다. 홈쇼핑입니다, 어떤 물품을 구매하시려는지요? 수화기를 집어드는 내 손이 습관처럼 경쾌해졌다.

　"여보세요."

　수화기 속에서는 곧바로 말이 없었다. 나는 다시 한번 여보세요, 했다. 어떤 물품을 원하시는지요? 만일에 불로장생 신비의 영양제를 원하신다면 당신은 백번째의 구매고객으로, 정력팬티 한쎄트를 보너스로 받게 됩니다. 그러나 굳이 정력팬티를 구매하시겠다면, 당신은 역시 백번째의 구매고객으로 불로장생 신비의 영양제 한쎄트를 보너스로 받게 되겠군요.

　"여보세요?"

　"……나다."

　머뭇머뭇 소심하게 울려오는 목소리가 오빠의 것임을 확인하는 순간, 수화기를 잡고 있던 내 손목에서 경쾌함이 바스라졌다. 오빠가 이렇게 머뭇머뭇 전화를 걸어올 때의 용건이란 뻔했다. 이번엔 또 뭔가 했더니 난데없이 영업정지 운운이다. 지난밤 오빠네 통닭집에 느닷없이 경찰들이 들이닥쳤는데 하필이면 그때 홀에서 술을 마시고 있던 애들이 미성년자였다는 것이다. 경찰서에서 밤새 조사를 받고 나오는 길이라는데, 영업정지는 물론이고 벌금이 만만치 않을 것 같다는 얘기였다. 더듬더듬 사정을 얘기하면서 오빠는 몇번이나 걔들이 미성년잔지는 정말 몰랐어,라고 반복했다. 오빠가 내게 그렇게 몇번이나 반복해 말하지 않더라도, 내가 오빠를 믿지 못할 이유는 없었다. 그는 내게든, 누구에게든 거짓말을 하는 사람이 아니었다. 그는 늘 정해진 대로만 살았고, 그의 삶은 늘 가난한 정답으로만 가득 찼다. 너한테 정말 미안하다, 그 고지식한 남자는 내게 늘 그렇게 말했다. 미안하기도 할 것이다. 그의 고지식한 삶의 댓가가 그 자신에게는 물론이거니와 가족들에게 얼마나 지긋지긋한 짐인지, 그 역시 모를 리가 없을 테니 말이다. 나는 조금만 기다려보라고, 곧 목돈이 생길지도 모르겠다고 대답했다. 별수없는 일이니 가급적 다정하게 말하려고 애를 쓰기는 했으나, 가슴속에서는 노여움과 분노가 벌레처럼 버글거렸다. 아버지가 돌아가신 뒤 내 대학학비를 전부 대주었고 고향집을 처분했을 때는 그 몫을 떼어, 비록 전세 반지하 연립이나마 내 몫의 집까지 마련해준 오빠였다. 그때마다 한번도 선의에 찬 표정을 지우지 않았던 오빠였으나, 어쩌면 오빠도 매순간 몸속에서 벌레가 버글거리는 느낌을 받았을지도 모를 일이다.

한번 꼬이기 시작한 원고는 도무지 풀릴 기미가 보이지 않았다. 이호갑이 불만스러워하는 부분을 도대체 어떻게 채워넣어야 할지도 알 수가 없는데, 설상가상으로 그의 첫번째 아내라는 여자에게서 전화가 걸려오기까지 했다. 간혹 이호갑의 비서에게서 전화를 받기는 했지만 이호갑의 아내에게서, 그것도 전부인에게서 걸려올 전화 같은 게 있을 리 없었다. 내가 영문을 모른 채 네, 네 하고 있는 동안 여자가 쏟아붓듯이 한 말은, 이호갑이 천하의 사기꾼이라는 것, 인간말종이라는 것, 심지어는 사람을 죽여도 여럿 죽인 살인마이기까지 하다는 것이었다. 처음에는 네, 네 했지만 나중에는 아무 대꾸도 없이 수화기를 들고 있기만 했는데, 여자는 그런 내 반응이 모욕적으로 여겨지기라도 했던 것일까.

"돈 몇푼에 그런 인간의 전기를 쓰겠다고 나서다니, 부끄럽지도 않아?"

느닷없는 반말과 함께 전화가 탁 끊겼다. 전화가 끊기고 나서도 나는 한참 동안이나 수화기를 든 채로 멍하니 있었다. 시간이 조금 흐르고 나자 내가 일방적으로 당하기만 했다는 생각이 들었고, 좀 분하다는 생각이 들기도 했다. 나는 뻔히 끊긴 줄 알고 있는 전화기에 대고 여보세요, 했다. 여보세요, 내가 쓰고 있는 건 그의 자서전이지, 전기가 아닌데요. 게다가 자서전을 쓰는 건 그 사람이지, 내가 아닌데요.

그러나, 그렇다면 나는 뭔가.

"이봐요, 작가양반."

그의 전부인에게서 이상한 전화가 걸려왔었다는 얘기를 했을 때, 이호갑은 대수롭지 않다는 듯, 언제나 그렇듯이 나를 어색하기 짝이 없는 호칭으로 불렀다.

"작가양반만큼 나를 잘 아는 사람도 없지요. 안 그런가요? 이제는 어쩌면, 나 자신보다도 더 날 잘 아는 사람이 작가양반일지도 몰라요.

그러니 작가양반이 나에 대해서 생각하는 것, 그게 아마 나에 관한 진실이겠지요."

이상한 전화의 내용이 무엇인지는 묻지도 않은 채, 그는 그렇게 말하고 더 해명해야 할 말이 있느냐는 듯 의연한 시선으로 나를 바라보았다. 이호갑은 말을 잘하는 사람이었다. 혹시 정계에 진출하기 위한 준비로 어디 웅변학원 같은 데서 화술을 배운 적이 있지 않은가 여겨질 정도였다. 그러나 이호갑이 내게 진실 운운하는 말을 했을 때 비로소 나는 문제는 화술이 아니라는 것을 깨달았다. 갑자기 두통이 시작되면서 머릿속이 쿵쿵 울렸다. 이호갑, 그와 나의 관계에 있어서 나는 뭔가. 이것을 해명해야 할 상대는 이호갑의 전부인이 아니라 바로 이호갑 본인에게서였고, 또는 나 자신에게서였다. 나는 대필자에 지나지 않는다는 것, 내가 받는 댓가는 그것에 관한 것뿐이라는 것, 적어도 내게는 그의 진실을 감당할 이유 같은 건 없다는 것, 그러니 당신이 천하의 사기꾼이든 살인마든, 그런 건 내가 알 바 아니라는 것, 그중의 어느 한마디라도 똑똑히 해둬야만 한다는 생각이 들었으나, 기껏해야 생각일 뿐이었다. 두통에 이어 속이 메스꺼워지는 기분을 견디기가 힘들었다.

그날 내가 선배에게 전화를 걸었을 때, 선배는 강의 준비중이라고 했다. 느닷없이 무슨 강의인가 했더니 실은 모교에 자리가 생겨서 일주일에 몇시간씩 강의를 하게 되었다는 것이다. 복권이라도 당첨되었나 했더니, 선배의 복권이란 게 기껏해야 정식 교수 자리도 아닌 일주일에 몇시간짜리 시간강사 노릇이었다. 그러나 번번이 정식 교수 자리를 따내는 것에 실패한 선배로서는, 어쨌든 서울의 중앙에 있는 대학에서 강의경력을 쌓아가는 게 중요한 일이기도 한 모양이었다.

　나를 만나자마자 그는 내 얼굴이 안 좋아 보인다고 했다. 얼굴이 안 좋아 보이기는 그 역시 마찬가지였다. 그는 아무도 기억하지 못하는 소설을 몇편 쓰기도 했고, 사람들이 잘 알지 못하는 출판사의 기획위원이기도 했고 무슨 시민단체의 명목상 집행위원이기도 했다. 그러나 그가 갖고 있는 여러가지 명함 중에, 진정으로 그를 만족시키는 것은 아직 없는 듯했다. 그에게 정식 교수 명함이 생긴다고 하더라도, 그것이 그에게 가장 행복한 명함이 될지는 알 수 없는 노릇이었다.

　"아직 두번째 마누라는 안 나타났나?"

　이호갑의 첫번째 아내라는 여자에게서 기분나쁜 전화를 받았다고 내가 말했을 때 선배는 대수롭지 않다는 듯, 그렇게 내 말을 받았다. 농담을 참 재미없게 하는구나 하며 기분이 언짢아지려고 하는데, 선배의 말은 정작 농담이 아니었던 모양이다.

　"두번째 아내라는 여자는 자기 전남편을 세상에 둘도 없는 파렴치범이라고 하더라. 공식적인 부인은 아니었던 모양인데, 어쨌든 자기랑 헤어지기도 전에 이미 딴 여자랑 살림을 차리고 있었다구. 그러고는 툭하면 자기를 두들겨팼다는 거야. 그때 떼어놓은 진단서가 열두 장이라나 열세 장이라나……"

　내 얼굴이 질리기라도 했던 것일까. 선배가 가벼운 말투를 접으면서, 비로소 진지하게 말을 이었다.

　"내가 보기엔 그들이 원하는 건 한가지야. 이호갑의 자서전에 자기들이 등장하지 않기를 바라는 거지. 이호갑이 어떤 인물로 그려지는가가 문제인 게 아니라 그 속에 등장하는 자신들의 이미지가 걱정이란 거야. 그런데 그들한테는 자신을 지킬 수 있는 수단이란 게 없어.

이호갑을 나쁜 놈으로 만드는 것밖에는 말이야."

"그럼 선배의 말은 이호갑이 그렇게까지 나쁜 사람은 아니라는 소리인가요?"

내 말에 선배는 의외라는 표정을 지어 보였다. 내게서 그런 질문을 받게되리라고는 생각도 못했다는 듯이 그는 좀 어이가 없다는 듯한 목소리를 내기까지 했다.

"물려받은 재산도 없는 빈털터리가 지금 그 정도로 부자인데다가, 더군다나 정치를 하겠다고 꿈꾼다면, 대답은 간단한 거 아니니?"

그럴까, 대답은 간단한 것일까. 내가 선배에게 묻고 있는 것이 그의 인간성에 관한 진실은 아니었다는 생각이 들었으나, 그럼 뭔가,라는 질문에는 다시 대답이 나오지 않았다. 한동안 커피잔만 만지작거리고 있는데 선배가 말을 이었다.

"넌 이호갑이 너한테 말한 것 중에 몇 프로나 사실일 거라고 생각하니? 부친이 가산을 탕진하는 바람에 쌀집 배달부로 청춘을 시작했다는 거, 그게 사실일 거라고 생각해? 그럼 고등학교 검정고시는? 대학졸업장은? 그리고 재단은? 그런 재단이 실제로 존재하기나 하는 걸까?"

"무슨 뜻이에요?"

"그 인간에 대해서 뭘 알고 싶어? 이호갑은 그냥 이호갑일 뿐이야. 네 소설 속 주인공이 아니라구."

나는 좀 멍한 표정으로 선배를 바라보았다. 이호갑이 내 소설 속 주인공이 아니란 건 나도 안다. 내가 쓰고 있는 것이 소설이 아니란 건 누구보다도 내가 잘 알고 있다. 그러나 그가 소설 속의 주인공이 아니고 내가 쓰고 있는 게 소설이 아니라면, 현실은 무엇이고 소설은 무엇일까.

"자서전은 왜 그만둔 거예요?"

나는 미심쩍은 목소리를 감추지 못한 채 선배에게 물었다. 시간강사 자리를 따냈다고는 해도, 그것이 이호갑의 자서전 작업을 포기하게 할 정도로 바쁜 일은 아닐 것 같았기 때문이다. 선배는 조금 망설이는 듯하다가, 할 수 없다는 듯이 입을 열었다.

"우리 아버지가 홧병이 나서 돌아가실 뻔했다는 얘길 한 적이 있지?"

어렴풋이 기억이 날 듯도 했다. 선산과 관계된 이야기였던 것 같다. 평생 땅 일구는 재주밖에는 없던 선배의 아버지가 어느날 나타난 서울사람들이 밥 사주고 술 사주고 하자 얻어먹는 재미에 빠져 얼마 동안 신선놀음을 하고서는 손에 쥔 돈도 없이 선산만 뺏기게 됐다는…… 그러나 홧병으로 죽을 지경이었다던 사람은 선배의 아버지가 아니라 선배 본인이 아니었던가. 그러잖아도 선배는 선산을 팔아 돈을 챙기고 싶어 안달이 나 있었던 것이다. 그는 '미련한 아버지' 때문에 헐값으로 사라져간 선산을 생각하면 화병이 나 죽을 지경이었으나, 그런 일이 없었다면 선산이 돈으로 변하는 것은 결코 구경도 못했을 선배의 입장에서는 오히려 잘된 일이라 할 만했다. 당시 선배는 열 평이나 넓은 아파트를 구입해서 이사를 했다.

"근데 하필이면 그게 이호갑의 재단하고 관계가 됐던 일인 모양이야. 내가 이호갑의 자서전을 쓴다는 걸 아시고는 노인네 어찌나 길길이 날뛰시는지……"

"선배는 몰랐던 거예요?"

선배는 대답 대신 피식 웃음을 지어 보였다. 나도 더이상은 묻지 않았다. 선배는 몰랐을 것이다. 그렇게 생각하면 간단한 일이다. 이호갑에 대해서도 마찬가지다. 어차피 이호갑의 자서전에 대필자의 이름 같은 건 존재하지 않을 테니까.

나는 홈쇼핑에서 구매한 고성능 주방세척제를 싸들고 오빠를 만나러 갔다. 오빠랑 한바탕 싸움이라도 한 걸까, 얼마나 울었는지 눈이 퉁퉁 부은 올케가 가게의 쪽문을 따줬다. 생색도 내지 못한 채 주방세척제를 테이블 위에 슬몃 내려놓았다가, 잠시 후 그걸 도로 테이블 아래로 감추었다. 일이 생길 때마다 나 같은 동생한테밖에는 전화를 걸 데가 없는 오빠나, 그런 오빠를 찾아오면서 주방세제 따위나 싸들고 오는 나나, 한심하기는 매한가지였다. 올케에게 영업정지에 관해서는 물을 엄두도 나지 않아서 다시 쪽문을 열고 바깥으로 나왔더니, 상가 한켠의 평상에 앉아 있는 오빠가 보였다. 손에 담뱃갑을 든 채로 우두망찰 달리는 차들만 바라보고 있는 오빠의 옆모습이 오래 전의 아버지와 꼭 닮아 있었다.
　—씨는 못 속인다고, 지 애비만 똑 닮아가지고……
　고지식한 오빠가 답답하게 여겨질 때마다 어머니가 했던 말이다. 아버지 살아생전에도 어머니는 툭하면 그런 말을 하곤 했는데, 어머니가 뭐라고 하든 아버지는 가타부타 대꾸가 없었다. 아버지의 그런 침묵은 어머니의 모욕적인 언사에 대한 동의처럼 여겨졌다. 그는 당신이 원하는 대로 아들을 키웠고 아들은 아버지의 뜻대로 컸으나, 아버지는 그런 아들이 흡족하지 않은 것 같았다. 툭하면 어린 아들을 불러앉혀놓고 책 속의 길을 설파하던 아버지는, 그러나 아들이 그 길 속의 길을 봐주기를 바랐을 것이다. 위인들은 어떻게 위인이 되었나. 아버지에게 중요한 것은 위인들의 삶이 아니라 그들이 마침내 거머쥔 명예와 출세와 돈이었다. 위인은 가난할 수 있지만 가난한 사람은 위인이 될 수 없다는 사실, 위인은 성공을 부정할 수 있지만 성공하지 못한 사람은 위인이 될 수 없다는 사실, 무엇보다도 가난하고 무능한 인간은 절대로 전집류의 책에는 등장할 수 없다는 사실…… 당신의 아들이 책 속에서 배우기를 바란 것은 바로 그런 것들이었다.

정년이 되기 전에 돌아가신 아버지는 평생 동안 시골 읍내 중학교의 서무직원이었다. 아버지에게 그 직업은 만족스러운 것이 못되었다. 아버지는 평생 교사가 되기를 꿈꿨고, 평생 교원자격시험 준비를 했다. 그러나 책장 가득히 꽂혀 있는 전집류의 책들을 읽지 않은 것처럼 아버지는 교원자격시험의 예상문제집을 풀지도 않았다. 아버지 본인만이 모르고 있는 사실이었지만, 아버지가 진실로 꿈꿨던 것은 교사가 되는 것이 아니었다. 그가 진심으로 꿈꾸고 있었던 것은, 어느날 아침에 일어나봤더니 깔고 앉은 알량한 몇십평짜리 낡은 구옥의 집값이 갑자기 천정부지로 뛰어올라 있다든가, 그가 깨알 같은 글씨와 숫자들로 가득 채워놓은 노트 속의 사업계획서가 현실화되어 돈이 무더기로 쏟아져들어온다든가 하는 따위의 일들이었다. 평생 성실하기만 했던 시골 읍내 중학교의 서무직원에게 그렇게 꿈같은 행운이 나타나줄 리가 없었다. 아버지가 전집류의 책을 사모으고 교원자격시험을 준비하고 했던 것은, 적어도 자식들에게만큼은 당신의 초라한 삶을 들키고 싶지 않아서였을 것이다. 그는 자식들에게 존경받는 아버지가 되고 싶었고, 그렇게 되기 위해 평생 스스로 당신 자신을 속였다.

아버지에겐 불행이었는지 다행이었는지, 오빠는 진심으로 아버지를 존경했고 아버지가 서무직원으로 살았던 것처럼 자신도 공무원이 되어 평생 성실하게 사는 것이 꿈이었다. 작가가 되겠다는 내게 혀를 차던 아버지는 그런 오빠에게 딸년만도 못하구나, 했다. 그러나 그 순간에도 오빠는 자신의 무엇이 아버지를 실망시키는지 몰랐다. 학창시절 내내 단 한 해도 빼놓지 않고 개근상장을 받았던 오빠, 숙제를 안 해간 적도 없는 오빠, 평생 딱 한번 '나쁜 친구들의 꾐'에 빠져 학교수업을 한시간 빼먹고는 그게 괴로워서 아버지에게 장문의 편지를 썼던 오빠, 그런 오빠……

"왔니?"

뒤늦게야 곁에 서 있는 나를 발견하고는 오빠가 화들짝 놀라 알은체를 했다. 오빠의 옆자리 평상에 앉자 바람이 시원했다. 오빠가 그랬던 것처럼 차도만 바라보다가 내가 문득 물었다.

"오빠, 옛날에 그 고양이 말이야."

오빠는 무슨 말인지 모르겠다는 듯 나를 바라보았다. 난데없이 고양이라니…… 그가 듣고 싶은 얘기는 내게 돈이 준비됐는지, 아니면 얼마나 기다리면 되겠는지, 그런 이야기들일 텐데…… 나는 말을 멈추고 다시 차도를 바라보다가 애써 명랑하게 말했다.

"한 열흘 정도, 그쯤 기다려볼래? 책이 하나 나오거든. 초판을 많이 찍는다더라. 잘 팔릴 거 같다구."

나를 보던 시선을 거두고 묵묵히 땅바닥만 내려다보던 오빠는 한참 뒤에야 입을 열었다. 어려운 말을 할 때면 늘 그런 것처럼 머뭇머뭇.

"나는 말이다…… 항상 네가 자랑스러웠어."

돈 때문에 미안해서 하는 말은 아닐 것이다. 거짓말을 못하는 오빠, 아버지가 읽으라고 건네준 책 속에서 거짓말을 해도 좋다는 구절 같은 건 한번도 발견해보지 못했던 오빠, 그런 오빠의 말이니까 말이다.

고양이를 좋아해요? 자서전이 아니라 소설 속에서, 그렇게 묻는 사람은 이호갑이 아니라 나다. 소설 속의 주인공 '나'는 이호갑이 대답하기 전에 먼저 말한다. 소설 속에서의 '나'는 이호갑에게 말할 기회 같은 건 주고 싶지 않다. 나도 고양이를 기른 적이 있어요. 비록 아비시니안 종의 회색 고양이는 아니지만, 예쁜 새끼고양이였죠.

그랬다. 예쁜 고양이였다. 게다가 그 고양이는 당시 나와 관계하고 있던 남자가 준 선물이기도 했다. 어느날 술에 만취해서 내 집을 찾아오는데, 한밤중의 거리에서 개와 고양이를 파는 행상이 보이더란다. 그는 택시를 세우고 그중에서 가장 예뻐 보이는 강아지를 한마리 샀다. 술에 잔뜩 취한 그가 내 집의 초인종을 누르고는, 내가 문을 열자마자 아이 같은 음성으로 써프라이즈! 하고 내민 선물은 그러나 강아지가 아니라 고양이였다. 그는 강아지와 고양이조차 구분하지 못할 정도로 취해 있었고, 얼마나 취해 있었으면 자기가 그날 그 늦은 시간에 반드시 나를 만나야 한다고 생각한 이유가 나와 헤어지기 위해서라는 것조차 잊어버렸다. 그날 밤, 그는 마지막으로 내 다리를 베고 누워 내 소설의 줄거리를 들었다. 말해봐, 어떤 걸 썼어? 처음에 남자가 그런 말을 했을 때, 나는 모욕을 당하는 기분이었다. 이 남자는 말할 수 있는 것과 말할 수 없는 것의 경계도 모른단 말인가.

그러나 모든 관계는 길들여지게 마련이었다. 시간이 얼마 지나지 않아 나는 더듬더듬 내 소설의 줄거리를 말하기 시작했고, 나중에는 그에게 들려주기 위한 이야기들을 새로 지어내기도 했다. 내가 이야기를 하는 동안 내 다리를 베고 누운 그는 잠에 빠져들었고, 때로는 코를 골 때도 있었다. 그러나 내가 이야기를 끝낼 때쯤이면 어느틈에 눈을 뜨고는 한마디했다.

　──좋은 소설이다. 그렇지만 잘 팔리지는 않겠어.

　당시 나는 팔리는 소설 따위에는 관심이 없었다. 그러나 내 남자에게 칭찬을 들을 수 있는 소설을 쓰고 싶은 것은 사실이었다. 게다가 나는, 내 남자에게 내 소설의 줄거리가 아니라 내 소설 속의 길을 말해주고 싶기까지 했다. 내가 원하는 것, 내 삶, 내 행복과 고통의 전부…… 그런 생각을 하고 있으면, 나는 글 속의 허구로 변하는 듯했고, 그 허구는 진짜보다도 더 빛나거나 더 가혹했다.

　고양이를 사가지고 왔던 남자가 떠나버린 뒤, 나를 한동안 견딜 수 없게 한 것은 나와 나 아닌 것이 섞여 흐려진 먹물 같은 혼돈이었다. 내 집, 반지하 연립주택, 그 비현실적인 공간에 고양이 한마리가 있었다. 나는 그 고양이를 어찌해야 할지 도무지 알 수가 없었다. 어려서 집마당에 개를 키워본 적은 있었지만 고양이가 내 집에 있었던 적은 단 한번도 없다. 개와 달리 고양이는 귀여워해달라고 조르지도 않고, 자기가 몸 바깥으로 내보낸 배설물을 뻔뻔스럽게 마당이나 마루 한복판에 놓아두지도 않고, 씻어달라고도 하지 않고, 산책을 가자고도 하지 않는다고 했다. 그 독립적인 동물은 단지 자기 쪽에서 내가 필요할 때, 내가 그곳에 존재한다는 것을 보여주기만 하면 된다고 했다. 그러다가 정이 들면, 그 까끌까끌한 혀로 손등을 핥기도 하고, 병들어 누워 있는 주인에게는 자기가 먹다 남긴 생선뼈다귀를 물어다가 가만히 베개 옆에 놓아주기도 한다고.

　어떤 관계든 최초의 길들이기가 중요했다. 그러나 내 새끼고양이에게는 길들여질 의사가 전혀 없는 듯했다. 그의 손에서 놓여나자마자 마치 바람처럼 방안의 책장 위로 몸을 숨겨버린 고양이는, 적어도 내가 보는 앞에서는 절대로 그곳에서 내려올 생각을 하지 않았다. 아침에 일어나면, 책장 위에 쌓여 있던 먼지들이 방바닥에 덩얼덩얼 굴러다녔다. 의자를 갖다놓고 고양이를 끌어내리려고 했지만, 손등만 날카롭게 할퀴어졌을 뿐이다. 비린 생선을 책장 아래에 갖다놓고 유혹해봐도 소용이 없었다. 고양이는 내가 외출할 때 아니면 절대로 먹이를 건드리려고조차 하지 않았다. 날이 눅눅한 날은 온 집안이 고양이 오줌냄새로 지린 듯했다.

내게는 방법이 없었다. 고양이를 굶어죽게 하지 않으려면 매일같이 그놈의 식사 때마다 집을 비워주어야 했지만 남자와 헤어진 뒤 내겐 갈 곳이 별로 없었다. 나는 밤마다 고양이가 숨어 있는 책장의 맞은편 침대에서 잠들어야 했다. 한밤중에 뭔가가 와당탕 떨어지는 소리가 들려 놀라 눈을 뜨면, 우르르 쏟아져내린 책들과 함께 배가 고파 내려왔다가 다시 부리나케 책장 위로 올라가버리는 새끼고양이가 보였다. 그러고는 노란 눈의 집요한 응시……

그때 나는 그 새끼고양이를 좋아할 수가 없었다. 싫어했다는 게 아니다. 적어도 그 고양이에 관한 한은 내게 아무 방법이 없었다는 것, 그러니 좋아할 수도, 싫어할 수도 없었다는 것. 여기에 진실 같은 건 없다. 수십번, 수백번을 생각해봐도 내게는 방법이 없었다는, 누구에게도 말할 필요가 없는 진술이 나올 뿐이다.

그런데 그 고양이는 내 집에서 어떻게 사라졌을까. 오빠의 얼굴이 겹쳐진다. 말단 공무원 월급으로는 애들 대학도 못 보내겠다는 올케의 성화에 못 이겨 이른바 사업을 시작한 오빠는 그즈음 툭하면 내 집엘 들르곤 했다. 그냥 지나던 길에…… 내 집을 방문할 때마다 오빠가 하는 말은 한결같았다. 비좁은 연립주택에 아무렇게나 쌓여 있는

책들 사이에 앉아서 오빠는 커피도 마시고 내가 깎아놓은 사과도 먹
곤 했다. 방안이 형편없이 어지러워 앉을 자리가 마땅찮을 때에는 쌓
인 책더미 위에 엉덩이를 놓기도 했다. 그는 편안해 보였고, 그가 찾
을 수 있는 유일한 휴식공간에 머물러 있는 듯 보이기도 했다. 그의
방문이 잦을 때면, 이러려고 내게 집을 마련해줬나, 심술이 날 때도
있었다. 어머니가 그랬던 것처럼 나 역시 오빠가 답답했다. 오빠가 돌
아가고 나면 나는 창문을 열었고, 오빠가 나 모르게 1, 2권의 순서를
가지런히 맞춰놓은 책들을 다시 흩뜨려놓았으며, 반지하 습기찬 공간
속에 가득 고여 있던 곰팡내 스민 책냄새들을 바깥으로 내보냈다.

그날 오빠가 내 집에 들렀을 때, 나는 다른 때와는 달리 커피 한잔
도 내놓을 수 없었다. 고양이와의 동거는 나를 죽도록 피곤하게 만들
었다. 안색이 좋지 못한 나를 보고 오빠가 무슨 일이냐, 물었을 때 나
는 저 고양이 때문에 글을 쓸 수가 없어,라고 화를 냈다. 그러나 그때
내가 화를 낸 것은 고양이에게가 아니라 오빠에게였다. 오빠라도 그
렇게 답답하게 안 살았으면, 나한테 이런 반지하 연립이 아니라 좋은
아파트 한채를 사줬더라면 아니, 다 관두고라도 그렇게 한심한 얼굴
로 나를 찾아오지만 않는다면……

의자도, 방석도 놔두고 하필이면 고양이가 떨어뜨려놓은 책더미 위
에 오빠가 엉덩이를 붙이는 것을 보면서 나도 잠깐 침대에 앉았는데,
어느틈에 잠이 들었던 모양이다. 새벽녘에 깨어났을 때 어두운 방안
에는 오빠도 없었고 고양이도 보이지 않았다. 다만 오빠가 앉았던 책
더미와, 그 책들의 갈피마다 적셔놓은 고양이 오줌이 보일 뿐이었다.
전화를 걸기에는 적당치 않은 시간이었으나 그날 새벽 나는 오빠에게
전화를 걸었다. 전화벨이 오래 울리기 전에 오빠가 전화를 받았다. 나

는 오빠가 내 집을 방문할 때마다 하는 말처럼 그냥 걸었다고 했다. 그리고 오빠는 내게 잘 자라고 했다.

끝내 나는 오빠에게 내 고양이 얘기를 물을 수가 없었다. 오빠가 내 고양이를 가져갔느냐고, 그래서 밤의 공원이나 시장 한 귀퉁이에다가 내다버렸느냐고, 내가 밤마다 꿈꾸었던, 견딜 수 없이 참담한 욕망과 슬픔으로 몸이 달았던 그 일을 오빠가 대신 해주었느냐고, 날 위해 해줄 수 있는 일이 생겨서, 살아 있는 것을 버리던 그 순간이 기쁨이었느냐고…… 그러나 나는 가만히 수화기를 내려놓았을 뿐이다.

바로 다음날, 나는 내 뱃속에서 거의 다섯달 가까이나 머물고 있던 아이를 없애버렸다. 넉달이 넘어 위험할 줄 알았더니, 이전의 몇번처럼 간단하고 수월한 수술이었다. 병원 아래층의 식당에서 나는 설렁탕을 사먹었다. 국물 하나 안 남기고 다 먹을 작정으로 그릇 밑바닥을 숟가락으로 긁으면서 나는 생각했다. 살아야지, 악착같이 꼬리곰탕 그릇의 밑바닥을 긁는 것처럼. 감상에 빠지지 않기 위해 무엇이든 생각을 해야만 했으나 살아야지, 따위의 생각은 아무 생각이 없는 것보다도 더 나빴다. 그러나 그것말고는 더이상 떠오르는 생각이 없었다.

잠시만, 하고 양해를 구한 뒤 화장실에 갔던 이호갑은 내가 앉아 있는 테이블로 돌아오는 대신 아무 말 없이 침실로 들어가버렸다. 마지막 원고를 다시 한번 손보면서 삼십분 정도를 기다렸으나, 그는 좀처럼 침실에서 나오지 않았다. 내게 한마디 말도 하지 않은 채 그냥 잠이라도 들어버렸단 말인가? 아니면, 내 원고가 여전히 부족하다고 여겨져서, 버럭 화를 내기 위해 숨을 고르고 있기라도 한 것일까? 그가 화를 낸다면 목돈을 챙기는 날이 조금 더 늦어지긴 하겠지만, 이젠 더이상 두려울 것도 없단 생각이 들었다. 그가 원한다면 독립투사의 일생이라도 샘플링해올 수 있을 것 같았다. 무엇이든 처음이 어렵지 일단 시작하고 나면 어려울 것도 없었다. 이호갑이 원한다면, 아니 돈을 챙기기 위해서라면 나는 그를 하느님으로라도 만들어줄 수 있을 것 같았다.

삼십분쯤을 더 기다리다가 더이상은 안되겠어서 침실문을 노크하려고 할 때 완전히 닫히지는 않았던 침실문이 마치 바람에 밀리듯이 조용히 미끄러져 열렸다. 그는 강이 내려다보이는 창가에 서 있었다. 그의 옆모습이 붉었다. 믿을 수 없는 일이지만 아무래도 그는 울고 있었던 모양이다.

"난 정말 힘들게 살아왔소."

물기를 감추지 못하는 목소리로 그가 돌아보지도 않고 문밖의 내게 말했다.

"사람들이 내게 뭐라고 욕을 하든…… 그런 건 상관없소. 난 정말 힘들게 살아왔단 말이오. 그걸 대체 누가 알 수 있겠소."

그가 나를 보고 있지 않았음에도 나는 고개를 끄덕였다. 그렇다. 그걸 누가 알겠는가. 어린시절의 참담했던 가난, 고작 쌀집 배달부로 시작해야만 했던 청춘, 그리고 몇번이나 갈아치워야 했던 아내, 자신을 인간쓰레기, 살인자라고 몰아붙이는 험담, 그리고…… 그리고, 결코 좋아할 수 없는 아비시니안 종의 회색 고양이, 그걸 누가 알겠는가. 살인자에 파렴치범이고 부도덕한 욕망덩어리인 그를 누가 알겠는가.

그의 어깨가 들썩이는 것을 보면서 나는 조용히 그의 방문을 닫았다. 화를 내는 대신 울음을 터뜨리는 것을 보면, 원고는 더이상 손볼 것이 없으리라. 다시 테이블로 돌아왔으나 더는 할일이 없었으므로 나는 잠시 가만히 앉아 있었다. 그러다가는 창을 등지고 있던 의자를 돌려놓고 앉아서는 이호갑이 바라보던 창밖을 내다보기 시작했다. 어느새 일몰 무렵이었다. 가로등이 희미하게 점등되기 시작하는 강변의 도로가 보였다. 언젠가 가난한 연인과 함께 가로등이 점등되기 시작할 무렵의 도로를 달린 적이 있었던 것 같다. 아직 아무것도 버리지 않고, 버린다는 게 무엇을 의미하는지도 몰랐던 때의 일이었을 것이다. 버리는 것은 버려지는 것이란 것, 타인으로부터가 아니라 바로 자기 자신으로부터…… 그런 생각은 언제나 슬픔을 동반한다. 만일에 내가 앉아 있는 이곳이 호텔의 스위트룸만 아니라면, 나는 언제나 그랬던 것처럼 조금쯤 눈물을 흘렸을지도 모른다. 그러나 이 순간 나는 마치 이 객실의 주인 같은 기분이 든다.

가로등이 점등되고 시간이 얼마 지나지 않아 창밖이 야경으로 빛나기 시작했다. 저물 무렵의 회색빛 하늘이 검게 물들고 가로등이 빛나는 불빛으로 퍼져나가고 현란하기 짝이 없는 고층빌딩들이 숨막히는 유혹의 불빛으로 모습을 드러냈다. 스위트룸의 창밖, 서울의 야경은 아름다웠다. 아니, 아름다움 그 이상이었다. 그것은 소유할 능력이 있는 사람만이 소유할 수 있는, 생의 숨가쁜 어느 한순간의 표상과 같았다.

아버지가 꿈꾸고, 아버지가 그 아들에게 꿈꾸었던 것 역시 바로 이러한 순간이었을 것이다. 어린시절 아버지의 책장을 가득 채웠던 전집류의 책들이 떠오른다. 허구가 진실이 되는 때에 이르면 진실도 허구가 되는 거라고, 아버지의 책장에 가득 차 있던 전집류의 책 중에는 그런 구절이 있었을 것이다. 『홍루몽』 아마 그 책의 서문이 아니었던가? 어린 자식들에게 읽히기에는 적당치 않았던 그 중국고전은 침 묻은 흔적이나 접힌 자국 대신에 먼지 하나 없이 반들반들 윤을 내는 걸 장 속에, 그런 말을 감추어두고 있었다.

　—아버지가 너희들한테 가르쳐주지 못하는 것들도 이 안에는 있 단 말이다.

　아버지의 슬픈 음성을 떠올리며, 나는 아버지의 책장에 이호갑의 자서전이 꽂히는 것을 상상해본다. 전집류가 아닌 책을 좋아하지 않 던 아버지였으니, 이호갑의 자서전은 1편 2편 계속되는 여러 권이어 야만 할 것이다. 그 책장 앞에 서 있는 어린 오빠와 내가 보인다. 어려 서부터 착하고 온순하기만 했던 오빠는 하루종일 졸라대는 어린 여동 생의 청을 이기지 못하고는, 전집류 중에서도 가장 두꺼운 책을 한권 꺼낸다. 나는 그 책갈피 사이에다가 나뭇잎을 말릴 작정이다. 책을 사 모으기만 할 뿐 읽지는 않는 아버지였으니, 오빠가 걱정하듯 그런 불 경스러운 일을 들킬 염려는 없다. 오빠와 나는 매일 한번씩 그 책을 꺼내 나뭇잎이 얼마나 말랐는지를 들여다본다. 연초록색 나뭇잎의 물 기가 다 빠지고, 살아 있던 생명의 주름이 조금씩 가시면서, 그것은 실제보다 더 아름답고 실제보다 더 영원하다. 오빠와 나는 집마당에 있는 온갖 꽃잎들과 온갖 나뭇잎들을 뜯어, 책갈피마다 끼워넣는다. 책갈피에 노랗고 빨갛고 푸른 물이 여리게 스며든다. 밤이면 마루에 놓여 있는 책장에서 꽃냄새가 퍼져나와 온 집안을 향기롭게 적신다. 밤마다 오빠와 나는 좋은 꿈을 꾼다. 그런 밤에는 도둑고양이의 울음 소리도 다정하다. 어린 오빠와 어린 내 얼굴에, 선량하고 따듯한 미소 가 번진다.

—『창작과비평』 2003년 여름호

숨은 샘

1

  절 이름은 천은사였다. 한글로 된 표지판만 보고는, 하늘천자에 은혜은자쯤을 생각했더니 일주문 위의 현판에는 뜻밖에도 샘천자에 숨을은자가 적혀 있었다. 샘이 숨어 있는 절이라…… 이름만큼이나 단정하고 오롯한 절의 자태가 마음에 들었다. 이른 봄날의 평일 오후였다. 참배객이든 관광객이든, 심지어는 승려들의 모습조차 보이지 않는 절은 텅 빈 것처럼 적요로웠다. 절은 불사를 끝낸 지가 얼마 되지 않은 듯, 담장 하나까지 방금 씻어낸 것처럼 말끔했다. 신라시대의 고찰이라는데도 오래된 느낌보다는 오히려 잘 꾸며진 정원처럼 여겨졌다. 인적은 거의 보이지 않았지만, 봄날 오후의 햇살이 머물 자리와 머물지 않을 자리를 가려가며 따사롭게 내리쬐고 있었고, 내 뺨과 목덜미에 이르러서는 마치 무슨 말을 건네듯 소곤소곤하는 듯도 했다. 나는 간혹 뒤를 돌아보기도 했는데, 그때마다 보이는 것이라곤 텅 빈 마당뿐이었다.

대웅전 앞에는 동백나무가 한그루 서 있었다. 아직 이른봄이어서 꽃이 만개하지는 않았다. 무성한 가지마다 미끈하게 윤기나는 초록잎들이 촘촘히 달라붙어 있는데, 그 푸른 잎들 사이에 봉우리를 터뜨린 꽃이 겨우 몇송이 보였다. 꽃들은 전부 대웅전 쪽을 향해서만 피어 있었다. 마치 가장 먼저 핀 꽃이 가장 먼저 불전을 향해 얼굴을 들이민 것처럼. 꽃이 들여다보고 있는 대웅전 안을, 나 역시 밖에서 선 채로 들여다보았다. 대웅전 안에도 햇살이 길게 들어와 있었다. 그리고 언뜻 들려오는 듯한 날갯짓 소리. 대웅전의 천장 가까이에서 새 한마리가 날고 있었다. 참새보다 조금 커 보이는 손바닥만한 크기의 새였다. 새는 불당에 조각되어 있는 용의 머리에도 앉았다가 다시 날아올라 불상의 어깨에도 앉고, 또다시 날아올라 용의 등에도 앉았다. 새는 아마도 나갈 문을 찾지 못하는 모양이었다. 앞문 옆문이 모두 환히 열려 있는데도, 바로 문 가까이 날아왔다가는 또다시 방향을 바꿔 안으로 들어가버렸다. 새에게는 세상으로 나가는 문이 적어도 불당의 문은 아닌 모양이었다.

"어머나, 저 새 좀 봐."

불전에서 날아다니는 새가 하도 신기해 나도 모르는 사이 중얼거리는데, 마치 내 말을 듣기라도 한 듯 새가 고개를 갸웃해 보였다. 새는 누군가 저를 바라보는 시선에 경계라도 하듯이, 대들보 위에서 총총 뛰어 불상의 머리 뒤로 자취를 감춰버렸다. 누구도 그 새를 잡기 위해 그 불당 안으로 침범하지는 못할 것이니, 새에게는 그곳이 안전한 세

상의 전부일지도 몰랐다. 하기야 새가 반드시 창공을 날아야 할 이유
는 없는 것이다.

   2

   그의 모친상 소식을 전해준 사람은 남창호였다. 남창호는 내 대학
동창이었고, 물론 그와도 그랬다.
   "들었으니 여기저기 알리기는 해야 할 것 같은데, 이거 뭐 누구한
테 알려야 할지……"
   남창호가 그나마 나를 그와 가까운 사이라고 생각한 것은, 지난해
여름에 그에게 남창호의 전화번호를 알려준 사람이 바로 나였기 때문
일 것이다. 그때 그가 남창호에게 내 이야기를 어떻게 했는지 나로서
는 알 수 없는 일이다. 그러나 지난여름, 나 역시도 그를 꼬박 십칠년
만에 다시 만난 터였고, 그후로도 그와 다시 연락하는 일 같은 건 없
었다.
   "서울도 아니고 상가가 구례야. 조의금 정도만 보내야겠지. 워낙
멀어서 내려가볼 엄두는 안 나네."
   당연한 일이었다. 그와 남창호가 지난여름 이래로 어떤 관계를 유
지하고 있었는지는 모르지만, 짐작컨대 그들 사이 역시 오랜만에 소식
을 알게 된 정도에서 더는 나아가지 못했을 것이다. 지난여름에 그가
찾아다녔던 동창은 남창호말고도 여럿이었지만, 그중 누구도 그를 진
심으로 반가워한 사람은 없었고, 그때 이후의 그의 소식을 궁금해한 사
람도 없었다. 그중에 남창호는 좀 특별한 경우였는데, 집안 사정으로

말미암아 대학을 일년밖에 다니지 못한 남창호는 그래도 자신을 동창이라고 여겨주는 모든 친구들에게 항상 감동적인 태도를 보여왔다.

이십년 전에는 그토록 형편이 어려웠던 남창호는, 지금은 강남의 거대한 빌딩 주인이 되어 있었다. 그의 아버지가 '미련하게' 깔고 앉아 있기만 하던 논과 밭이 어느날 갑자기 금싸라기땅으로 변한 덕분이었다. 동창들 사이에서 남창호 이야기가 나올 때마다, 알량한 졸업장이 유일한 재산인 축들은 '사는 게 재미없어졌다.' 남창호의 당부에도 불구하고 동창모임이 있을 때마다 남창호에게 연락하는 것을 '깜빡' 잊어버리는 사람이 자꾸 생겨나는 것은, 그가 우리들과 단지 일년밖에는 같이 학교에 다니지 않은 사람이라는 것과는 아무 상관도 없는 일이었을 것이다.

그러나 그와 남창호가 지난여름 이래로 더이상의 친밀한 관계를 유지하지 못했다면 그건 그가 아니라 남창호 쪽의 문제였을 것이다. 한두 번은 반가워했지만 더이상은 그렇게 하고 싶지 않은──남창호조차도 말이다──지난해 여름에 그는 그런 사람으로 우리들에게 나타났었다.

"어떻게, 통장번호를 알려줄까? 그쪽에서도 구례까지 내려오는 건 힘들 거라고 생각했는지 나한테 번호를 알려주더라구."

나는 무선전화기를 귀와 어깨 사이에 꽂고 남창호가 알려주는 계좌번호를 받아적기 시작했다. 통장주의 이름은 생전 처음 들어보는 것이었다. 남창호에게 소식을 전했다는 사람의 이름인가본데, 그와 같이 사업을 하는 사람이라고 하더라고 했다. 그 와중에도 '사업'이라는 말이 목의 가시처럼 거북했다. 지난해 여름에 그를 고속버스 안에서 우연히 만났을 때에도 그는 자신이 '사업차' 거래처를 찾아가는 중이라고 말했었다.

우리는 그때 같은 고속버스를 타고 있었다. 그것도 바로 옆자리에.
그즈음 나는 어느 잡지에다가 지방의 유적지들을 기행한 글을 정기적
으로 쓰고 있었는데, 그때는 조선시대의 양반가옥인 운조루를 찾아가
기 위해 구례행 고속버스를 타고 있었다. 강남 고속버스 터미널에서
출발한 버스는 다섯 시간이나 걸려서 구례에 도착했다. 그러니까 그
는 다섯 시간 내내 내 옆자리에 앉아 있었던 것이다.

고속버스의 에어컨은 시원치가 못했다. 게다가 내가 앉은 창가 쪽
으로는 자주 햇볕이 쏟아져들어왔다. 더위 때문에 잠은 오지 않았고,
햇살 때문에 눈이 어른거려 일껏 들고 온 책은 펼쳐볼 엄두도 나지 않
았다. 내 옆자리에는 무섭게 살이 찐 중년의 사내가 앉아 있었다. 버
스에는 빈자리가 많았는데도, 그는 정직한 소년처럼 자기 승차표의
좌석을 지켰다. 혹시 성가시게 말이라도 건네오면 어쩌는가 싶었지만
그는 내게 관심을 보이기는커녕, 내 쪽으로 고개 한번 돌리는 적이 없
었다. 버스가 어디쯤 가고 있나 창밖을 봐야 할 때조차도 그는 반대편
창을 향해 고개를 돌렸다. 그가 나를 불편하게 하는 일이 하나도 없었
음에도 버스에 앉아 있는 내내 나는 그가 신경에 거슬렸다. 가뜩이나
더운 날씨에, 그의 비대한 몸집이 더욱 숨막혔다. 게다가 그는 차에
오르자마자 사탕봉지를 뜯어, 차에서 내릴 때까지 그걸 혼자서 다 까
먹었다. 사탕이 한개씩 그의 입속으로 들어갈 때마다 내 손이 같이 끈
적거렸고, 참을 수 없게 목이 마르는 기분이었다. 내 쪽에서 자리를
바꿔버릴까 생각도 했지만, 그런 노골적인 태도로 그를 민망하게 만
들고 싶지는 않았다. 사탕을 까먹는 살찐 남자라니…… 그는 어쩌면

어린애 같은 사람일지도 몰랐다.

　버스가 마침내 구례 시외버스 터미널에 들어섰을 때, 그는 무릎 위에 수북한 사탕껍질을 쌓아놓은 채로 정신없이 곯아떨어져 있었다. 그가 비켜주지 않는다면 그를 건너뛰어 통로로 나갈 방법 같은 건 없었다. 별수 없이 내가 그의 어깨를 건드렸고, 그가 몽롱하게 눈을 뜨고는 나를 올려다보았다. 그는 깊은 잠에 빠졌다가 깨어난 모양이었다. 눈을 뜨기는 했으나 여전히 잠에서 빠져나오지 못한 얼굴로 그는 어리둥절하다는 듯 나를 올려다보기만 했다. 그의 벗겨진 이마 위에서 땀이 줄줄 흘러내리고 있었다. 그가 손을 들어올려 이마를 닦았다.

　아무래도 여기는 버스 안이고, 당신이 비켜줘야 내가 나갈 수 있다고 말해주기라도 해야 할 것 같은데 나는 나대로 아무 말도 할 수가 없었다. 잠시 후 그가 벼락같이 잠에서 깨어난 얼굴로 내 이름을 외쳐부를 때까지, 내게는 전혀 낯선 사람이었던 그를, 나는 마치 뭣에 홀린 듯이 내려다만 보고 있었다. 그러나 그가 마침내 나, 영호야, 이영호라구! 소리를 질렀을 때, 이제 꿈을 꾸고 있는 사람은 그가 아니라 나인 듯했다. 나는 얼이 빠져 그를 내려다보고 있었고, 그는 비로소 자리를 차고 일어났다. 마치 나를 부둥켜안기라도 할 기세였다. 그러나 바로 그 순간에 그는 완전히 잠에서 깨어났고, 그러자 그 역시 얼이 빠져버렸다. 버스의 마지막 승객이 내리고, 버스기사가 재촉을 할 때까지 우리는 그렇게 서로를 쳐다만 보고 있었다.

　이영호. 그는 나와 같은 학번의 같은 과 친구였다. 졸업정원제를 실시하던 당시 우리 과 전체인원이 거의 백명에 가까웠는데, 그는 그중에서도 결코 눈에 띄지 않는 사람 중의 하나였다. 한 학기가 다 지나 도록 이름조차 다 알 수 없었던 백명의 친구들 중에는 심지어는 일 년이 지나도록 저애가 나와 같은 과이기는 한 건가, 여겨질 정도인 사 람도 있었는데 그가 그런 경우에 속했다.

그는 항상 도서관에서 살다시피 했다. 그와 내가 대학을 다니던 때 는 학내에서나 거리에서나 하루가 멀다 하고 시위와 집회가 이루어지 던 시절이었다. 감옥에 가는 사람이 있었고, 최루탄과 맞서 돌을 던지 는 사람이 있었고, 밤마다 학교 앞 술집에서 울음을 터뜨리는 사람이 있던 시절에 그는 오로지 도서관만을 지키는 학구파 중의 한사람이었 다. 자주, 나는 시위학생들이 시위중에나 사용하는 치약을 눈 밑과 코 밑에 잔뜩 바른 그가 도서관 책상에 파묻히듯 앉아 있는 모습을 볼 수 있었다. 마치 방금 전에 체포될 위기를 피해 시위대열에서 도망쳐나 온 것 같은 모습이었지만, 그는 함성소리가 들리거나 귀를 찢을 듯한 최루탄 발사음이 들리거나 도서관 창가 쪽으로는 결코 눈길 한번 돌 리지 않는, 드문 사람 중의 하나였다.

그는 아무에게도 눈에 뜨이지 않는다는 점에서 오히려 모두에게 유 명해져버린 사람이었는데, 1학년 때 이미 그가 고시를 준비중이라는 소문이 돌기도 했다. 그러나 몇해 뒤에는 사실이 될 일이기는 했지만 그때까지는 적어도 그가 고시 준비중이었던 것은 아니었다. 대신에 그는 군대에 가기 직전까지의 네 학기 동안의 시험에서 모든 과목에 A 학점을 받았다.

아주 드물게, 나는 그를 학교 운동장에서 볼 수가 있었다. 대개의 경우 그는 희한한 동작으로 맨손체조를 하고 있었다. 팔다리를 휘휘 젓거나 허리를 뒤로 폈다 앞으로 펴는 것은 그렇다고 치더라도, 제자리에서 펄쩍펄쩍 뛰기까지 하는 그의 동작들은 우스꽝스럽기 그지없었다. 그러나 그는 진지해 보였고, 심지어는 엄숙해 보이기까지 했다. 나는 그때 체육 교양과목으로 테니스를 수강하고 있었다. 그러나 한 학기가 다 지나도록 라켓에 공 한번 제대로 맞힐 수가 없어서 저녁마다 체육과 선배에게 특별개인지도를 받지 않으면 안될 형편이었다. 간혹 나는 그의 희한한 맨손체조를 구경하다가, 선배가 힘껏 날린 공에 어깨와 이마를 얻어맞기도 했다. 만일 그런 내 모습을 그가 보았다면 그 역시도 나를 매우 우스꽝스럽게 여겼을 터이다.

그즈음에 그와 내가 단둘이서 저녁을 먹게 되는 일이 생겼다. 역시 그놈의 테니스 공 때문이었는데, 어느날 내가 모처럼 제대로 받아쳤다고 친 공이 선배의 라켓을 넘더니, 내게 무슨 이런 괴력이 있었나 싶게 쭉쭉 뻗어 그의 앞으로까지 날아갔던 것이다. 제자리에 서서는 이리 뛰고 저리 뛰고 하는 기묘한 체조 모습을 보이고 있던 그가 공을 주웠고, 내가 그의 앞으로 숨가쁘게 달려갔다. 그날 누가 먼저 저녁을 먹자고 말했는지는 기억에 없다. 어쨌든 우리는 학교 앞 분식집에서 같이 떡라면을 먹었고, 커피를 한잔 마셨고, 그리고 그가 다시 도서관으로 돌아가야겠다고 말하기 전까지 학교 앞 거리를 걸어다녔다.

나는 아마도 그에게 궁금한 게 많았던 것 같았다. 소문처럼 고시를 준비하는 거냐고 내가 물었고, 그는 언젠가는 그럴지 모르지만 현재로서는 아니라고 대답했다. 그는 어려서부터 그때까지 자기가 잘하는 것이라곤 공부밖에 없었고, 믿을 구석도 그것밖에는 없기 때문에 공부를 하지 않을 수 없다고 말했다. 그가 가난한 집안에 홀어머니에 어린 동생 셋을 거느린 장남이라는 것을 나는 그날 처음 알게 되었다.

"그렇지만 나는 해피엔딩을 믿어."

자신의 형편을 담담하게 이야기하던 끝에 그가 한 말이었다. 한대 얻어맞은 듯하다는 게 그런 기분을 말하는 것일까. 나는 놀란 눈으로 그를 빤히 쳐다보았다. 세상에, 해피엔딩이라니…… 그런 말을 그렇게 비장하게, 그렇게 진지하게 하는 표정은 어린시절에 동화책을 읽어주던 유치원 선생에게서조차 보지 못했던 것이다. 영원히, 영원히 행복하게 되었단다, 말하며 책을 덮던 유치원 선생의 얼굴에서 드러나던 나른함과 허무를, 나는 동화책의 내용보다도 더 생생하게 기억했다.

"그럴 수밖에 없잖아. 그래야 하는 거고."

내 시선이 민망했는지, 그가 희미하게 웃으면서 덧붙인 말이었다. 나는 비로소 그를 빤히 쳐다보던 눈길을 거두었다. 그러나 서늘한 기분은 여전했다. 내게는 가난에 대한 경험이 없었다. 나는 그가 처해 있는 상황을 나 홀로 판단해야만 했다. 그의 가난은 어쩌면 비참하고 절박하고 공포스러운 것일지도 몰랐다. 경험이 없었으므로, 그것은 상상만으로 극대치가 되었다. 먹고 있던 떡라면이 목젖에 탁 걸리면서, 나는 숙연한 기분에까지 빠져들었다.

"그런데 너, 운동장에서 하는 거 그게 무슨 체조야?"

분위기를 바꿔보려고 내가 물었고, 그가 앉은 자리에서, 운동장에서 했던 것처럼 두 팔을 앞뒤로 훼훼 저어 보였다. 그러나 다른 대꾸는 없었고, 그저 웃어 보일 뿐이었다. 그가 내 질문에 대해서 답변을 한 것은 헤어질 즈음에 학교 앞에서였다. 늦은 시간이라 인적이 드물던 학교 앞에서 그가 주변을 살피는 듯하더니, 문득 멈춰서 내게 말했다.

"보여줄까?"

"뭘?"

"내가 공부말고 잘하는 게 하나 있는데, 멀리뛰기야."

그는 내가 말릴 사이도 없이 선 자리에서 두 팔을 앞뒤로 훼훼 내젓고는 펄쩍 뛰었다. 그가 다시 착지를 하기까지의 시간이야 얼마나 걸렸을까. 그러나 그 짧은 시간이 내게는 눈부셨다. 나는 정말이지 그처럼 높이, 멀리 뛰는 사람을 본 적이 없었다. 그것도 도움닫기도 하지 않은 채 제자리에 선 채로 말이다.

"만일에 올림픽에 이 종목이 있기만 했다면 나는 스포츠선수가 됐을 거야."

나중에 그가 내게 한 말처럼, '만일에 그렇기만 했다면' 그는 훌륭한 선수가 되었을 게 틀림없었다. 그는 엉덩방아도 찧지 않고, 아주 근사하게 착지를 했다. 마침내 그가 내게로 돌아서서 씨익 웃어 보였을 때, 그의 얼굴에서는 진지하고 엄숙하기만 하던 표정이 말짱히 지워져 있었다. 그의 '멀리뛰기'는 어쩌면 그에게 존재하는 유일한 농담일지도 모를 일이었다. 긴장이 사라진 그의 얼굴은 뜻밖에도 섬세해 보였다. 나는 그날 처음으로, 그가 상당히 잘생긴 얼굴을 갖고 있다는 것을 알게 되었다.

그런데 세월은 사람을 얼마큼이나 달라지게 하는 것일까.

십칠년 만에 만난 그는 너무나 살이 쪘고, 머리가 벗겨지기 시작했고, 나이보다도 훨씬 늙어 보였다. 그가 자신의 이름을 말하던 순간에 내가 그를 알아볼 수 있었다는 것조차 신기한 일이었다. 적어도 외모상으로는, 그는 전혀 딴판의 사람이 되어 있었다.

그날 구례에서, 우리가 함께 있었던 시간은 채 이십분이 되지 못했다. 고속버스 안에서의 다섯 시간을 제외한, 고작 이십분. 터미널은 비좁고 무더웠다. 무작정 바깥으로 나왔으나 바깥의 사정은 더 나빴다. 바람 한줄기 불지 않는 거리에 한여름의 땡볕만이 무자비하게 내리쬐었다. 땀에 젖은 그의 셔츠는 눌러짜면 물이 한동이나 쏟아져나올 것 같았다. 터미널 앞에 찻집 간판들이 보였고 냉방완비라는 팻말도 보였으나, 그걸 뻔히 바라보면서도 우리는 꼼짝도 않고 서 있었다. 뭘 어찌해야 할지 알 수 없는 것은 나만큼이나 그 역시도 마찬가지인 것 같았다.

잠에서 덜 깬 탓에 나를 알아보고, 역시 잠에서 덜 깬 탓에 나를 그토록 반갑게 알은체해버렸던 그는, 버스에서 내리기도 전에 이미 후회의 기색이 역력했다. 뭘 어쩌자고 알은체해버렸을까? 우리는 너무 오랜만에 만났고, 서로의 소식에 대해 어느 정도나 알고 있는지도 알지 못했으며, 또한 너무나 낯선 곳에서 마주쳤다. 그는 땡볕 아래에 서서 연신 땀을 닦으며, 내게 구례까지 온 이유를 물었고 자신은 '사업차' 오게 되었다고, 그 사업이란 게 뭔지도 말하지 않고 다만 그렇게만 말했다. 나 역시 애매하게 '일 때문에'라고만 대답했다.

그와 내가 서 있는 바로 앞에 택시들이 서 있었다. 우리는 똑같이 택시를 바라보고 서 있었고, 택시가 한대씩 떠날 때마다 조바심나는 표정을 지었다. 그렇게 얼마쯤을 서 있다가 내가 그에게 바쁜 거 아니냐,고 물었고, 그가 아니,라고 말했다가 실은 조금 그렇다,고 대답했다.

우리는 서둘러, 그러지 않으면 이상하겠기에, 서로의 전화번호를 주고받았고 나는 가장 먼저 보이는 택시에 올라탔다. 택시가 출발할 때, 그가 내 뒤에서 손을 흔들었는지 아니면 오래 나를 바라보고 있었는지는 알 수 없었다. 그날 나는 단 한번도 뒤를 돌아보지 않았다.

그가 2학년을 마치고 입대를 하고, 그가 제대하기 전에 내가 졸업을 한 뒤 나는 그의 소식을 가끔씩 동창들에게서 들을 수가 있었다. 그는 복학한 뒤에 곧바로 고시준비를 시작해서 그후로는 과 수업시간에조차 잘 나타나지 않은 모양이었다. 그가 복학을 한 시기에 같이 학교를 다녔던 친구들 중 그에 대해서 기억하고 있는 사람은 거의 없었다. 그가 사법고시 1차시험에라도 붙었는지에 대해서도 알고 있는 사람 역시 아무도 없었다. 졸업을 한 뒤 그는 법관이 되는 대신에 공기업에 취직을 했는데, 그 소식 역시 그와 함께 면접을 보았던 친구가 전해준 것이었다. 고시준비 때문에 학과성적이 나빠지기는 했지만, 그래도 취직은 무난했던 것 같았다. 대학을 졸업하고 일반적인 회사에 취직한 대개의 사람들이 그런 것처럼, 그후의 그에 관해서는 특별한 소식 같은 건 없었다. 누군가는 그가 결혼을 했다고 말했고, 누군가는 우연히 그를 만난 적이 있는데 그의 지갑에 들어 있는 어린 딸아이의 사진을 보았다고도 말했다.

뜻밖의 일은 그가 졸업을 하고 나서도 거의 십년이나 지나서 일어났다. 그때 그가 다니던 공기업에서 온 나라를 떠들썩하게 하는 파업이 일어났는데 그가 바로 그 선봉에 서 있었고, 삭발을 하고 머리띠를 둘러맨 그의 모습이 아홉시 뉴스 텔레비전 화면에까지 비쳐졌던 것이다. 동창들 중에는 마침 사회부 기자가 있었다. 사회부 기자인 그 친구는 학창시절 동안 총학생회에서 활동을 했고, 몇년 동안 징역을 산 경력도 있었다. 예전의 운동권이었던 사회부 기자는 예전의 학구파였던 그를 취재했다. 당시 동창들은 모일 때마다, 그때 그들이 그려냈을 풍경을 화제로 삼곤 했다. 그때마다 우리 모두는 무언가 쓴 것을 한움큼 삼킨 듯한 표정이었다. 우리들에게 지나갔던 것, 지나갔다고 믿었던 것이 갑자기 쓰디쓴 알약이 되어서 목젖에 걸렸다.

　나는 오래 전의 그를 떠올렸다. 가난한 집안에 홀어머니에 어린 동생 셋을 거느린 장남이었던 그, 할 줄 알고, 믿을 수 있는 것은 공부밖에 없었던 그, 그러나 해피엔딩을 믿는다던 그…… 그의 인생은 그때, 해피엔딩의 어디쯤까지 이르러 있었던 것일까. 나는 또한 그가 내게 보여주었던 제자리 멀리뛰기를 떠올렸다. 도움닫기도 하지 않은 채 마치 한마리 새처럼 뛰어올랐던 그는, 엉덩방아도 찧지 않고 멋진 착지를 해냈었다. 그때 그는 잘생긴 청년이었고 그건, 그로부터 십여년 세월이 흘러 삭발을 한 모습으로 텔레비전 화면에 등장했을 때 역시 마찬가지였다.

　친구들은 아무도 모르지만, 그가 군대에 있을 때 나는 그를 면회간 적이 있었다. 그가 입대하고 나서 몇개월이 채 지나지 않은, 그가 아직 이등병 시절일 때의 일이었다. 뜻밖에도 그는 내게 편지를 보냈고, 그 편지의 내용은 더욱 뜻밖에도 내게 '면회를 와달라'는 것이었다. 그가 군대에 가기 직전의 학기에, 그의 앞으로 잘못 날아간 테니스 공 때문에 그와 단둘이 저녁을 먹은 적이 있기는 했지만 그렇다고 해서 그와 나 사이에 특별한 게 있었던 것은 아니었다. 면회를 와달라고는 했지만, 그 역시 편지에다가 나에 대한 어떤 특별한 감정을 드러내고 있지는 않았다. 그는 다만 '어렵겠지만, 가능하다면 부탁하겠다'고 썼을 뿐이었다. 그의 홀어머니가 그를 매우 보고 싶어하는데 어머니 혼자서는 강원도 전방에 있는 그의 부대까지 찾아올 수 없는 형편이라는 것이었다. 그의 동생들이 있기는 하지만, 토요일이나 일요일에는 식당일을 하는 어머니가 시간을 뺄 수 없다는 설명도 덧붙여 있었다. 그러나 그 편지 어느 곳에도, 그런 부탁을 들어주어야 할 사람이 하필이면 왜 나인지에 대한 설명 같은 것은 없었다.

특별한 관계도 아닌 여자친구가 입대한 남자친구의 그런 부탁을 반드시 들어주어야 할 이유는 없었다. 그러나 나는 그에게 '그렇게 할 수는 없다'는 답장을 쓰지 않았다. 나는 그가 그런 부탁을 왜 나한테 해야 했는지 알고 싶었고, 그에게는 내게 뭔가 할말이 있으리라고 믿었다. 며칠 뒤 나는 그가 부탁한 대로 그의 집으로 전화를 걸어 그의 어머니와 통화를 했고, 그의 어머니를 고속버스 터미널에서 만났다. 의외로, 그의 어머니는 그때 아직 초등학생이었던 그의 막내 여동생을 데리고 나왔다. 아이의 학교가 그날 마침 개교기념일이라고 했는데, 혹시 거짓말이 아닐까 하는 생각이 들었다. 고맙다는 말에도 불구하고, 나를 바라보는 그의 어머니의 눈빛에는 어느새 경계와 시기가 번뜩였다.

이등병인 그는, 그러나 가족들 앞에서는 마치 사령관 같은 모습이었다. 어머니와 어린 여동생 앞에서, 그는 줄곧 점잖고 어른스러운 모습을 보였다. 그는 그의 어린 여동생이 공부를 열심히 하지 않는다고 야단을 치기도 했는데, 그런 짓이 자식들 때문에 밤낮없이 고생하시는 어머니를 얼마나 상심시키는 일인지 조목조목 설명하는 그의 말은 어린아이가 듣기에는 좀 혹독하다 싶을 지경이었다. 아직 초등학생인 동생은 그 앞에서 마치 세상에서 가장 끔찍한 죄를 지은 아이처럼 고개를 숙이고 앉아 있었다.

그런 그를 보면서, 나는 그가 이등병에 불과한 군인이라는 사실이 잘 믿어지지 않았다. 면회소 입구에 나타난 그가, 소위 잔뜩 군기가 든 자세로 그의 어머니를 향해 경례를 올려붙이고는 있는 대로 악을 써서 자신의 관등성명을 외치는 것을 보았음에도, 그 기억은 곧 지워졌다. 어머니와 어린 여동생 앞에 앉아 있는 그의 모습은, 마치 장군 같았다. 그는 전쟁이 일어난다고 하더라도 총을 들고 싸우러 나가는 병사이기보다는, 넓은 지도를 앞에 두고 군사배치를 고민하는 사령관이어야 할 것 같았다.

그의 어머니는 면회소 입구에 나타난 그를 보는 순간부터 당황해서 어쩔 줄을 몰랐다. 마치 겨우 첫날밤을 치렀을 뿐인 남편을 면회하러 온 새색시 같은 모습이었다. 어머니는 아들에게 무엇을 말해야 할지 무엇을 물어야 할지도 알지 못했다. 덥석 붙잡았던 손을 한참 시간이 지난 뒤에야 겨우 풀어주고 까맣게 잊고 있던 음식들을 비로소 꺼내놓기 시작했을 뿐이다. 사정이 달라지기 시작한 것은 바로 그때부터였다. 면회소 탁자 위에 음식들이 펼쳐지자마자 그의 입가가 반드르르해졌다. 처음 몇입 정도는 자제하려고 애를 쓰던 그의 식욕이 곧 그 엄청난 허기의 정체를 드러내기 시작했고, 그는 잠시 후부터는 오직 먹는 일에만 열중하기 시작했다. 그는 그의 어머니가 싸가지고 온, 이미 다 식어버린 전기구이 통닭의 뼈를 알뜰히 발라먹었다. 곧 탁자 위에는 앙상한 닭뼈들이 수북하게 쌓였다. 그의 얼굴이 포만감으로 팽팽해지는 동안 그의 군화에서 빛을 내고 있는 윤기는 조금씩 사그라들었다. 정신없이 음식을 먹는 동안에도 그는 맹렬하게 군화 신은 발을 서로 비벼대었는데, 그가 발가락에 동상을 앓고 있다는 것은 나중에 알게 된 사실이었다.

그의 그런 모습은 가족들에게는 일종의 공포 비슷한 감정을 불러일으키는 것 같았다. 어린 여동생의 눈빛이 파르르 떨리는 게 보였다. 세상에서 가장 끔찍한 죄를 지은 것처럼 고개를 숙이고 앉아 있을 때조차도 그렇게까지는 아니었던 여동생의 충격을 나는 옆자리에서 고스란히 지켜보아야만 했다. 어찌나 기분이 이상했는지 나는 그의 빈 물잔을 채워주는 것조차 잊고 있었다. 그건 그의 어머니 역시 마찬가지였다. 목이 멘 듯 물잔을 집어들고는 그 잔이 빈 것도 모른 채로 입에 가져다대었던 그는, 물잔을 한번 들여다보고, 그러고는 탁자 위에 수북이 쌓인 닭뼈를 내려다보고, 비로소 처음 발견한 듯 나를 한동안 바라보더니, 느닷없이 후드득 눈물이었다. 그가 눈물을 떨구는 것과 동시에 그의 어머니가 마치 곡이라도 하듯이 소리를 내 울기 시작했다. 그리고 마침내는 그의 여동생까지.

그날, 나는 완전히 멍해져서 앉아 있었다. 그가 눈물을 떨구고 그의 어머니가 소리를 내 울기 시작하자마자 서둘러 탁자 위의 휴지를 한 움큼 찢어내기는 했지만 그 휴지를 그에게 건네야 할지 그의 어머니에게, 아니면 그의 어린 동생에게 건네야 할지도 알 수 없었다. 한겨울의 면회소에서 석탄난로가 끝없이 타닥타닥 타는 소리를 내고 있었다. 그 소리는 그후로도 오랫동안 내 기억에서 사라지지를 않았다. 그라는 사람을 향해서 가지게 된 그 순간의 생소한 감정도 마찬가지였다.

그는 미래를 위해 투자할 것이라고는 공부밖에 없던, 나와 같은 과의 친구이거나, 혹은 한 집안의 가장이며 누군가의 유일한 아들이기 전에 그저 '아이'에 불과했다. 우람한 체격에 푸른 제복을 입고 있었음에도, 그는 남자도 청년도 아니었고, 그가 살아온 세월을 고스란히 퇴행해서 마침내 도달한, 아주 작은 아이처럼만 보였다. 눈물을 닦아주고 코를 풀어주어야 할 것 같은, 그리고 걱정하지 말라,고 등을 토닥거려주어야 할 것 같은…… 대체 그러한 감정은 무엇인가. 나는 그 감정에 당황했고, 불쾌감을 가졌으나, 또한 그 낯선 감정이 나를 매혹시키고 있다는 것도 알았다.

그날 나는, 그에게서 아무 이야기도 들을 수 없었다. 그의 어머니는 마치 시앗을 본 본처처럼, 내게서 그를 방어했다. 그러나 그의 어머니가 그렇게 하지 않았다고 해도, 그는 이미 내게 뭔가를 말할 의욕을 완전히 상실해버린 것 같았다. 내게 면회를 와달라고 했을 때, 그런 엄청난 용기를 낼 수 있었을 때, 그가 내게 보이고 싶었던 것은 통닭의 뼈를 알뜰히 발라먹는 모습이거나, 그 뼈 위에다가 눈물을 떨구는 모습은 아니었을 것이다. 남아 있는 시간 동안 그는 어떻게든 자신의 위엄을 회복하려고 노력하는 듯했지만 그럴수록 그는 점점 더 아이 같아졌고, 실수투성이였다. 끝내 그는 내 앞에서 군화를 벗고 발가락 사이를 맹렬하게 긁는 모습을 보이기까지 했다.

면회를 끝내고 집으로 돌아오던 길, 시외버스 안에서 나는 행군중인 군인들을 보았다. 전방의 겨울은 깊어서 어느 곳에나 눈이 쌓여 있었고, 햇살 좋은 곳에조차 두꺼운 빙판이 보였다. 군인들은 버스가 달려가는 반대편 방향으로, 눈길을 걸어 이동하고 있었다. 그들의 얼굴을 자세히 본다는 것은 불가능했지만, 그들 모두가 내 또래의 얼굴을 하고 있으리라는 건 살펴보지 않아도 알 수 있었다. 그러나 그들의 푸른 제복은 나이를 지워버렸다. 나뭇가지를 꽂아 위장한 철모 아래에, 시꺼먼 칠을 해놓아 표정도 감춰버린 얼굴이 실은 '어린아이'의 것에 불과하리라는 사실도 거대한 이미지에 의해 뭉개졌다. 나라를 지키느라 밤낮없이 고생하시는 국군장병 아저씨께, 이런 식으로 시작되던 위문편지만이 떠오를 뿐이었다. 우리들은 아저씨들 덕분에 오늘도 편안히 밤잠을 이룬답니다, 또한 이렇게 이어지던 위문편지의 정답 문구들……

십칠년 만에 그를 고속버스 안에서 만나고, 구례 터미널 앞에서 고작 이십분 동안을 서 있다가 내가 먼저 택시를 탔을 때, 내가 단 한번도 뒤를 돌아볼 수 없었던 것은 가혹하게 내 기억을 긁어대던 쓰라림 때문이었다. 그는 알 리가 없겠지만, 나는 아주 오래도록 그가 등장하는 꿈을 꾸곤 했다. 그가 등장하는 꿈마다 나는 테니스를 하고 있는데 내 공은 항상 정확하게 그의 발 앞으로 떨어졌다. 나는 숨가쁘게 그의 앞으로 달려가서, 우리한테 할말이 있지?라고 묻고 그는 섬세하고 잘생긴 표정으로 나를 향해 웃어 보였다. 그 꿈속에서 물론 그는 항상 이십대 초반이었고 나 역시 그러했다. 세월이 흐르면서 그가 내 꿈속에 나타나는 일은 드물어졌지만, 꿈에서 깨어날 때마다 그에게 듣지 못한 말 때문에 조바심이 나는 것 같은 심정은 여전했다. 나는 그를 언젠가 우연히 만나게 되기를 기대했고, 그 우연한 날, 우연한 시간에 그에게서 '그 말'을 듣게 되기를 기대했다. 그것은 이제 와서는, 내게 남아 있는 유일한 낭만이기도 했다. 그러나 세상에는, 한번 헤어진 채로 다시는 만나게 되지 않는 편이 훨씬 좋은 사람이 있는데, 그가 그러한 듯했다. 이제 나이들고 머리가 벗겨진 그가 내 꿈속을 찾아온다면, 나는 그에게 무슨 말을 할 것이며 또한 무슨 말을 듣고 싶어할 것인가.

그러나 그에게서 전화가 걸려온 것은, 구례 터미널에서 그렇게 헤어진 뒤, 고작 며칠이 지나지 않아서였다. 전화 속의 낯선 목소리가 그라는 것을 확인하고서도 나는 곧바로 대꾸를 할 수 없었는데, 그에게 전화번호를 알려주기는 했지만 설마 그에게서 전화가 오리라고는 생각도 못한 때문이었다. 나는 그에게서 전화 같은 건 오지 않으리라고 믿었고, 또한 그래야 마땅하다고 생각했다.

오래 전의 흔적 같은 것은 아무것도 남지 않은 그와, 역시 마찬가지인 내가 그날 저녁, 갈비집에 앉아서 고기를 구워먹었다. 그는 차를 가져왔다고 술을 전혀 마시지 않았고, 나도 술생각 같은 것은 없었다. 그는 구례에서는 너무 바빠서 차 한잔도 마시지 못했다고, 그게 마음에 걸렸었노라고 말했다. 그리고 자기는 동창들과 완전히 소식이 끊긴 상탠데, 요즘 들어서는 옛친구들 생각이 자주 난다고도 말했다. 그는 시종일관 오랜만에 만난 반가운 동창 사이처럼 굴었지만, 그날의 만남은 구례에서보다도 더 나빴다. 학교 동창들에 관한 이야기를 한 바퀴쯤 돌리고 나자, 도무지 할 얘기가 없었고 더이상은 구워먹을 고기도 없었다. 동창들의 이야기를 할 때에조차도 편안했던 것은 아니었다. 그는 동창들의 이름이 나올 때마다 마치 자신에게 아주 소중했던 사람의 소식을 비로소 듣는 양, 전화번호를 적고, 그들이 하고 있는 일들에 대해 감탄을 하고, 또 어떤 불행한 소식에 대해서는 신음소리를 냈다. 그러나 내가 알기로, 내가 소식을 전해준 어떤 사람도 그에 대해서 궁금해하는 사람은 없었다.

말이 끊길 때마다 그는 옆자리에 놓인 그의 서류가방을 습관적으로 만지작거렸다. 그것은 오래 전에 내가 그를 면회갔을 때, 내 앞이라는 것도 잊은 채 맹렬하게 발가락 사이를 긁어대던 그의 모습을 연상시켰다. 어쩌면 서류가방이 아니라 땀 때문이었을 것이다. 하필이면 우리는 왜 고깃집엘 들어갔던 것일까. 테이블마다 벌겋게 달아올라 있는 숯불화로의 열기는 에어컨을 무용하게 만들었다. 그의 이마에서 흘러내린 땀이 뺨을 지나 목덜미를 지나 셔츠까지 적셔놓고 있었다. 그러나 그는 흘러내리는 땀에 대해 완전히 모르는 체하고 있었다. 마치 땀만 닦지 않으면 그의 비대한 몸집에 대한 인상도 사라질 수 있다고 믿는 것처럼…… 곧 그는 물에 빠진 생쥐 꼴이 되었고, 나는 혹시 땀 때문에 익사하는 사람도 있지는 않을까, 염려를 해야 할 지경이었다.

그가 내 책을 보았다는 말을 꺼내면서부터, 사정은 더욱 나빠졌다. 그는 내 작품평을 하기 시작했고, 나는 갑자기 무슨 문학쎄미나에 나와 있는 듯했다. 이야기는 내 작품에서 다른 작가의 작품들로 넘어가고, 급기야는 문학 전반에 관한 이야기로까지 넘어갔다. 나는 아예 숨이 막혀버릴 지경이었으나, 그의 진지한 말들을 무시할 방법 같은 건 없었다. 그는 자신의 문학비평에 대해 자긍심을 느끼는 것 같았고, 토론이라기보다는, 내게서 칭찬을 받고 싶어하는 태도였다. 예전에 모든 과목에서 A학점을 받았던 수재의 모습 같은 것은 어디에도 보이지 않았다. 그의 의견은 조잡했고, 다만 과시와 허세가 드러나 보일 뿐이었다.

그가 알고 있는 한국작가가 소수에 불과하다는 것이 그나마 다행스러운 일이었다. 식당 앞에서 헤어질 때, 그는 열띠게 문학비평을 할 때의 여진이 남은 듯 여전히 상기된 얼굴이었다. 머리가 벗겨지고, 살이 쪘고, 나이보다 많이 늙어 보였어도, 그의 그런 얼굴은 오래 전에 아주 작은 아이 같던 그의 모습을 연상시켰다. 문득 쓸쓸한 기분이 드는 것은, 그가 어떤 세월을 지나서 다시 아이가 된 것일까, 하는 생각 때문이었을 것이다. 그를 만나 저녁을 먹었어도, 나는 그에 대해서 여전히 아는 것이 없었다.

구례에서 이미 알게 된 사실이었지만, 나는 다시 한번, 그가 이제 내 꿈속에 나타나는 일 같은 건 결코 없으리라고 느꼈다. 슬픈 일이었다. 꿈의 빈자리를 다른 것으로 채우기에는 나 역시 나이가 너무 많아져버린 것이다. 비어 있는 자리에 새로 들어설 것이라고는 악몽밖에는 없었다. 그보다 먼저 차에 올라탄 뒤, 나는 지난번과는 달리 룸미러로 그를 한참 동안이나 바라보았다. 그는 손수건을 넓게 펴서 얼굴과 목덜미의 땀을 닦고, 그러고는 셔츠 속으로도 그 손수건을 집어넣었다. 저녁바람이 마침 시원했다. 그가 땀에 익사할 일은 생기지 않을 터이니, 그나마 다행이었다.

그와 헤어진 바로 이튿날부터, 내 집의 전화가 불나게 울려댔다. 전화는, 내가 그에게 전화번호를 알려주었던, 거의 모든 사람들에게서였다.

"자기가 이영호라 그러는데, 난 이영호가 누군지 기억도 못하겠더라구. 게다가 그쪽에서 턱하고 말을 놓는데…… 참, 나, 난 반말이 안 나와서 애먹었네."

그런 정도의 전화는 좀 나은 편이었고, 어떤 친구는 내게 다짜고짜로 화를 냈다.

"넌 왜 아무한테나 전화번호를 알려주고 그러냐?"

아무한테나라니…… 그는 같이 학교를 다녔던 같은 과의 친구였다. 그가 아무리 과 친구들과 잘 어울리지 않고, 과 행사에도 전혀 참가를 하지 않았다고 하더라도, 적어도 네 학기 동안 그는 우리 과에서 가장 공부를 잘한 사람이었다. 그러나 오랜 시간이 지난 지금, 그는 아무에게도 환영받지 못하는 보험외판원이 되어 있었다.

나는 친구들의 전화를 받으며 진땀을 흘렸다. 그가 내게서 들은 동창들의 전화번호를 열심히 받아적을 때, 혹시 그에게 동창들의 도움이 필요한 어떤 일이 있는가 싶은 생각이 전혀 없었던 것은 아니지만, 그것이 보험과 관계된 거라고는 상상도 못했다. 보험이란 게 대개 여자들이 하는 일이라고 알고 있기도 했지만 설령 그렇지 않다고 하더라도, 그가 거의 이십년 가까이 소식을 끊고 있던 동창들을 찾아가 그런 식으로 자기 '사업'을 하게 되리라고는 생각 못했다.

모든 친구가 다 그를 반기지 않았던 것은 아니었다. 가령 남창호 같은 친구는 오랜만에 나타난 그를 흔쾌히 반겼고, 그와 저녁을 먹고 술을 마셨으며, 그가 판매하는 적지 않은 금액의 보험을 들어주었다. 그가 파업사건으로 말미암아 해고를 당했다는 것은 나도 알고 있지만, 그 회사가 그의 인생에 있어서 유일한 직장이었다는 사실은 남창호로부터 들을 수 있었다. 그후 그는 수없이 많은 일들을 전전한 모양이었다. 때로는 학원선생이 되기도 했고, 때로는 부동산에 관련된 일을 하기도 하고, 한때는 인터넷으로 중고물품 경매사업을 벌이기도 했다고. 인터넷사업을 처음 시작할 때는, 마치 당장에라도 대박이 터질 듯한 기세였고 운이 나쁘지만 않았다면 정말 성공할 만했다고 그는 회고하더라고 했다.

그러나 그가 잘하는 것이라고는 사실 공부밖에는 없었고, 그 역시도 그걸 잘 알고 있었을 것이다. 그는 제대한 뒤 대여섯 차례나 고시를 준비했다. 직장을 잃었을 때, 그리고 새로운 사업에 실패를 할 때마다 그는 항상 마지막 카드를 뽑듯이 다시 고시준비를 시작하곤 했다. 그러나 더이상은 그의 가족들조차도 그의 '공부'를 믿지 않았다. 심지어는 그 자신에게조차도 공부는 그저 가장 안전한 피난처에 지나지 않았을 것이다. 그는 그 모든 이야기들을, 선뜻 보험에 가입해준 남창호에게 털어놓았다. 춥게 여겨질 정도로 에어컨을 세게 틀어놓았던 술집에서 그는 그날 거의 땀을 흘리지 않았다고 했다.

내가 그를 마지막으로 만난 것이 다시 그로부터 며칠 뒤의 일이었다. 그는 지난번의 전화에서처럼 '사업차' 서울에 올라와 있다고 했고, 괜찮다면 저녁이나 같이 하자고 했다. 나는 이미 그의 사업이 무엇인지 알고 있었고, 내가 그를 구례행 고속버스에서 만나게 되었던 것도 '사업'과는 무관한 일이었음을 알고 있었지만——구례로 시집간 그의 막내 여동생이 그의 어머니를 모시고 있다고, 남창호가 말했었다——그런 모든 것을 아는 체할 필요는 없었다. 나는 그가 내게 보험 이야기를 꺼낼 때까지 아무것도 모르는 체할 작정이었다.

저녁을 먹는 내내, 그는 끝없이 서류가방을 만지작거렸다. 그때마다 드디어 보험 이야기가 나오려나 싶었지만 저녁식사가 끝날 때까지도 보험에 관한 이야기는 전혀 없었다. 나는 그를 도와주고 싶기도 했고, 어쩌면 이 고역스러운 만남이 빨리 끝나기를 바라기도 했을 것이다.

"오늘은 무슨 일로 서울까지 온 거야?"

저녁식사가 끝날 즈음, 내가 그에게 물었다. 그러자 그의 얼굴이 단박에 붉어지는 듯싶었다. 그의 붉어지는 얼굴이 내 마음을 편안하게 만들었다. 산다는 건 별수없는 일이 아니겠는가. 사는 게 재미없는 일이라는 건, 남창호를 볼 때마다 이미 느낀 바 있는 것이다. 나는 나도 모르는 사이에 핸드백 속에 손을 넣어 볼펜을 만지작거렸다. 내가 그에게 지불해야 할 그 무언가가 있는지는 모르겠지만, 한때의 내 청춘에 대해서는 그럴지도 모를 일이다. 지나가는 것에 서명하기…… 내게 보험계약서란 그런 의미일지도 모르겠다는 생각이 들었다.

"너 옛날에, 혹시 나 텔레비전에 나온 거 봤어?"

그때 그가 내게 한 말이었다. 무슨 소린가?

"옛날에 나 파업할 때, 그때 나 봤다 그러는 사람 많던데……"

"아, 그래 봤어. 그럼, 봤지."

무언가 하고 싶은 말이 있어 꺼낸 이야기일 텐데도 그는 그렇게만 말해놓고 또 말이 없었다. 여전히 보험에 대한 이야기는 없었다. 식사는 끝났고, 이제는 다른 자리로 옮기거나 헤어져야 할 시간이었다. 그가 먼저 주섬주섬 겉옷과 서류가방을 챙겨 일어섰고, 계산대로 가서 저녁값을 지불했다. 밖은 어느새 이른 어둠이 물들어 있었다.

"커피 마실래?"

그는 좋다고 말했다. 식당 입구에 커피자판기가 있었고 바로 옆에 작은 공원도 보였다. 공원 안에서는 아이들이 공을 차고 있었다. 우리는 자판기 커피를 들고 공원 바깥에 있는 벤치에 자리를 잡았다.

"너 그때, 그 일로 해고당했다는 소린 들었어."

식당에서 그가 했던 말에 이어 내가 말하자, 그는 고개를 끄덕거렸다. 혹시 아픈 기억을 건드리는가 싶었고, 해고 얘기까지는 하지 말걸 하는 후회가 일었으나 그의 대꾸는 전혀 딴판이었다.

"그때가 내 인생에서 가장 화려한 시절이었어."

그는 낮은 웃음소리를 냈다.

"너도 알겠지만, 우리가 대학을 다니던 때에 나처럼 산다는 건⋯⋯ 도서관에서만 파묻혀서 말이야⋯⋯ 그건 정말 힘든 일이었어. 괴로운 일이었지. 나는 나대로 이를 악물고 견뎌야 하는 일이었단 소리야. 그렇지만 항상 생각했었지. 나도 언젠가 한번은 내 전부를 걸고 힘차게 뛰어볼 거라고 말이야. 그래, 그땐 정말 좋았었어. 정말 멀리 뛰는 기분이었다구. 가족을 제외하곤, 모두가 다 내 편 같았거든. 물론 일이 잘못될 수도 있단 생각을 안 한 건 아니지만, 그래도 상관없다고 생각했어. 난 항상 해피엔딩을 믿었으니까⋯⋯ 어차피 그렇게 될 거라고 믿었으니까."

 그러나 그에게 그 댓가는 참으로 컸을 것이다. 게다가 그는, 잘못된 일을 복구하기에는 이미 늦어버린 나이에, 너무 멀리 뛰어버린 것인지도 몰랐다. 해피엔딩으로 끝날 새로운 스토리를 쓰기에는 늦어버린, 그런 나이 말이다.

 만일 그에게 그런 일이 없었다면, 그의 인생은 어떻게 달라졌을까. 그는 적어도 나이보다 훨씬 늙어 보이는 얼굴을 하지 않아도 됐을지 모르고, 때이르게 머리가 벗겨지는 일도 없었을지 모른다. 그러면 나는, 구례행 고속버스에서 그를 우연히 만나던 순간에 그걸 행운이라고 여겼을까. 마침내 내 꿈이 이루어져, 낭만적으로, 다정하게 그와 대화할 수 있었을까.

 "내 얼굴이 텔레비전에 나왔다는 거 알고, 나 네 생각을 했었어. 뜬금없이 네 생각이 나더라구. 아홉시 뉴스에 나올 정도였으면 혹시 너도 날 보지 않았을까. 그러면 자랑스러울 것 같단 생각이 들더라."

 그가 다시 낮은 웃음소리를 냈고, 나는 여전히 잠자코 그의 말을 듣고 있기만 했다.

 "너한테 고맙다는 말도 충분히 못했었잖아. 나 그때 너한테 할말이 있었던 것 같은데…… 그 말도 못했고……"

 그의 말이 이어지는 동안 가슴이 거북하게 울렁거리는데, 그건 그의 다음 말을 듣고 싶어서가 아니라 전혀 그 반대의 기분 때문이었다. 할 수 있다면 나는 그의 입을 막아버리고 싶기까지 한 기분이었는데, 일은 항상 엉뚱하게 벌어진다. 그의 입에서 느닷없이 악, 하는 소리가 터져나오는가 싶더니 그의 뒤통수를 친 축구공이 허공으로 솟구쳤다. 뒤를 돌아보니 공원 안에서 공을 차던 아이들이 미안하다는 말도 하지 못하고는 우르르 도망부터 치고 있었다. 그가 축구공을 집어 아이들이 달려간 방향을 좇아 공원 안으로 걸어들어갔다. 아이 하나가 큰 마음을 먹은 듯 그에게로 다가와 고개를 숙였고, 그는 별말 없이 그 축구공을 아이에게 건네주었다.

잠시 후 그가 다시 내게로 걸어오기 시작했다. 그러나 몇걸음을 걷기 전에 그는 우뚝 멈춰섰고, 그 상태에서 가만히 서 있었다. 왜 저러는가 싶은데, 느닷없이 그의 팔이 앞뒤로 훼훼 내저어졌다. 놀랍게도, 그는 그 자리에서 멀리뛰기를 하려는 것이었다. 그는 예전처럼 높이도, 멀리도 뛰지 못했다. 그러나 적어도 그는 엉덩방아를 찧지는 않았다. 착지를 한 지점에 기우뚱하게 선 채로 그가 나를 바라보았다. 그는 예전에 내게 그런 모습을 처음 보여주었을 때처럼, 섬세한 표정으로 웃고 있었다.

3

그 여름 이후, 그는 다시는 내게 전화하지 않았고, 내게 소식을 전해오는 일도 없었다. 남창호가 내게 그의 어머니의 부고를 전하지만 않았다면, 나 역시 다시 그를 생각해야 할 일은 없었을 것이다. 남창호의 전화를 받은 이튿날 아침, 차를 몰고 구례까지 가긴 했지만 그건 그로 인해서 구례가 떠올랐을 뿐이지, 상가에 가겠다는 생각과는 달랐다. 나는 구례에 이르러 천은사 쪽으로 방향을 바꿨고, 새가 머물고 있는 대웅전 앞에서 오래 시간을 보냈다.

아마도 나는 세월의 흔적들을 보고 싶은 것 같았다. 그를 마지막으

로 만났던 날의 장면들을 비로소 편안한 마음으로 되돌이키게 된 것
역시 천은사에서였다. 그날 그의 서류가방에서 흘러나온 보험팸플릿
을 언제부터 내가 손에 들고 있었는지는 알 수 없다. 그가 축구공에
뒤통수를 얻어맞은 순간 바닥으로 떨어져내렸던 가방에서 흘러나온
그 팸플릿을 나는 그가 아이들을 쫓아갈 때 이미 보았거나, 아니면 그
가 제자리에서 힘차게 멀리뛰기를 하던 순간에 보았을 것이다. 나는
그것을 다시 그의 가방 속에 넣으려고 하지 않았고, 감추려고도 하지
않았다. 그가 내가 앉아 있는 벤치로 돌아올 때까지, 나는 그 팸플릿
을 들여다보고 있었다. 그것은 종신보험 팸플릿이었다. 종신토록, 생
의 끝까지 책임을 져준다는 보험, 심지어는 자살을 할 경우에까지 보
험금이 나온다는.

"그 편지는……"

벤치로 돌아온 그가 내게서 팸플릿을 가져가며 한 말이었다. 내가
그런 것처럼 그도 그 팸플릿을 숨기려고 하지 않았고, 부끄러워하지
도 않았다. 다만 그는 말했을 뿐이다.

"너한테 어머니를 모시고 면회와달라고 했던 그 편지…… 실은, 너
한테 보낸 게 아니었어."

그의 목소리가 편안하게 들렸다.

"다른 친구한테 썼던 건데, 봉투에 네 이름을 적어버렸어. 나중에
그걸 알게 됐는데, 그걸 말하기도 전에 네가 어머니를 모시고 왔지.
널 다시 만나는 일이 없었으면…… 그랬으면…… 난 평생 그 편지를
너한테 썼던 거라고 생각하며 살았을 거야. 그리고 죽는 날까지 가끔
행복했을 거야."

그가 말을 하는 동안 그의 손 안에서 팸플릿이 구겨지고 있었다. 순

간 구겨지고 있는 것은 팸플릿이 아니라 우리들 사이의 기억 같았다. 나는 그의 손에서 그 팸플릿을 뺏어 다시 말짱히 펴주고 싶은 충동을 다스리기가 어려웠다. 편지에 관한 그의 말이 거짓말인지 사실인지는 중요하지 않았다. 공원에서 기우뚱한 자세로 착지를 한 그가 나를 향해 웃어 보였을 때, 나는 이미 알고 있었던 것이다. 어떤 기억은 훼손되지 않은 채, 혹은 못한 채 아예 '종신'이 되어버리기도 한다는 것을, 혹은 훼손조차 기억이 된다는 걸…… 그리하여 기억은 때묻고 더럽혀진 채로 쌓여가는 것이다. 모든 추한 꼴을 다 견디고 나서야 마침내 다가오는 생의 끝, 해피엔딩이란 어쩌면 그런 것인지도 모르겠고 그와 나는 아직 그 끝까지 이르지 못했다는 것, 중요한 것은 그것이었다.

상가에는 가지 않는 것이 옳을 것이다. 어쩌면 부조금도 부치지 않는 게 나을지 몰랐다. 대신에 나는 천은사 입구에 있는 고승들의 부도 앞에서 걸음을 멈춘다. 햇살이 따사롭게 내리쬐는 부도의 잔디밭에 앉아서 나는 잠시 눈을 감는다. 어디선가, 물소리가 들려올 듯도 싶다. '샘이 숨어 있는 절' 천은사였다.

—『문학동네』 2002년 여름호

바다와 나비

한국으로 떠나게 되었다고, 인사를 하고 싶었다는 채금의 전화는 오후 한시쯤에 걸려왔다. 동네의 꽃가게에서 작은 화분을 하나 사가지고 막 들어왔을 때였다. 정오 무렵의 따가운 햇살 때문에 잰걸음으로 집안에 들어와놓고도 막상 들어와서는 화분을 내려놓을 자리도 찾지 못하고 거실 한가운데에 우두커니 서 있던 중이었다. 전주인이 쓰던 짐을 고스란히 물려받은 집은 시간이 아무리 흘러도 여전히 남의 집 같기만 했다. 열쇠를 따고 집안으로 들어설 때마다 나는 매번 보이지 않는 무언가에 떠밀리는 것처럼 앉을 자리도 서 있을 자리도 찾을 수가 없었다. 전주인이 쓰던 전화기와 역시 전주인이 쓰던 번호로 걸려오는 전화도 마찬가지였다. 허락도 없이 남의 전화를 받듯 나는 매번 숨을 죽인 채 전화를 받았고 저쪽에서 먼저 입을 열기 전에는 말하지 않았다. 대개의 전화는 곧 끊겼고, 그렇지 않은 전화도 내가 여보세요, 말하면 약속한 듯이 침묵이 되었다가 잠시 후 조용히 끊겼다.

하루에 몇번씩이나 전화벨이 울렸지만 나를 찾는 전화는 기적처럼, 어쩌다가 한번뿐이었다. 그런데도 채금의 전화가 걸려왔을 때 나는 시계부터 바라보았다. 그건 이곳에 와서 생긴 이상한 습관 가운데 하나였다. 나는 매번 전화가 걸려오면 시간을 확인했으나 오후 한시에 걸려오는 전화든 새벽 한시에 걸려오는 전화든, 거의 어김없이 나하고는 아무 상관 없는 전화일 뿐이었다.

화분을 거실 한가운데에 내려놓고 나는 가만히 수화기를 들었다. 저쪽에서 입을 열기 전에는 먼저 말하지 않을 것이다. 숨소리가 저 혼자 알아서 낮아졌다. 나는 마치 한낮에 텅 빈 남의 집에 들어와 있는, 그러나 결코 안심하지 않는 도둑고양이 같았다.

"……여보세요?"

잠시 침묵하고 있던 수화기 저쪽에서 채금의 목소리가 울렸을 때, 수화기를 잡고 있던 내 손목에서 비로소 긴장의 힘이 풀렸다. 적어도 낯선 이방의 언어는 아닌 것이다.

채금은 능숙치 않은 한국말로 더듬더듬, 드디어 비자가 나와서 다음주엔 한국에 가게 되었다고, 한국에 가면 인사를 전하겠노라고 말했다. 채금의 전화가 뜻밖이기도 했지만 그 내용도 뜻밖이어서, 나는 그냥 네, 네 하면서 듣기만 했다. 말이 서툰 채금이 다짜고짜로 어머니에게 전할 말이, 아니, 말씀이 있어요?라고 묻는데 그때에도 그냥 네, 하고 대답을 해놓고는 뒤늦게야 아무 할말도 떠오르지 않았다. 채금은 내 침묵을 잠자코 기다려주었다. 내가 내 어머니 생각으로 잠시 목이 메기라도 한 모양이라고 생각하는 듯했다. 그 순간에 목이 메지는 않았지만, 가슴이 먹먹해져 있은 것은 사실이었다. 그러나 그건 서

울에 있는 내 어머니 생각 때문이 아니었고, 오히려 곧 서울로 가게
되었다는 채금 때문이었다. 잠시 시간이 흐른 뒤에야, 나는 아니, 괜
찮아요,라고 대답했고 또 한번 같은 말을 반복했다. 정말 괜찮아요.
그러나 그 말은 내 어머니에 대한 것이 아니었다. 나는 채금이 떠나고
난 뒤에 내게 남을 일종의 흔적에다 대고 그렇게 말하는 듯했다. 내가
이곳에 와서 채금을 안 게 고작 한달 정도, 게다가 채금은 나하고는
아무 상관도 없는 사람이었다. 괜찮지 않을 게 대체 무어란 말인가.

　그날 오후, 나는 꽃가게에서 사온 화분을 들여다보고 있다. 꽃의 이
름은 진즈위예. 한국식으로 발음하면 '금지옥엽'이다. 한 가지의 꽃대
마다 각기 다른 색깔의 꽃이 핀, 한국에서는 한번도 본 적이 없는 희
한한 꽃이다. 선명한 색종이 색깔의 꽃들이 노랑, 빨강, 진분홍, 진초
록색으로 피어 있는데 그 작은 꽃들이 꽃대에 붙어 있는 모습이란 게
아슬아슬하기 그지없다. 집안에 무엇이든 살아 있는 게 하나라도 있
었으면 해서 꽃가게에 들르기는 했지만, 푸른 잎이 무성한 화분을 다
놓아두고 그 아슬아슬한 꽃을 집어든 이유는 그 꽃이 그만큼 화려하
고 아름다워서가 아니었다. 오히려 나는 그 꽃이 미심쩍었다. 혹시 이
꽃들은 멋없이 맨숭맨숭하기만 한 가지를 치장하려고 사람들이 만들
어 붙여놓은 것은 아닐까. 꽃가게 주인에게 물어보고 싶었으나, 몸짓
만으로는 그런 의사소통까지 가능하지는 않았다.
　주인이 다른 손님을 상대하고 있는 사이, 나는 꽃잎에 손끝을 가져
다대보았다. 손은 꽃잎에 닿기도 전에 저 혼자의 긴장으로 부르르 진
저리가 쳐지는데, 그 진동이 꽃잎을 흔들기라도 한 것일까. 순간 밥풀
만한 꽃잎 하나가 툭 떨어져내렸다. 다른 손님을 상대하는 중인 줄 알

왔던 주인이 어느 틈에 내 곁에 와서 내가 하는 짓을 지켜보고 있었다. 눈이 마주치자마자 그는 손을 쥐었다 폈다 하며 스우콰이첸!이라고 꽃의 가격을 외쳤다.

화분의 흙 위에는 여전히, 진초록색의 밥풀만한 꽃잎이 떨어져 있다. 그 꽃잎을 건져올리듯이 집어올려 가만히 비벼보았다. 부드럽지도 않고 빳빳한 것이 기다렸다는 듯이 바스라졌다. 손가락끝 어디에도 초록색 꽃물의 흔적은 남지 않았다. 나는 화분을 두 손으로 움켜쥐었다. 베란다 창을 열고 당장 집어던져버리고 싶었다. 허술한 화분의 흙이 들썩이며 가지가 흔들렸다. 그러나, 꽃대마다 가느다란 실로 매달아놓은 듯한 꽃들은 여전히 그 가지를 악착같이 붙잡고 있었다. 그런 상태에서 꽃들은 마치 나를 빤히 쳐다보고 있는 듯했다. 살아 있다는 건 보이거나 만져지는 것이 아니라고 말하는 것처럼.

그 작은 꽃잎의 시선, 나는 그것이 평생 동안 봐온 것이기나 한 듯 익숙했다. 낯선 것에서 다가오는 익숙함…… 그러한 느낌이 오래된 감기기운처럼 내 몸을 들락날락하는 시간들이 계속되고 있었다. 나는 어쩌면 여전히, 그리 멀리는 떠나오지 못한 것인지도 모른다.

채금은 내가 이곳에 와서 처음으로 만나게 된 이 나라 사람이었다. 정확히 말하면 이 나라 국적의 사람. 공항에 도착한 후로부터는 세 시간쯤이 흘렀을 때, 그리고 호텔에 짐을 풀고 나서는 한 시간이 채 지나지 않았을 때였다.

"안녕하세요. 내 이름은 이채금입니다."

그곳은 낯선 나라, 낯선 도시의 호텔이었다. 내게 걸려올 전화 같은 게 있을 리 없었다. 혹시 프런트에서 걸려온 전화인가? 호텔 프런트

직원이 내 나라 말을 사용할 리가 없다는 것을 깜빡 잊은 채로 나는 그런 생각을 했으나, 그랬음에도 어리둥절한 기분은 여전했다. 이곳 호텔의 직원들은 룸써비스 때문에 전화를 걸면 이렇게 자기 이름부터 밝히는가? 그럼 나는 뭐라고 대답하나. 나 역시, 안녕하세요, 내 이름은 무엇입니다, 이렇게 대꾸해야 하나. 그러나 오래 머뭇거리고 있을 필요는 없었다. 채금이 곧 서툰 한국말로, 우리 어머니가 맡긴 돈을 달라 했고 나는 그녀가 누구인지를 그제야 알게 되었다.

호텔은 한국에서 미리 예약을 해둔 곳이었다. 아마도 채금은 그 호텔 밖에서 내가 도착할 시간만을 기다리고 있었던 모양이다. 전화를 끊고 채 십분이 지나기 전에 채금이 내 호텔방의 문을 두드렸다. 그때까지도 채금의 한국말 표현이 어느 정도나 서툰 것인지를 잘 몰랐던 나는 좀 기가 막히는 심정이었다. 채금과 채금의 어머니에게는 어떨지 몰라도, 채금의 어머니가 내게 맡긴 돈은 떼먹고 달아나버리고 싶을 만큼 큰 돈이 아니었다. 적어도, 내가 그쪽으로 전화를 걸기도 전에, 이 낯선 나라의 낯선 호텔에 도착한 지 한 시간도 지나기 전에 잡아채이듯 전화를 받을 정도로는 말이다.

"안녕하세요. 나는 이채금입니다."

그러나 호텔방 문을 열고, 깍듯이 고개를 숙인 채금이 다시 한번 전화를 걸었을 때와 똑같이 어색하기 짝이 없는 인사를 했을 때, 나는 더이상은 그녀에게 불쾌한 기분을 느끼지 않았다. 어쨌든 그녀는 내가 이 나라에 온 후 나를 찾아온 최초의 방문자인 것이다. 또한 이 나라에서는 나를 아는 유일한 사람인 것이고.

채금은 문간에 선 채로 빚줬던 돈만 찾아가면 되는 빚쟁이처럼 안으로는 들어와 앉을 생각도 하지 않았다. 호텔에 도착한 후 창가에 달라붙은 나방처럼 창밖 풍경에만 정신을 팔고 있던 아이가 내 등 쪽으로 다가와 가만히 허리를 끌어안았다. 등에 달라붙은, 아이의 따뜻한 배에서 전해져오는 게 실은 불안인 것처럼, 꼿꼿하게 서서 나를 바라보는 채금의 눈에서 흔들리고 있는 것 역시 불안인 듯했다. 눈 속에서 흔들리는 불안조차도 감출 수가 없는 나이라니…… 그녀는 아무리 많이 잡아봤자 스물다섯을 넘기지 않았을 듯싶었다.

　—어쩌나 악착같고 그악스러운지…… 앉은 자리에 풀도 안 나지 싶은 여편네. 그렇지 않으면, 언감생심 어떻게 그런 중늙은이한테 지 딸을 시집보낼 생각을 해? 아무리 금은보화가 많대도 그렇지. 마흔이 넘어서 아직 장가도 못 간 놈한테 금은보화가 어딨겠어. 재산이 있음 흠집이 있거나, 흠집이 없음 돈도 없겠지. 아니면, 지 딸년이 그렇거나. 원…… 한국이 뭐가 좋다고. 지 딸년을 팔아서까지 데리고 오고 싶나.

　채금의 어머니가 중국에 있는 딸에게 전해줄 돈을 내게 맡겼다는 사실을 알고, 내 어머니가 그녀에 대해서 한 말이었다. 채금의 어머니는 내 어머니의 식당에서 주방일을 하는 사람이었다. 내 어머니의 말에 의하면 채금의 어머니는 딸을 한국으로 데려오기 위해, 마흔살도 넘은 식당 야채납품업자에게 딸을 넘겨버렸다. 그러니 앉은 자리에 풀도 안 날, 지독하고 그악스러운 여편네가 아니겠느냐고, 어머니는 기가 막힌 표정으로 나를 빤히 쳐다보기까지 했다.

　그때 나는 어머니의 말을 그냥 건성으로 들었다. 나로서는 그런 말을 하는 어머니가 오히려 더 신기해 보일 따름이었다. 채금의 어머니를 악착같고 그악스럽다고 말한 어머니였지만 그런 쪽으로 따지자면 내 어머니 같은 사람도 없었다. 어머니는 손바닥만한 국밥집의 수입으로 아파트 서너 채를 사서 챙길 정도로 억척스러웠고, 당신의 모든 고생이 자식들을 위해서라는 말을 입에 달고 살면서도 정작 그 부동산 문서의 어느 한장도 결코 자식들에게 내보이지 않을 정도로 그악스러웠다. 무슨 비법이 있는 것인지는 몰라도 어머니의 국밥집은 식사시간 때마다 손님들이 몇십 미터씩 줄을 섰다. 내가 먹어보면 별맛도 아닌 그 국밥을 먹기 위해 일부러 다른 도시에서 찾아오는 사람까지 있었다. 주방이나 홀에서 일을 하는 사람들은 국밥 속의 고기뼈가 무르듯이 온종일 몸을 몰아쳐야 했다. 그렇다고 특별히 월급이 많은 것도 아니어서, 첫월급을 받아챙긴 이튿날 아침에는 다시는 출근하지 않는 사람들이 많았다. 어머니는 점점 더 악착같고 그악스러워졌고, 어머니의 가게에는 신분이 불안정한 사람들이 급하게 빈자리를 대신 메우곤 했다. 채금의 어머니도 그런 사람 중의 하나였다. 그녀는 불법 체류중인 조선족이었고, 그런 까닭으로 적은 월급과 과중한 노동에도 불구하고, 어머니의 식당에서 몇달을 버텨내는 중이었다.

내 어머니의 말에 의하면, 채금의 어머니가 아직 젊디젊은 딸에게 마흔이 넘은 남자를 붙여준 것은, 딸에게 한국 국적만 생기면 당장 그 결혼을 걷어치우게 할 작정이기 때문이라는 것이었다. 그래서 기왕이면 만만하고 유순한 놈을 고른 것 같다고, 어머니는 당신도 잘 알고 있는 그 납품업자를 한순간에 '계집한테 오쟁이를 질 놈'으로 만들어버렸다. 그 남자가 중국에 있는 채금을 만난 것은 단지 두 차례, 처음 만나서는 얼굴을 익혔고 두번째 만나서는 서류절차를 밟았다고 했다. 나는 나중에야 그 서류절차라는 것이 일종의 혼인신고라는 것을 알게 되었다.

내 어머니의 말만 듣고는 구체적인 사연까지 알 수는 없었으나, 어쨌든 마흔이 넘도록 아직 아내를 구하지 못한 한국 남자는 어떻게든 여자가 필요했을 것이고, 채금에게는 무엇보다도 한국행 비자가 필요했을 것이다. 처음 듣는 이야기는 아니었다. 그렇게 한국으로 시집온 조선족 여자들이 어느날 자기 몸으로 낳아놓은 아이까지 내팽개치고 주민등록증 한장만을 달랑 챙겨 도망가버린다는, 그래서 심각한 사회적 문제가 야기되고 있다는, 그런 이야기는 한동안 신문과 텔레비전 뉴스에서도 자주 보았던 것이다. 어쨌거나 나하고는 상관이 없는 일이었다. 한 조선족 여자가 그렇게 야반도주를 결심할 때까지, 그들 부부 사이에 어떤 일이 있었는지, 남자는 여자를 몇번이나 두들겨팼는지, 여자는 조선족이란 이유로 어떤 수모를 당했는지, 그 여자가 견딜 수 없었던 것이 모욕인지, 분노인지, 그리움인지, 사라진 것은 그 여자의 주민등록증뿐만이 아니라 그런 사연들 역시 마찬가지인 것이다.

"몇살이에요?"

문간에 서 있는 채금에게 맡아두었던 돈을 내밀다 말고, 나는 나도 모르는 사이 물었다. 처음 보는 여자에게 아마도 실례가 되는 질문일 것이다. 나 같은 여자가 그녀처럼 어린 여자의 나이를 묻는다는 건 호기심도 욕망도 아니고 다만 쓸쓸함과 그리움일 뿐이라는 것을 그녀는 알 리가 없을 테니. 이십오세, 라고 채금이 주저하는 듯한 목소리로 말했고, 나는 순간 가슴이 아팠다. 누구나 생각하겠지만, 스물다섯은 마흔이 넘은 남자와 결혼하기에는 참으로 아까운 나이다. 그러나 순간 내 가슴이 아팠던 것이 그 때문일까. 나는 채금이라는 이 어리고 순진해 보이는 조선족 여자가 몇살 먹은 어떤 남자와 결혼을 하는지 따위에는 관심이 없었다. 내가 가슴이 아픈 것은 다만, 그녀가 똑똑한 발음으로 내뱉은 '이십오세'라는 단어 때문이었다. 이십오세라니……

얼마나 빛나는 단어인가. 나는 그 빛나는 단어 앞에서 그 나이 때 내가 겪었던 절망과 우울의 기억을 까맣게 잊어버렸다. 그러나 따지고 보면, 이십오세, 나 역시 그때 내 남편을 처음으로 만났던 것이다. 그 빛나던 나이에, 내가 가장 하고 싶었던 일이 그와의 결혼뿐이었다는 것을 기억해보면 '이십오세' 그 단어가 빛을 잃어버리는 것은 순간이었다.

"당신, 사람이 죽을 때의 표정이 어떨 거라고 생각해?"

한국을 떠나오기 얼마 전, 나는 남편에게 물었다. 그날도 지독한 술 냄새를 풍기고 돌아온 남편은, 그러나 언제나 그런 것처럼 전혀 취하지 않은 것 같은 얼굴로 나를 바라보았다. 아니, 나를 바라본 것이 아니라, 누군가 그를 향해 말을 하는 사람을 바라보고 있었을 것이다.

"아무것도 생각하지 않는 표정이야. 말하자면 넋이 나갔다고 말해야 옳겠지. 비명을 지르고, 공포에 떨고, 울음을 터뜨리는 건 그를 바라보는 사람들 쪽이야."

남편은 아무 말도 하지 않았다. 그래서 나 혼자 말을 덧붙이는 수밖에 없었다.

"들은 얘기야. 쉽게 들을 수 있는 얘기가 아니라 당신한테 해주는 거야. 하긴 나한테 그 얘길 해준 사람도 들은 얘기라고 하더라. 그런데도 난 참 생생했어. 마치 내가 보고 있는 것처럼. 신기하지 않아? 당신도 그런가 궁금해. 얘기해봐. 당신도 그래?"

내게 그 이야기를 해준 사람은 채금의 어머니였다. 어젯밤에 그런 꿈을 꾸었어, 라고 그녀는 말을 시작했다. 내가 본 게 아니라 채금이 아버지가 본 건데, 꿈에서는 내가 본 것처럼 생생했어. 채금이 아버지는 어렸을 때, 공개총살 당하는 사람을 보았대. 그 얘길 평생 했지. 저도 어렸을 때 본 거라 가물가물할 텐데, 금방 본 것처럼 잘도 얘길 해. 못 볼 걸 보고 살아서 그런가, 그 사람 평생 재수가 없었지. 사람이 한번 재수가 없으면 어딜 가도 마찬가지야. 그 사람, 한국에 나올 팔자도 못되지만 나온들 무슨 소용이 있겠어. 그 사람이 그런 얘기를 할 때면, 꼭 그 사람은 죽은 사람의 넋으로 사는 것 같았어. 그러니 그 사람은 그냥 거기에 있어야 해. 그리고 채금의 어머니는 잠깐 동안 말을 놓고 있다가, 순간 아주 먼 곳에 다녀온 사람 같은 얼굴이 되어서 내게 물었다. 그런데, 자넨, 거기에 왜 가?

아이를 공부시키기 위해, 아이를 세계인으로 만들기 위해…… 채금의 어머니에게도 내가 그런 말들을 읊었던가? 그러나 그런 말들은 순간 아무 소용도 없게 여겨졌다. 나는 채금의 어머니가 내게 했던 말들을 남편에게 전부 다 해주고 싶었다. 그리고 그가 내게 묻는 말을 듣고 싶었다. 그런데, 넌, 거기에 왜 가니? 그러나 남편은 아무것도 묻지 않고, 다만 나를 바라보고만 있었다. 나를, 또는 그를 향해 말을 하고 있는 어떤 사람을.

"당신이."

그가 아무것도 묻지 않았으므로, 나는 혼자 말해야 했다.

"내겐, 지금."

한마디씩 끊어서, 그가 잘 알아듣게, 똑똑히.

"다른 사람의 넋으로 보여."

곧 한국으로 떠나게 되었다는 채금의 전화를 끊고, 한 시간쯤 후 중국어 가정교사가 왔다. 말이 가정교사지, 실은 내 중국생활을 돌봐주는 사람이었다. 그녀는 내게 말을 가르쳐주러 왔지만, 내 집에 와서 한번도 책을 펼칠 기회가 없었다. 말이 통하지 않아서 미뤄두었던 쇼핑을 함께 해야 했고, 나 혼자 있는 동안에 내 집 문을 두드렸다가 난감하게 그대로 돌아가버린 아파트 경비를 찾아가봐야 했고, 욕실 하수구를 뚫기 위해 수선공을 부르기도 해야 했다. 우체국에도 가야 했고, 은행에도 가야 했다. 한때는 초등학교 교사가 되는 것이 꿈이었으나, 지금은 한국에 가는 것이 꿈인, 그녀 역시 조선족이었다.

가정교사가 내 집에 오기 시작한 건, 내가 이 집을 구하고 나서도 거의 2주나 지나서였다. 아이의 중국 학교를 알아봐주었던 한국의 유학원에서 장담했던 것처럼, 그리고 이곳에서 만난 가이드가 역시 장담했던 것처럼 집은 사흘 안에 구해졌고, 그 이틀 뒤에 아이도 학교에 입학을 했다. 가이드는 자기가 해야 할 일이 무엇인지 정확히 아는 사람이었다. 집을 구하러 다니던 날, 그는 단지 문짝과 씽크대와 세면대만 달린, 그것을 제외하고는 시멘트 벽과 시멘트 바닥으로만 이루어진 집을 먼저 보여주었는데 그 충격효과가 어찌나 컸던지 두번째 집을 보았을 때는 이것저것 가릴 것도 없이 내 쪽에서 먼저 이 집을 계약하자고 안달하지 않을 수 없었다. 적어도 벽에는 칠이 되어 있고 바닥에는 나무가 깔린 집이었다. 게다가 가구가 딸린 집이었다. 이튿날 호텔에 있던 트렁크 하나를 들고 집으로 들어왔을 때, 전에 살던 사람은 그릇과 침대시트와 벽에 붙은 온도계와 베란다의 화분까지 그대로 놓아둔 채 자기 몸만 챙겨가지고 그 집을 비워주었다. 그리고 그 이틀 후, 아이는 기숙사에 들어갔다.

아이가 기숙사에 들어가게 된 것은 예정에 없던 일이었다. 기숙사라고 하면 동화책 『소공녀』에 나오는 다락방까지도 낭만적으로 여기는 아이는, 제 눈으로 본 기숙사의 허름한 풍경에도 불구하고 당장 마음을 빼앗겨버린 눈치였다. 집과 학교가 먼 거리가 아니었음에도 아이는 기숙사에 있기를 원했고, 나는 아이에게 '딱 한달만'이라는 약속을 받아냈다. 아이에게 약속을 받아내는 동안 나는 마치 자상하고도 엄한 어미처럼 굴었지만, 그렇게 된 상황을 반긴 건 오히려 내 쪽이었다. 선물처럼 내게 한달이 주어진 것이다. 그 한달 동안 나는 아내라는 배역에서 벗어난 것처럼 어미라는 배역에서도 벗어날 것이다. 나는 아무것도 하지 않고 아무 생각도 하지 않고, 다만 죽은 듯이 잠만 자고 싶다고 생각했다.

말이 통하는 가정부든, 아니면 통역을 해줄 가정교사든 빨리 사람을 구해달라고 가이드를 재촉하지 않았던 것은 그런 이유에서였다. 재촉받지 않은 일을 서둘러 할 필요가 없어진 가이드는 내게 전화번호를 주면서 필요한 일이 있으면 연락하라는 말만을 남겼는데, 정작 필요한 일이 있어 그 전화번호로 연락을 해보니, 그는 한달 예정으로 한국에 들어갔다는 거였다. 나는 죽음 같은 잠을 자기 위해 혼자 있는 집, 혼자 쓰는 침대에 누웠으나 잠은 낮에도, 밤에도 좀처럼 오지 않았다. 밤이면 가구들이 저희들끼리 수런수런 이야기를 나누는 소리가 들려오는 듯했다. 내 집의 가구들은, 그것이 내 것이 되기 전에 이미 너무 많은 사람들의 것이었다. 내가 쓰고 있는 침대 위에서 누군가는 쎅스를 했고, 누군가는 피를 흘렸을 것이다. 누군가는 숨을 거두었을지도 모를 일이다.

나는 죽은 듯이 잠을 자기는커녕, 되도록 집 바깥으로 나가 시간을 보냈다. 한시간을 걸어 한국인 거리까지 가서 몇시간을 서성거리다가 다시 한시간을 걸어 집으로 돌아오곤 하는 날들이 이어졌다. 채금을 다시 만난 것은 바로 그 거리의 한국인 상점에서였다. 좁은 매장을 서성거리고 있는데 누군가가 내 어깨를 툭 건드려 돌아보니 바로 그녀였다. 호텔에서는 그토록 불안해 보이던 그녀는 그곳에서는 그저 온순하기만 한 얼굴로 방그레 웃고 있었다. 나 역시 왈칵 반가움이 일었다. 이 나라에도 내게 아는 사람이 존재한다는 사실이 그저 반갑고 고맙게만 여겨졌다.

그날 채금은 내가 쇼핑하는 동안 줄곧 내 곁에 있었다. 내가 쇼핑하는 것을 지켜보면서 이런 건 중국시장에서 사면 훨씬 싸게 살 수 있다고 알려주기도 했고, 쇼핑바구니가 무거워지자 어느 틈에 대신 들고 서 있기도 했다. 호텔에서 돈을 사이에 두고 만났을 때처럼 긴장할 필요가 없기 때문일까. 채금의 한국말은 여전히 서툰 대로도 그다지 어렵게 들리지 않았다. 그녀는 내가 집어드는 물건을 가리키면서 이런 건 한국에서 뭐라고 해요? 묻기도 했는데, 내가 어묵이라고 대답해주자, 어뎅 아니에요? 되묻기도 했다. 아마도 오뎅을 말하는 모양이었다. 어뎅이든 오뎅이든 어묵이든, 뜻만 통하면 될 터였다. 그녀의 서툰 한국말 실력을 일부러 지적해주고 싶지는 않았다. 앞으로 그녀가 겪어야 할 것이 다만 언어의 문제만은 아닐 테니. 언어보다 더한 것들, 그러나 결국 언어인 것, 나는 그것을 어떻게 표현해야 할지 알 수 없었다.

상점에서 나왔을 때는 어느새 저녁 무렵이었다. 근처에 노란색의 간판이 보였다. 맥도널드였다. 채금과 함께이기는 해도 중국식당에 들어가 낯선 음식을 먹을 엄두는 나지 않았고, 아직 저녁때가 이르기도 해서 나는 채금에게 햄버거를 좋아하느냐고 물었다. 채금은 중국에서는 햄버거를 '한빠오'라고 하고 맥도널드를 '마이땅라오'라고 한다고 알려주었다. 외래어를 거의 쓰지 않는 중국에서는 콜라를 '커러'라는 이상한 발음으로 말해야 알아듣고 감자튀김도 '슈탸오'라고 해야지 프렌치프라이라고 해서는 알아듣지 못한다. 그러나 맥도널드든 마이땅라오든 다른 것은 그것을 호칭하는 방식뿐이었다. 빠른 것, 간단한 것, 포장된 환상, 결국 자본주의적인 것, 맥도날드는 중국의 거리에서도 그렇게 존재했다.

쓰는 언어가 다르다는 것 이외에는 내 나라와 조금도 다를 바가 없는 맥도널드는 내 나라에서도 그렇듯 어리고 젊은 아이들로 가득 차 있다. 나는 어린 조카를 쫓아들어온 이모처럼 채금의 뒤를 쫓아서 빈자리에 가 앉았다. 곧 익숙한 햄버거 냄새와 감자튀김 냄새가 중국거리에서 맡았던 낯선 냄새들을 지우고, 거북했던 속을 가라앉혔다. 채금은 집에 가서 저녁을 먹어야 한다며 햄버거는 시키지 않고 감자튀김과 콜라만을 시켰다. 나 역시 식욕은 전혀 없었다. 나는 콜라 한잔만을 시켜놓고 맥도널드의 창밖을 내다보았다. 거리는 서서히 어두워져 어느새 네온이 흐리게 밝혀지기 시작했다. 곧 거리의 낯선 모든 것들이 지워지고 이제 익숙한 어둠만이 남을 시간이었다.

한국에 갈 준비를 하기 위해 공장을 그만둔 채금은 지금은 아버지의 집에 머무는 중이라고 했다. 조선족들도 한국식품점에 와서 뭐 살 게 있느냐고 물었더니, 자기는 한국돈을 환전하려고 들렀노라는 대답이었다. 결혼할 남자가 중국에 왔을 때 남겨두고 간 한국돈이 조금 있었는데, 한국에 가면 어차피 쓰게 될 돈이라 지니고만 있다가 문득 마음을 바꿨다는 것이다. 자기는 한국에 가버리면 그만이지만, 혼자 남을 아버지에겐 한푼이라도 더 돈이 필요하지 않겠느냐고, 그녀는 진지한 표정으로 내게 동의를 구하기까지 했다.

"효녀네요."

"아버지는 몸이 안 편해요. 교통사고를 당해서 한 다리를 다쳤어요. 한 눈은 안 보이구요. 한 눈…… 이거 말이에요."

채금이 손가락으로 자기의 왼쪽 눈을 가리켰다. 얼떨결에 그녀의 눈을 똑바로 쳐다보게 되기는 했지만, 그 손가락이 가리키는 게 눈이 아니라 그 눈 저편의 캄캄한 어둠이라는 것을 알아차리고는 가슴이 서늘해졌다. 얼른 시선을 돌리려고 하는데, 채금의 말이 이어졌다.

"아버지가 어렸을 때 사람이 죽는 걸 봤대요."

채금이 자기 눈을 가리켰던 손가락으로 감자튀김을 집으며 말했다.

"그 다음부터 눈이 안 보인대요. 사람 죽는 걸 한쪽 눈으로만 봐서 다행이래요. 양눈으로 다 봤으면요, 씨아즈가 됐을 거래요. 씨아즈, 알아요?"

씨아즈? 혼자 묻고 있는데 채금이 이번에는 두 손바닥으로 자기 눈을 다 가렸다. 씨아즈는 아마도 장님이란 뜻인 모양이었다. 눈을 가린 채금의 손등에 토마토케첩이 살짝 묻어 있는 게 보였다. 마이땅라오와 토마토케첩과 조선족과 눈먼 장님, 그리고 나…… 이런 단어들이 마치 난수표처럼 얽혀드는 저녁이었다.

그가 사람이 죽는 것을 본 건, 그의 나이 여덟살 때의 일이었다. 그러니까 거의 오십여년 전, 그는 마을에서 멀지 않은 곳에 마련된 처형장에서 한 죄수가 공개총살 당하는 장면을 보았다. 공개처형이 집행되는 공터에는 사람들이 구름처럼 몰려들어, 눈앞이 잘 보이지 않을 정도로 흙먼지가 피어올랐다. 날은 무더웠고 햇볕은 뜨거웠지만 사람들은 앞으로 벌어질 일을 하나라도 놓치지 않기 위해, 발돋움을 하거나 앞사람의 어깨를 밀며 아우성들이었다. 여덟살 아이에게, 그건 아직까지 구경거리에 지나지 않았다. 그는 종주먹을 휘둘러대는 어머니의 만류에도 불구하고, 기어코 어머니의 뒤를 쫓아가 어머니의 허리틈 사이로 머리를 쑤셔박았다. 죄수는 눈이 가려진 채 팔을 뒤로 묶여서는 구덩이 앞에 서 있었다. 아이의 귀에 숨을 죽이고 속삭이는 어른들의 말이 들렸다. 군인들이 죄수를 총살한 다음에는 그 죄수의 집으로 총알값을 받으러 간다는 말이었다. 총살을 당하는 죄수란, 총알값조차도 아까울 정도로 끔찍한 죄를 지은 사람이기 때문이라는 것이었다. 어쩌면 사람 죽는 걸 겁없이 구경하러 나온 어린아이를 짐짓 놀려주고 싶어 어른들이 꾸며낸 거짓말이었을지도 모른다. 그러나 그는 오십년이 지나도록 아직까지도 그 말을 믿고 있다. 죄수는 자기가 죽을 구덩이를 직접 파고, 총을 맞고, 그러고는 남겨진 가족들에게 자기의 시체값을 빚으로 남기는 것이다. 죄수가 무슨 죄를 지었는지, 그는 알지 못했고 그건 그후로도 마찬가지였다. 그가 기억하는 것은 오직, 죄수가 남긴 총알값의 빚…… 그뿐이었다.

그날, 아이는 겁에 질려 있었지만 그 나이라면 당연히 그렇듯, 겁보다는 호기심이 더 컸다. 사람들이 매우 많아서, 아이는 겨우 얼굴 반쪽만 어른들의 허리틈 사이로 쑤셔넣을 수 있었지만, 그래도 하나도 놓치지 않고 모든 것을 볼 수가 있었다. 한순간 여러 발의 총성이 한꺼번에 울렸다. 그리고 죄수는 마치 짚으로 묶어놓은 허수아비가 쓰러지듯, 맥없이 구덩이 속으로 쓰러져들어갔다. 그야말로 순식간의 일이었다. 모든 것은 눈깜짝할 사이에 끝이 나버렸다. 뽀얗게 피어오른 흙먼지 사이에 마른침을 꿀꺽 삼키는 소리조차 들리지 않는 정적이 흐르고, 그 정적 사이로 이제 흙먼지와는 다른 화약연기가 피어오른 듯했다. 그는 그후 오십년이 지나도록, 아직도 가끔 그 냄새를 맡는다. 화약냄새…… 아니, 어쩌면 그건 죽음의 냄새일까. 아니, 그것은 아마도 남겨진 자들의 공포…… 바로, 그 냄새였을 것이다.

내가 채금에게서 저녁초대를 받은 것은 그녀를 한국인 거리에서 만났던 바로 그날의 일이었다. 집에 가서 저녁을 먹어야 한다며 햄버거는 시키지 않고 감자튀김과 콜라만 먹었던 그녀는, 막상 일어설 시간이 되자 어려운 말을 꺼내듯, 그러나 그래서 짐짓 더 명랑한 목소리로 내게 자기 집으로 저녁을 먹으러 가지 않겠느냐고 물었다.

"우리 아버지가 개고기 참 잘해요. 우리 촌에서 제일이에요. 오늘 저녁에도 개를 잡는다고 했는데, 가서 먹을래요?"

맙소사…… 채금의 말을 알아듣자마자, 내가 입속으로 중얼거린 말이었다. 한쪽 다리가 불편하고, 한쪽 눈이 먼, 어렸을 때 사람이 죽는 걸 보고 하마터면 씨아즈가 될 뻔한…… 채금은 지금 내게, 바로 그가 잡아주는, 그것도 개고기를 먹으러 가자고 하는 말인가.

"아버지가 엄마 얘기를 듣고 싶어해요."

내 뜨악한 눈빛을 눈치챘는지, 채금이 하는 말이었다. 나는 금방 그녀의 말을 알아들었다. 채금의 어머니가 한국으로 나간 게 육년 전이라고 했다. 그들은 지난 육년 동안, 함께 살지 않았음은 물론이고 얼굴을 본 적도 없었다.

그러나 나는 채금의 어머니에 대해서 아는 바가 거의 없었다. 앉은 자리에서 풀도 안 날 여편네, 악착같고 그악스럽기가 그지없는…… 내가 채금의 어머니에 대해 알고 있는 것이라고는 내 어머니가 그녀에 대해 했었던 그런 종류의 말들뿐이었다. 더 딱한 것은, 내 어머니의 식당에는 채금의 어머니말고도 조선족 사람들이 간혹 있었는데, 나로서는 채금의 어머니가 그들과 잘 분간되지도 않는다는 사실이었다. 채금의 어머니가 연변사람이 아니라는 것도 나는 한국을 떠나오기 직전에야 알았다. 내게 돈을 맡기면서, 채금의 어머니는 중국에 있는 자기 집이 내가 가려는 도시에 있다고 말했다. 그곳은 그녀의 고향이기도 했다. 그때까지만 해도 한국에 있는 모든 조선족들을 전부 연변사람들로만 알고 있던 나는, 내가 가려는 도시에 천오백여호나 모여사는 조선족 마을이 있다는 것도 처음 알게 되었다.

그러니 채금의 아버지를 만나 무슨 할말이 있을 것인가. 그러나 나는 거절하지 않았다. 어쩐지 나는 그를 한번 보고 싶은 것 같기도 했다. 사람이 죽는 걸 보고 눈이 멀어버렸다는 사람, 그후 평생 동안 죽은 사람의 넋으로만 살아가는 것 같다는 사람, 그러나 내가 보고 싶은 것이 채금의 아버지인지, 그가 대신 살고 있는 죽은 사람의 넋인지는 알 수 없었다.

채금이 살고 있는 조선족 마을은 도시의 외곽에 위치했다. 버스를 타고 가는 동안, 거리의 곳곳에서 노역을 하고 있는 죄수들이 보였다. 사람들과 자전거와 차들이 한꺼번에 뒤섞인 차도 한복판에서 노란 죄수복을 입고 머리를 빡빡 깎은 젊은 죄수들이 무거운 해머를 휘둘러 아스팔트를 부수거나, 그 부서진 자리에 새로운 길을 내고 있었다. 모든 것을 다 깨부수고 완전히 새로운 도시를 만들겠다는 듯 이 도시의 구석구석이 매일같이 무너져내리고 매일같이 새로워지고 있었다.

그러나 도시의 중심으로부터 외곽까지, 개발의 풍경은 십년 단위로 후진되었다. 버스 한 정거장 사이로 십년의 세월이 존재하는 식이었다. 높은 고층빌딩들이 사라지고 넓은 도로가 사라진 뒤, 낡은 구옥들이 보이기 시작했다. 그리고 한국인 거리와는 또다른 조선족 거리의 한글간판들이 나타났다. 그것도 잠시, 곧 붉은 벽돌집들이 즐비한 농촌마을이 보이기 시작했고, 그곳이 바로 채금이 살고 있는 조선족 마을이었다.

어느새 노을이 내려앉기 시작한 저녁, 마을은 붉게 물들기 시작한 황금빛 벌판으로 먼저 나를 압도했다. 논은 끝이 없을 듯 넓어 보이는데, 이제 막 추수를 시작한 듯 군데군데가 한뼘씩 패어 있고 그 팬 한가운데에 볏가리들이 쌓여가는 중이었다. 해가 저물고 있었으나 여전히 벼베기를 하는 사람들이 간혹 벌판 한가운데에 허수아비처럼 보였다. 지는 햇살에 뭔가가 쨍 하고 빛난다 싶어 눈여겨 바라보니 농부가 들고 있는 낫이었다. 저 너른 벌판의 추수를 한자루의 낫으로 감당한다는 게 가능한 일이겠는가 싶었으나, 농부의 뒤로는 동화책 속의 풍경 같은 볏짚들이 가지런히 쌓여가고 있었다.

이웃집의 개를 잡으러 갔다는 채금의 아버지는 아직 집에 돌아와 있지 않았다. 채금이 아버지를 부르러 간 사이, 나는 방 두 칸이 부엌을 끼고 있는 채금의 집안 풍경을 둘러보았다. 집은 중국영화에서 보았던 중국의 전통가옥과는 달라 보였다. 방바닥이 꽤 높게 자리를 잡고 있어서 왜 그런가 했더니 온돌을 깔았다. 따듯한 온돌을 느끼는 순간, 별수없이 우리는 같은 핏줄이구나 싶은 생각이 들었다. 그러나 창에는 중국인들이 하는 식으로 빨간색 복(福)자를 거꾸로 붙여놓았고 벽에는 중국식의 매듭장식이 걸려 있기도 했다. 낯선 것과 정겨운 것들 사이, 한쪽 무릎만 튀어나온 남자 바지가 걸려 있는 게 눈에 띄었다.

잠시 후, 가지런한 발걸음 소리와 불규칙한 발걸음 소리가 뒤섞여 들려왔다. 가지런한 발걸음 소리는 채금의 것이고, 한쪽으로 기울어졌다가 다시 내디뎌지는 발걸음 소리는 채금 아버지 것일 터였다. 나는 숨을 죽인 채, 어둠이 완연한 창밖을 내다보았다. 채금을 뒤쫓아 걸어오는 한 남자의 모습이 보였다. 마치 고장난 시계추가 절반만 왔다가 다시 제자리로 돌아가듯 절뚝, 절뚝…… 나는 잠깐 눈을 감았다 뜨고 다시 어둠속을 눈여겨 바라보았는데, 그건 순간적으로 절뚝거리는 한 남자를 뒤쫓아오고 있는 또다른 그림자를 본 듯했기 때문이다. 그림자는 평생 남의 등에 업힌 채 절대로 떨어지지 않는 신화 속의 늙은이처럼 채금의 아버지 등뒤에 악착같이 달라붙어 있었다. 그러나 사실 내가 본 것은 어둠속에 밝혀진 외등의 불빛 그림자에 지나지 않은지도 몰랐다.

그의 눈이 먼 것은 총살장에서 한사람의 죽음을 목격하던 바로 그 순간의 일이었다. 적어도 그는 그렇게 믿고 있다. 총살장에서 집으로 돌아오는 길에, 어른들의 뒤를 쫓아 걷는 어린아이의 눈에서는 까닭 없이 눈물이 흘러내리는데, 놀랍게도 눈물이 흐르는 것은 한쪽 눈뿐이었다. 그 때문에 아이는 다시 한번 공포를 느꼈지만, 그가 겁에 질린 이유나 흐느껴 울고 있는 이유를 묻는 사람은 아무도 없었다. 모두들 다만 숨을 죽인 채 걷고 있을 뿐이었다. 그들은 자신들이 이제 집으로 돌아가는 중이라는 것은 물론이거니와 자신들이 여전히 살아 있다는 것조차 완전히 믿을 수 없는 얼굴들이었다. 그들은 느닷없이, 살아 있다기보다는 남겨진 자들에 불과했다. 그들은 공포를 느꼈고, 타인에 대한 관심 같은 건 완전히 잊어버렸고, 그리고 견딜 수 없이 불안했다.

어른들에게 방치된 아이는 홀로 걸었다. 한쪽 눈으로만 눈물을 흘리면서. 아무도 가르쳐주지 않았지만, 그는 눈물이 흐르는 눈이 어떤 눈인지를 분명히 알았다. 그것은 누군가의 죽음을 목격하지 않은 순결한 눈이었다. 어른들의 허리틈에 짓눌려 있느라 아무것도 볼 수 없었던 눈. 다른 쪽, 죽음을 목격한 눈만이 눈물을 거두어버렸다. 그가 그 순간에 알았는지, 아니면 그후 오십년 세월을 살아가면서 깨닫게 된 것인지는 모르지만, 어쨌든 그는 알았다. 눈물을 거두어버린 한쪽 눈은 이제 한사람의 죽음 이외에는 더이상 아무것도 보려고 하지 않으리라는 것을, 또한 기억하려고도 하지 않으리라는 것을. 그러나 남아 있는 눈은, 눈물을 거두어버린 눈이 마지막으로 보았던 것보다 더 흉하고 끔찍한 것들을 평생 목격하게 되리라. 한쪽 눈의 마지막 기억을 비웃으면서, 더 많은 것, 더 지독한 것들을 담아내리라.

"난 그때, 그 오래 전에…… 한쪽 눈말고 양쪽이 다 멀어버려야 했어. 그럼 더이상은 아무것도 안 봐도 되는 건데 말이야."

이웃집 개를 잡아주고 술에 취해 돌아온 채금의 아버지는 끝없이 같은 말을 반복했다. 채금의 어머니가 말했던 것처럼, 마치 어제 본 일이나 되는 듯 생생하게.

"그건 눈병 때문이에요. 그해에는 눈병이 지독했다고, 사람들이 다들 그러잖아요."

내게 개고기를 먹이려던 게 아니라 아버지에게 어머니의 소식을 직접 듣게 하고 싶어 나를 집에까지 데려왔던 채금은 술취한 아버지 때문에 화가 난 듯했다. 그러나 채금의 생각과는 달리 채금 아버지는 채금 어머니의 소식 같은 건 묻지도 않았다. 그들은 벌써 육년째 헤어져 살고 있었다. 육년 전 아들의 대학학비를 마련하겠다고 한국에 나갔으나 남편이 다리를 잃고 아들이 교통사고로 목숨을 잃었을 때도 돌아오지 않던 아내였다. 그는 아내에 대해서는 완전히 모르는 척, 다만 자신의 기억에 대해서만 이야기할 뿐이었다.

"그 이후로는 난 단 한번도, 그렇게 감쪽같이 죽어버리는 사람을 본 적이 없어. 그애가 죽을 때…… 끔찍했지. 온몸이 피투성이가 돼서 팔다리가 덜렁거리는데도, 그앤 쉬 죽지 못하고 아주 오래 고통스러워했어. 지금도 그애 생각이 나. 아버지 너무 아파요…… 너무 아파요…… 말해주고 싶었지. 괜찮다. 금방 끝날 거다…… 그런데 금방 끝나지 않았어. 정말 오래 걸렸다구. 정말이지 그렇게 오래 걸릴 필요는 없었는데 말이야."

"그만 좀 하세요. 이젠 정말 지겨워요!"

채금이 기어코 소리를 질렀다. 그녀는 내가 곁에 있다는 사실도 완전히 잊어버린 것 같았다. 화를 억누르려는 듯 어깨숨만 몰아쉬며 잠시 사이를 둔 채금은, 그러나 못 참겠다는 듯 다시 소리를 질렀다.

"난 잘살 거예요. 난 행복하게 잘살 거라구요!"

채금의 아버지는 물끄러미 딸을 바라보고, 그러고는 맥없이 고개를 끄덕였다. 구부러지지 않는 한 다리를 방바닥에 뻗대놓고, 그래서 완전히 방심한 것 같은 모습으로, 그는 또다시 중얼거리기 시작했다.

"그래…… 맞아. 난 채금이, 말리지 않았지. 그 녀석, 내 사윗감…… 나보다 열두어살밖엔 안 어린 그 사윗감이란 놈…… 못 볼 걸 많이 보고 산 놈은 아닌 것 같더군. 난 알아. 못 볼 걸 많이 보고 산 인간의 얼굴이 어떤지 말이야. 그래서 난 말리지 않았어. 암, 안 말리구말구. 그렇지만, 불쌍한 것…… 채금이 이앤 내 남아 있는 눈이 보고 있는 게 뭔지를 몰라. 그건 말이지, 죽음보다 더한 거야. 그건 말이지…… 살아 있다는 거라구. 살아서 못 볼 것들을 모조리, 남김없이 다 봐야 한다는 거라구. 그것도 아주 천천히, 아주아주 오래…… 가마솥 속의 개고기 뼈가 다 무르도록, 아주 오래오래…… 흠씬 두들겨 맞아 나달나달해진 살 속에서 진국의 국물이 다 빠져나올 때까지 천천히 천천히…… 아주, 아주 오래, 오래…… 그렇게 보고, 또 보고 해야 한다는 걸 말이야.”

채금이 다시 뭐라고 소리를 지르려는 듯 두 손을 다부지게 주먹쥐는데 느닷없이 그의 시선이 내 쪽으로 향하고, 그러고는 하는 말이었다.

“자넨 내가 하는 말을 아는군. 내가 무슨 말을 하는 줄 알아……”

나는 그때 그가 나를 바라본 눈이 죽은 자의 넋을 담고 있는 눈인지 아니면 살아서 못 볼 꼴을 다 봐야 하는 눈인지 알 수 없었다. 다만 진저리가 쳐졌을 뿐이다. 그런 내 곁에서 채금이 주먹쥐었던 손을 풀며 한숨처럼 하는 말이었다.

“아버진 너무 취했어요. 취하면 누구한테나 저런 말을 해요.”

그러나 과연 그랬을까. 채금의 아버지가 내게 한 말은 그저 누구에게나 하는 말이었을까. 그날 밤, 나는 남편에게 긴 편지를 썼다. 처음 있는 일은 아니었다. 나는 거의 매일 밤마다 남편에게 편지를 썼다. 이메일 대신, 편지지에다가 만년필로 쓰는 고전적인 방식으로. 그날 밤, 편지지를 펼치고 첫 글자를 쓰는데, 만년필촉 사이로 잉크가 흘러내렸다. 나는 상관하지 않고 편지를 썼다. 처음에는 그저 담담하게 그날 겪은 일을 적어내려가려 했을 뿐이었다. 그러나 편지의 중간에 이르러 만년필에서 흘러나온 잉크가 번진 곳을 한칸 띄고 다시 쓰기 시작했을 때, 나는 좀 감상적이 되어 있는 것 같았다.

——내가 당신에게 이렇게 우중충한 이야기를 하는 걸 이해해. 실은 그의 이야기를 하고 싶은 게 아니야. 당신은 벌써 짐작했겠지만 나는 다만 내 이야기를 하고 싶을 뿐이야. 그에게서 그 이야기를 듣고 돌아온 저녁, 잠깐 잠이 들었는데 꿈속에서는 여덟살 어린아이가 바로 나야. 나는 한사람이 총에 맞아 죽는 장면을 목격하고 있지. 호기심보다는 숨이 막히는 기분인데, 총살당하는 사람은 바로 당신이네. 여러 발의 총성이 울리고, 당신은 구덩이 속으로 쓰러져들어가. 나는 뽀얀 흙먼지 사이를 뚫고 달려가 그 구덩이 속을 확인하지. 당신이 눈을 홉뜬 채 구덩이 속에 드러누워 있어. 이상하지. 나는 한쪽 눈을 가린 채로 당신의 홉뜬 두 눈을 내려다보고 있네. 눈을 홉뜨고는 있지만, 당신은 아주 피로해 보여. 죽음까지 오는 동안의 길이 당신에겐 참 피로한 일이었던 모양이야. 꿈속에서, 나는 당신에게 말해. 이제야 편히 누웠구나, 당신…… 그 구덩이 속이 따뜻했으면 좋겠다. 나는 피로한 당신의 몸 위로, 그리고 홉뜬 채 감기지 못한 당신의 그 두 눈 위로도 흙을 덮어줘. 꿈속에서라도, 당신이 내게 고마워했으면 좋겠다고 생각하면서 말이야. 그러나 피로한 당신은 이젠 내게 고마워할 줄도 모르네……

　　써놓기만 하고 오래 망설이던 편지를 부치기 위해 우체국엘 간 건 한국으로 떠나게 되었다는 채금의 전화를 받고 나서야였다. 우체국에 가는 길에, 나는 가정교사에게 채금의 이야기를 했다. 가정교사는 채금의 소개로 내게 온 사람이었다. 몇다리를 건너서 소개가 된 사람이라 채금을 직접 알지는 않았지만, 채금이 곧 한국으로 떠난다는 사실 정도는 알고 있었다. 그날 우체국에 가는 길에 나는 가정교사에게 채금의 출국날짜가 정해진 듯하다는 말을 했고, 잠시 후에는 그애가 아이를 낳으면 이제 그애의 아이는 한국아이가 되겠군요, 라고도 말했다. 순간, 가정교사의 걸음이 갑자기 빨라지는 듯했다. 무슨 까닭인지 그녀는 좀 화가 난 것 같았다.

"난 조국이니 국적이니 하는 말 잘 믿지 않아요. 한국에 가려고 하는 사람들이 믿는 건, 돈뿐이에요. 우리들의 아버지나 할아버지들은 어떨지 모르지만, 이미 그들은 늙었지요. 젊은 사람들이 믿는 건 돈이에요. 중국도 결국, 별수없어요. 이젠 돈밖에는 믿을 게 없게 된 거니까. 그렇지만 더 믿을 수 없는 건 한국이지요. 그걸 모르는 사람은 아무도 없어요."

가정교사는 어쩌면 자기보다 먼저 한국에 가게 된, 그녀로서는 잘 알지도 못하는 채금이라는 여자에게 질투를 느끼고 있는지도 몰랐다. 그녀가 스스로 말했듯, 그녀 역시 아무것도 믿지 않을 테니까. 그리고 그녀가 믿는 돈은 별수없이 한국에 있으니까.

남편에게 쓴 편지는 간단했다. 죽음이니, 기억이니 같은 단어는 한마디도 없이, '보내주기로 한 생활비가 아직 오지 않았네요. 송금날짜를 정확히 지켜주기 바랍니다' 단 두 문장일 뿐이었다. 그 편지를 써놓고도 열흘 넘게 기다렸지만, 여전히 그에게서는 돈이 오지 않았다. 당장 필요한 돈은 아니었다. 그러나 난 그에게 좀 잔인하게 굴고 싶은 것 같았다.

우표를 사서 편지봉투에 붙이는 내 손끝이 잠시 진저리쳐지듯 떨려, 손끝에 잔뜩 풀이 묻었다. 풀 묻은 손을 휴지에 닦으며 나는 그것을 쾌감의 흔적이라고 믿기 위해 애썼다. 어쨌든 나는 이혼하지 않은 것이다. 그리고 사람들은 아무도 내가 그와 헤어졌다는 사실을 눈치

채지 못했다. 사람들이 눈치채기 전에, 그리고 내 아이가 자신의 인생이 실패한 길로 접어들기 시작했다는 것을 깨닫기 전에, 내가 재빨리 무대를 바꿔버린 것이다.

내 어머니나 형제들에게, 그리고 친구들에게 나는 내 중국행을 '내 아이를 세계인으로 만들고 싶어서'라고 거창하게 말하고 다녔다. 아이는 중국의 국제학교에 입학할 것이고 머지않아 중국어는 물론이고 영어에도 능통하게 될 것이다. 우리 부부는 아이의 장래를 위해 희생할 각오가 되어 있다. 어차피 살 만큼 살았으니 이젠 서로 떨어져서 새삼 그리워하다가 가끔씩 감동적인 상봉을 하는 그런 재미도 봐야 하지 않겠느냐, 제법 농담스러운 대사도 읊었다. 내게 의심스러운 시선을 보내는 사람은 거의 없었다. 내가 그렇게 '거창한 포부'를 밝히기 전에 이미 그런 '거창한' 일들을 실행에 옮긴 사람들이 내 주변에도 적지 않았기 때문이다. 처음에는 사람들이 속아줄까 가슴 졸이며 시작했던 연극이, 나중에는 나 자신까지도 속게 만들었다. 한국을 떠나오기 직전에는 내가 남편과 화해할 수 없을 지경으로 불화에 빠져 있는 상태라는 사실까지도 잊어버릴 정도였다. 심지어 나는 한국에 혼자 남을 그가 걱정되기까지 했다. 만일에 그때 그가 내게 '가지 말'라는 말 한마디만 했다면, 그게 아니라 '꼭 가야 하는 거냐?'고 묻기라도 했다면 나는 어쩌면 못 이기는 척 주저앉았을지도 모를 일이었다. 그러나 그는 그렇게 말하지 않았고 단지 한마디, 이렇게 물었을 뿐이다.

——왜 하필 중국이야.

내게 묻는 말이었으나 그의 말끝에는 의문부호가 달려 있지 않았다. 나는 그가 내게 대답을 요구하고 있는 게 아니라는 걸 알았다.

왜 하필 중국이냐고? 내 지인들도 그렇게 물었다. 그때마다 나는 21세기는 중국이다!라고 호언했지만, 누군가는 기어코, 뱁새가 황새 쫓아가자니 미국이나 캐나다는 돈이 많이 든다는 거겠지, 라는 비양거림을 감추지 않았다. 설사 그것이 엄연한 사실이라고는 하더라도, 내게 그런 건 중요하지 않았다. 나로서는 남편이나 아빠라는 배역이 존재하지 않는 무대이기만 하다면, 그곳이 미국이든 중국이든, 아프리카의 어느 이름모를 나라든 아무 상관도 되지 않았다.

왜 하필 중국이냐고…… 날 비양거리고 싶은 내 지인들의 물음과 남편의 그것은 같지 않았다. 우리들의 대학시절, 아직 청춘만이 전부일 수 있었을 때, 그 청춘에 순결한 믿음과 희망만이 불길처럼 타오르고 있을 때, 우리는 암호를 대고서야 들어갈 수 있는 밀실에서 중국혁명사를 공부했다. 그때 우리들에게 중국이란 나라는 금단의 나라였으나, 또한 금지된 이상(理想)이기도 했다. 그는 불현듯 그 시절을 기억하는 듯, 아주 오랜만에 염증이 이는 표정으로 나를 바라보았다. 그러나 그건 오직 그 순간뿐이었다. 당신한테 돈을 댈 능력만 있다면 굳이 중국이 아니어도 좋지, 내가 그렇게 말했을 때 그는 다시 현실의 자신으로 고스란히 되돌아가버렸다.

현실의 그…… 그는, 더이상 아무것도 기억하지 않았다.

그는 깨어 있는 시간 내내 밖에 있었다. 거의 매일, 아침도 먹지 않고 출근했고 귀가는 늘 새벽녘이었다. 토요일이나 일요일에도 출근하지 않을 때보다 출근할 때가 더 많았다. 출근하지 않을 때는 일과 관련된 이런저런 일들이 있어서 또 밖으로 나가야만 했다. 몇년 동안이나 나는 술에 취하지 않은 그를 본 적이 없었고, 그와 몇마디 이상의 긴 대화를 나누어본 적도 없었다. 그에게 혹시 다른 여자가 있는지 알아보라고 충고하는 친구도 있었지만, 내가 알기로 그에게 그런 존재는 결코 없었다. 혹시 그에게 그를 매혹시키는 다른 여자가 있더라도, 그는 그 매혹을 고백할 시간조차 가질 수 없었을 것이다. 그는 여자 따위가 아닌 다른 무언가에 완전히 장악되어 있었다.

나는 그를 이해하고 싶었고, 실제로 이해하기 위해 애쓰기도 했다. 스스로 사표를 던지고 나왔던 잡지사에 다시 재취업하게 될 때까지, 그는 자그마치 삼년 동안이나 실업자였다. 그 삼년 내내 그는 한푼의 돈도 벌어들이지 못했고, 그의 부친이 보조하는 돈과 내가 번역을 해서 벌어들이는 작은 수입에 기생했다. 내가 그를 이해하기 위해 애썼던 것은 그의 울분이 아니라 모욕과 비굴이었다. 그는 달라지지 않을 수 없었을 것이다. 잘 다니던 회사에 스스로 사표를 던질 수 있었던 때 그는 아직 삼십대 중반이었으나, 그 회사에 다시 재취업할 때는 사십이 코앞이었다. 그는 다시는 사표를 던지거나 하는 일은 하지 못할 터였고, 사직을 당해서도 안되었다. 실업자로서 보낸 삼년이란 시간은 울분을 참지 못하고 자기주장이 강했던 그를, 그리고 술에 취하기만 하면 스스로를 아나키스트라고 표현하고 또 틈만 나면 여행정보서적을 들척거리는 것을 좋아해 책에서 얻은 정보만으로도 세계 곳곳 안 가본 데가 없는 듯했던 그를, 단지 자기 것인 의자 하나를 갖고 있다는 것만으로도 충분히 행복한 사람으로 만들기에 족한 것이었다.

나는 그를 이해하려고 애썼고, 그가 벌어오는 돈을 아끼기 위해, 더이상은 그럴 필요까지는 없었지만 쓰레기 같은 책의 번역도 마다하지 않았다. 너무나 피로한 그를 걱정해 봄가을 보약을 챙기는 것도 잊지 않았다. 그러나 그러한 시간이 일년이 넘고 이년이 넘고 기어코 오년을 넘겼을 때, 이제 모욕을 당하고 비굴해져 있는 것은 그가 아니라 바로 나인 듯했다. 그즈음 그는 간혹 나를 바라보다 말고 깜짝 놀라는 듯한 표정을 짓곤 했는데, 나는 그가 순간순간 나를 알아보지 못한다는 것을 깨달았다. 이 여자가 누군가…… 그런 혼란은 물론 찰나적인 순간에 지나지 않았지만, 그 짧은 순간이 지나자마자 그는 '그 여자'를 알고 싶은 욕망을 잃어버렸다. '그 여자'뿐만이 아니라 '그 자신'에 대해서도 마찬가지였다. 그가 알려고 하는 것은 통장의 잔고와 노후에 받게 될 연금의 액수뿐인 듯했다. 때때로 그는 승진을 기대하기도 했지만, 자신이 승진을 해야 하는 이유에 대해서는 알려고 하지 않았다. 무엇보다도 중요한 것은, 그에겐 더이상 나와 할말이 남아 있지 않다는 것이었다.

그즈음의 어느날이었다. 자정이 넘어서 그의 회사동료에게서 전화가 걸려왔다. 만취한 그를 집에까지 데려다주기 위해 같이 택시를 탔는데, 그가 택시 안에서 잠이 드는 바람에 집이 어딘가를 정확히 물어볼 수가 없다는 것이었다. 내게 전화를 건 그의 회사동료도 취해 있기는 마찬가지인 듯했다. 내가 허겁지겁 야심한 밤거리를 달려나갔을 때 그들은 집근처의 포장마차에서 또 술을 시켜놓은 중이었다. 남편은 포장마차의 테이블에 고개를 떨구고 울고 있었다.

— 제수씨가 이해하십시오.

그의 회사동료가 취한 몸을 제대로 가누지도 못하며 내게 말했다.

— 이 지랄같은 나라에서 밥 벌어먹고 산다는 건 말이죠, 제수씨도 그게 얼마나 지랄같은 일인지 알잖아요. 산다는 건 정말 지랄같은 일이라구요.

나는 아무 대꾸도 하지 않고, 흐느껴 울고 있는 남편의 겨드랑이에 손을 집어넣었다. 그곳은 내가 살고 있는 동네였고, 포장마차에는 이

옷집 사람들의 모습도 보였다. 그러나 그 순간에 나를 견딜 수 없게 한 건 술취해 울고 있는 내 남편을 바라보는 이웃들의 시선이 아니었다. 나로서는 그가 울고 있는 이유를 알 수 없다는 것, 어쩌면 평생 동안 그 이유를 알지 못하게 될지도 모른다는 생각이 나를 참혹하게 만들었다. 더욱 괴로운 것은, 어쩌면 그 자신조차도 본인이 울고 있는 이유를 알지 못하리라는 예감이었다. 포장마차의 테이블에 얼굴을 묻고 흐느끼는 중년의 남자는 불쌍했다. 그리고 그 불쌍한 남자는 내 남편이었다. 나는 그가 허락하기만 한다면, 그와 함께 울고 싶었다. 그와 함께 울 수만 있다면, 무슨 짓이든 하고 싶었다.

그러나 바로 그 순간이었다. 내가 그를 일으키기 위해 그의 겨드랑이에 집어넣은 손에 힘을 주자마자, 그는 마치 더러운 것을 떼어버리듯 내 몸을 거칠게 밀었고 엉겁결에 중심을 잃은 내게 모진 욕설을 내뱉기 시작했다.

—개같은 년! 입으로만 하라고 했잖아! 더럽게 어디다가 가랑이를 벌려! 그냥 입으로 빨기만 하란 말이야!

그는 또 이렇게도 말했다.

—어차피 서지도 않는단 말이야. 어차피 서지도 않는다구…… 젠장…… 너무 오래…… 서질 않았어. 빌어먹을…… 젠장…… 이게 전부일 거라고는 한번도 생각 안해봤는데 말이야…… 그런데 이게 전부더라구.

그런데 이게 전부더라구…… 그는 분명히 그렇게 말했다. 그러나, 나는 알 수가 없었다. 그가 말한 '이것'은 무엇일까. 그 순간에 내가 알 수 있었던 것은, 오래 전에 그는 단지 직장만을 가지지 못했을 뿐이었지만, 이제 와서는 그에게 남은 것이 아무것도 없다는 사실뿐이었다. 그러나 그의 전부를 알 수가 없으니, 그의 아무것이 무엇인지도 나로서는 알 수가 없었다.

그날 밤, 나는 몇차례나 오바이트를 하고 더럽혀진 침대시트에 그냥 코를 박고 잠든 그를 내려다보고 있었다. 어쩌면 모든 것은 그의 문제가 아니라 내 문제일지도 모른다는 생각이 든 것은 그 새벽녘의 일이었다. 내가 그에게 원했던 것, 내가 내 삶에 대해 원했던 것, 세월이 흐를수록 배반만 더해지던 내 삶의 욕망에, 그러나 내가 무릎을 꿇지 못했다는 것…… 어쩌면 그럴지도 모를 일이었다. 그렇더라도 그가 용서되는 것은 아니었다. 용서할 줄 알았다면, 벌써 무릎을 꿇을 줄도 알았으리라. 그 새벽녘에 나는 참혹하기 이를 데 없는 분노의 눈빛으로, 그의 바짓가랑이 사이를 내려다보고 있었다. 그의 말마따나, 그는 너무 오래 그렇게 한덩어리 죽은 살점 같은 모습으로만 살아왔다. 그리고 그것이, 아무것도 아닌 그의 전부였다.

오래 전에, 그가 아직 다행스럽게도 '실업자'이기만 했을 때, 그는 잠이 오지 않는 밤이면 혼자 비디오를 켜놓고, 텔레비전에서 녹화해놓은 자연다큐멘터리 프로그램을 반복해 돌려보곤 했다. 나는 그가 좋아하는 다큐멘터리 프로그램을 같이 보는 적이 거의 없었다. 나는 실업자인 그가 미웠고, 그가 매일 정확한 시간에 집밖으로 나가주기만 한다면 그가 밖에 나가서 하는 일은 무엇이든 상관없다고까지 생각했다. 그러나 그가 하는 일이라고는 고작, 집안에 틀어박혀 비디오를 보는 것뿐이었다. 그것도 할리우드 액션영화도 아니고, 벌레나 곤충 따위가 등장하는 다큐멘터리를.

그날 그가 보고 있던 비디오의 껍데기에는, '한국의 나비'라는 제목이 붙어 있었다. 텔레비전 화면 속에서는 바다가 출렁이고 있었다. 섬 하나 보이지 않는 망망대해였다. 카메라는 그 망망대해에서 뭔가를 열심히 추적하고 있는 듯했다. 소리는 전혀 들리지 않았다. 나는 남편이 거실 테이블에 올려놓은 리모컨을 찾아 볼륨을 높였다. 한밤중이라 남편이 음소거 버튼을 눌러놓은 모양이었다. 볼륨을 높이자마자, 저기다 저기!라고 외치는 감격적인 탄성이 튀어나왔다. 카메라가 급히 쫓아가자 비로소 망망대해에 홀로 날아가고 있는 나비 한 마리가 잡혔다. 내레이터의 목소리가 깔리기 시작했다.

——제주왕나비가 바다를 건너가는 순간이 카메라에 포착된 것은 사상 처음 있는 일입니다. 보십시오. 저 작은 나비가 쉬지도 않고 수백 킬로미터의 바다횡단을 하고 있습니다.

그 순간, 나는 다시 리모컨의 음소거 버튼을 눌렀고, 그리고 생각했다. 나비가 바다를 건너다니…… 세상에는 저런 거짓말도 있구나. 그러자, 내가 같이 살고 있는, 그리고 내 아이의 아빠라는 남자가, 내게 기생하는 것 이외에는 아무것도 하지 않는 사람이라는 사실이 별것 아닌 것처럼도 여겨졌다. 세상에 존재하는 위대한 거짓말들 중에, 내가 꿈꾸었던 행복이라는 이름의 거짓쯤은 별것도 아닌 것이다. 그러나 그렇게 생각해도 가능하지 않은 것이 있었는데, 그것은 누군가를, 그리고 바로 나 자신을 용서하는 일이었다.

이 나라에 온 뒤 얼마 동안 나는 거리의 곳곳에서 툭하면 그를 닮은 남자를 보았다. 얼핏 본 앞모습이 그를 닮아 뒤돌아보면 영락없이 그였다. 머리 정수리에 두 개가 앉은 가마까지 똑같았다. 직장에 몰두하면서 점점 구부정해가던 어깨도 똑같았고 남자치고는 조금 큰 엉덩이까지 같았다. 남편일 리가 없다고 생각하면서도 나는 그를 쫓아갔다. 그러나 길의 모서리를 돌면, 그는 어느 틈에 사라져버리거나 완전히 다른 남자가 되어 있었다.

한번인가는, 길 모퉁이에서 그를 잃어버리고 망연자실 서 있는데 눈앞에 붉은 간판이 보였다. 중국에서 붉은 간판을 보는 건 드문 일이 아니었다. 그러나 눈을 끄는 무언가가 있었다. 잠시 후, 나는 그곳이 문신을 하는 가게라는 것을 알았다. 중국에 와서 고작 열흘이 지나지 않았을 때였다. 중국상점에 들어가 혼자서는 소금 한봉지 제대로 사지 못하는 주제에 문신을 하는 가게에 들어가본다는 것은 언감생심이었다. 그러나 나는 발을 열고 가게 안으로 들어섰다.

가게 안은 어두컴컴했고, 향낸지 약냄샌지 알 수 없는 것이 코를 찔렀다. 잠시 시야가 익기를 기다려 바라보니, 남편의 모습은커녕 그를 닮은 사람의 모습조차 보이지 않고 다만 노인 하나가 가게를 지키고 있을 뿐이었다. 노인은 중국의 전통복장을 하고 붉은 원탁 뒤에 앉아 있었다. 노인이 내게 뭐라고 알아들을 수 없는 말을 하는 동안, 나는 노인의 등뒤 벽에 붙어 있는 그림들을 바라보았다. 아마도 문신의 표본들인 것 같았다. 용과 호랑이, 닭인지 봉황인지 알 수 없는 새의 그림들, 초서체의 글자들…… 그리고, 나비가 있었다.

나비는 붉은색 부적처럼 그려져 있었다. 나는 그 그림을 좀더 자세히 보기 위해 한발을 앞으로 옮겼다. 그때 노인이 의자에서 일어나더니 알 수 없는 말을 지껄이다가, 소리를 질러대기 시작했다. 그러나 나는 다시 한발을 더 앞으로 옮겼고, 순간 진저리를 치고 말았다. 나는 그때 나비의 날개 아래로 뚝뚝 듣고 있는 물방울을 보았던 것이다. 그건 바닷물이었다. 바닷물을 뚝뚝 흘리고 있는 나비는 날개가 젖고,

젖다못해 갈기갈기 찢겨져 있었다. 나비의 지친 숨소리와, 한 목숨쯤
은 족히 다 절여버릴 만큼 짠 소금냄새가 내 가슴속으로 쏟아져들어
왔다.

　—나비 문신을 하겠다고?

　노인이 외쳤다.

　—이건 위험해. 이걸로 문신을 했다간, 자넨 평생 바다 위에 있어
야 할 거야. 자네 같은 사람이 이걸로 문신을 했었지. 얼마 후에 바다
에 나가봤더니 어떤 사람의 팔과 다리가 완전히 소금에 절여져서 바
다에 떠 있더군. 몸통이 없는데도, 팔과 다리는 계속 날갯짓을 해대고
있었어. 내가 새겨준 문신도 사라져버렸더군. 그냥 자리만 푹 패어 있
는데, 날개가 찢겨진 자리가 선명해. 너무 오래 난 거지. 나비한테 바
다는 너무 넓단 말이야. 그 사람도 자네처럼 한국사람이었는데……
참 안됐지. 내가 그렇게 말렸는데도 나비문신을 했단 말이야. 그리고
바다로 갔는데, 팔과 다리밖엔 안 남아 있었어. 그 한국사람의 몸통은
어디로 가버린 걸까?

　더이상 소리를 지르지 않고 중얼거리기 시작한 노인의 말을, 나는
한마디도 놓치지 않고 다 알아들었다. 그때 내 몸이 사시나무처럼 떨
리더니, 팔과 다리 아래로 물이 뚝뚝 떨어지기 시작했다. 나도 모르는
사이 정신없이 팔다리를 허우적거리는데, 남편의 몸통이 바다 위를
둥둥 떠가는 것이 보였다. 그는 자신의 몸통에서 떠나간 팔다리를 보
고 싶지 않은 듯 두 눈을 꼭 감고 있었다.

　곧 한국으로 떠나게 되었다는 채금에게서 전화는 더이상 걸려오지
않았다. 하긴 마지막 전화에서 그녀는 해야 할 인사를 다 챙겼다. 채

금을 다시 만날 일은 없을 것이다. 내가 한국에 나간다고 하더라도 그때까지 채금의 어머니가 내 어머니 식당에 있을지도 알 수 없는 일이니, 한국에서라도 그녀를 만나게 될 일은 없을 것이다.

채금이 그런 것처럼 내게도 채금에게 남아 있는 용건 같은 건 없었다. 마지막 전화에다 대고 나는 말하지 않았던가? 잘 가서 잘 살라고…… 기억이 나지 않았다. 그냥 아무 말도 하지 않은 채 전화를 끊었던 것 같기도 했다.

며칠 후, 나는 가정교사에게 중국말로 조선족은 뭐라고 하느냐고 물어보았다. 그 다음엔 마을이 뭐냐고 묻고 마지막으로는 택시기사에게 조선족 마을로 가자고 하면 알아듣겠느냐고 물었다. 비로소 내 의도를 알아차린 가정교사가 채금의 집앞까지 같이 가주겠다고 나섰지만, 나는 택시만 잡아달라고 했다. 가정교사는 왕복 택시비까지 흥정을 해놓은 뒤 내게 문을 열어주고 잘 다녀오라고 했다.

택시를 타고 사십분쯤 후, 채금과 함께 왔던 조선족 마을에 도착했으나 채금의 집은 텅 비어 있었다. 문이 열려 있어서 방마다 들여다보았는데, 사람은 없고 커다란 트렁크 하나만 새것으로 놓여 있었다. 채금의 짐을 챙겨놓은 트렁크일 것이다. 문득 그 트렁크를 열어보고 싶은 것은 자기 방에도 없고, 집 어느 곳에도 없는 채금이 실은 그 트렁크 안에 들어 있을 것만 같아서였다. 그것도 두 눈을 꼭 가린 채, 마치 씨아즈처럼……

트렁크를 열어보는 대신 나는 채금의 책상 위에 놓여 있는 책을 끌어당겼다. 첫장을 열자, '안녕하세요'라는 글귀가 보였다. 어느 나라말의 교본이든 가장 먼저 배우는 것은 '안녕하세요'이다. 채금은 바로 그 옆에다가 서툰 한글로 '안녕하세요'를 반복해 써놓았다. 연습장도 없이 교본에다 직접 글씨쓰기 연습을 한 모양이었다.

다음 장, 다음 장에도 채금의 서툰 글씨가 가득 들어차 있었다.

──안녕하세요.

──안녕하세요. 나는 이채금입니다.

──안녕하세요. 나는 이채금입니다. 나는 한국사람입니다.

느닷없이 가슴이 결려오는데, 그건 채금이 써놓은 '한국사람입니다'라는 서툰 글자 때문일까, 아니면 그 장을 온통 뒤덮듯이 써놓은 '안녕하세요'라는 글자들 때문일까. 안녕하세요, 라고 나는 혼자 입속으로 중얼거려보았다. 잠시 후에는, 안녕하세요, 나는 한국사람입니다, 라고도 중얼거려보았다. 순간 내 입속에 모래가 한움큼 들어차는 듯했다. 그러나 나는 멈추지 않고 같은 말을 반복했다. 안녕하세요, 나는 한국사람입니다…… 안녕하세요, 안녕하세요, 나는 한국사람입니다…… 곧 내 온몸이 모랫덩어리처럼 여겨졌다.

나는 채금의 방 문턱에 앉아서 채금이든, 채금의 아버지든 돌아오기를 기다렸다. 시간이 이십분 삼십분이 흐르도록, 그들은 돌아오지 않았고 집앞에 멈춰 있는 택시도 움직이지 않았다. 택시기사는 그 사이에 낮잠에 빠져버린 것 같았다. 운전석 차창 밖으로 그의 고개가 죽은 사람의 그것처럼 떨궈져 있었다. 가을이었으나 무더운 바람이 끈끈하게 불고 있는 한낮이었다.

채금 아버지가 한사람의 죽음을 목격하던 날도, 혹시 이런 날씨였을까. 나는 채금의 방 문턱에 앉아 얼마 전의 저녁에도 바라보았던 채마밭을 내다보았다. 그날은 어둠 때문에 제대로 보지 못했으나, 채금의 집 채마밭에 굵직굵직한 파들이 고랑을 따라 자라 있는 게 보였다. 그러고 보니 그날 내가 견딜 수 없었던 것은 아마도 파냄새였던 모양이다. 그런데 나는 왜 그 냄새를 피로한 생과 죽음의 냄새라고 생각했을까.

내가 느닷없이 채금의 집을 찾은 것은, 채금에게 그동안 고마웠다며 얄팍한 여비봉투나 내밀자는 것은 아니었다. 그런 듯했다. 나는 아마도 채금의 아버지를 한번쯤 더 만나고 싶었던 것 같다. 무슨 뜻이었느냐고, 그날, 당신은 나를 어떤 눈으로 보았던 거냐고…… 아마도 묻고 싶었던 것 같다.

그러나, 벌판 저쪽 논두렁 사이에서 절뚝거리는 걸음새가 뚜렷한 한 남자의 모습이 보였을 때, 나는 나도 모르는 사이에 엉덩이를 들어올리고 있었다. 어쩌면 나는, 그를 만나기 위해서가 아니라 그를 만나지 않기 위해 여기까지 온 것인지도 모르겠다. 내가 채금의 집에 머문 시간이 오십분…… 그만하면 충분한 시간이었다.

돌아오는 택시 안에서, 나는 언젠가 꼭 한번 가본 것 같은 붉은 간판의 가게를 보았다. 바람결에 가게의 발이 흔들리는데, 그 안쪽으로 얼핏 내 남편의 모습이 보이는 것도 같았다. 택시를 세우고 싶었지만, 말이 통하지 않으니 별 방법이 없었다. 택시는 빠른 속도로 달려가고 있었다. 나는 그 택시가 바다로 달려가고 있다는 것을 알았다. 바다에는 팔다리가 사라진 그가 둥둥 떠 있다. 비록 몸통뿐이기는 하지만, 나는 그를 아주 오랜만에 안아주고 싶었다. 팔다리가 없어서 나를 마주 안을 수가 없는 몸통뿐인 그는, 내게 안겨서도 점점 더 푹, 짠 소금물에 절여지는 듯했다.

—『실천문학』 2002년 겨울호

감옥의 뜰

규상이 북경에 있는 형 규만에게서 전화를 받은 것은 밤 열한시가
가까워서였다. 서울에서 온 손님 몇을 그리로 보냈는데, 비행기가 연
착을 하는 바람에 호텔예약이 캔슬되었다는 것이다. 규상은 전화를
받으면서 베란다로 걸어가 꽝꽝 얼어붙어 있는 창문을 어렵게 열고,
창문턱에 놓아두었던 온도계를 보았다. 수은주는 영하 이십삼도를 가
리키고 있었다. 심야의 기온이 이 정도라면 하얼삔 날씨치고는 괜찮
은 편이었다. 어차피 날씨가 아무리 추웠더라도 형의 전화를 무시해
버릴 수는 없었을 것이다. 그렇더라도 자정이 가까운 시간에 난데없
이 호텔문제라니…… 규상은 내복부터 양말까지 차례로 벗어두었던
옷을 다시 차례로 겹쳐입기 시작하면서, 한손으로는 휴대전화의 단축
번호를 눌러 샤오친에게 전화를 걸었다. 나라시 기사인 샤오친에게는
출고된 지 얼마 안된 '상해대중' 승용차가 있었다. 이 시간에 집 바깥

에서 택시를 잡기도 쉽지 않겠지만, 혹시 그럴 수 있다고 하더라도 택시를 탈 생각은 없었다. 이맘때쯤이면 얼어붙지 않은 데가 없는 하얼삔의 도로사정은 최악이 되었으나, 그 도로 위를 달리는 택시는 사철 변함없이 형편없는 고물들이었다. 그는 하얼삔의 빙판 위에서 개죽음을 당하고 싶은 생각은 없었다.

샤오친이 그를 데리러 온 것은 삼십분이 훨씬 지나서였다. 그가 집으로까지 전화를 걸어대는 바람에 별수없이 끌려나오기는 했지만, 여간 못마땅한 표정이 아니었다. 그건 그 역시 마찬가지였다. 규만의 전화를 받기 전에 그는 이미 양주보다도 독한 바이주를 한병 가까이나 비운 상태였다. 정신은 말짱한데 몸이 먼저 취해서 전화기를 집어드는 손이 흔들렸다. 그는 바로 한시간쯤 전에 바로 그 전화로 화선의 전남편이 전하는 그녀의 사망소식을 들었던 것이다. 죄송합니다. 너무 늦게 전화를 드리는군요. 낯선 목소리가 그렇게 말을 시작했을 때, 그는 그것이 그토록 기다리던 전화라는 것을 알았다. 예상했던 것보다 마음이 흔들리지는 않았다. 수화기 저쪽의 말마따나 너무 늦은 전화였기 때문인지도 모른다. 오늘 화선이 화장 치렀습니다. 죄송합니다. 화선이 눈감고 지금까지 전화드릴 겨를이 없었습니다. 그는 비로소 조금 놀라운 기분이 들었다. 화선이 이미 한참 전에 세상을 떴을 거라고 믿고 있었기 때문이다. 화선과의 마지막 통화는 거의 한달 전이었다. 그러니 그로서는 화선이 단지 사흘 전에 죽었다는 것이 놀라운 게 아니라, 지난 한달 동안, 적어도 사흘 전까지는 그녀가 여전히 살아 있었다는 사실이 놀라웠다. 그런데 이제 와서 그는 화선에게 어떻게 작별인사를 해야 할 것인가. 짜이젠(再見)…… 이런 경우에 중국말의 작별인사는 얼마나 이상한 것인지. 그는 이제 그녀를 다시 볼 수 없게 된 것이다.

　규만이 말한 손님들은 대여섯 명쯤 되는 오십대 중후반의 남자들이
었다. 자정이 가까운 호텔의 로비에는 그들 말고는 프런트를 지키는
직원이 보일 뿐이었다. 오성급이라고는 하지만 낡고 오래된 호텔의
로비는 어두웠다. 그것은 아마도 전등의 빛이 아니라 시간의 빛 때문
일 것이다. 낯선 여행지의 호텔 로비를 서성거리기에 열한시 이십분
은 누구에게든 지나치게 늦고 허황된 시간인 것이다. 저, 박사장님
동생분…… 청년 하나가 규상에게로 다가와 먼저 말을 건넸다. 북경
에서부터 사람들을 인솔해온, 말하자면 그들의 '입'인 모양이었다. 최
상식이라고 자신의 이름을 밝힌 그 통역자의 설명에 의하면 북경발
비행기가 늦게 뜨는 바람에 그들은 북경 수도공항에서만 세 시간을
머물러 있었다고 했다. 간신히 북경을 떠나 하얼삔에 도착한 것이 열
시쯤이었고, 택시기사에게 엄청난 바가지 요금을 지불하고 호텔에 도
착한 것은 열시 반쯤이었다고. 그런데 체크인을 하려고 보니 그들이
사전에 해두었던 예약이 취소되어 있더라는 것이다. 아홉시까지로 예
약해두었던 체크인 예정시간이 오버된 때문이었다.

　예약이 취소되면 객실요금의 할인가를 적용받을 수가 없었다. 그러
나 더 큰 문제는 그들이 예약했던 방이 이미 남아 있지 않다는 것이었
다. 삥쉬에졔(氷雪節)가 열리는 일월, 하얼삔의 호텔들은 어디거나
여행객들로 넘쳐났다. 자정이 가까운 시간이 아니라고 하더라도 빈
객실을 여유있게 갖고 있는 호텔을 찾기는 쉬운 일이 아닐 것이다. 규
상은 상식을 한쪽으로 불러 그가 인솔해온 사람들이 뭘 하는 사람들
인가를 물었다. 규만의 손님들은 워낙에 다양해서, 거래회사 간부들
이 있는가 하면 해외여행이라고는 처음 해보는 향우회 노인들도 있

고, 어떤 때는 국제학회에 참석차 나온 교수들이거나 방송국 기자들도 있었다. 규만은 북경에 터를 잡은 지 칠팔년 만에 완전히 성공을 한 한국인이 되었지만, 그렇다고 해서 그의 모든 손님들에게 지불책임을 지는 것은 아니었다. 이미 날아가버린 보통 객실 대신에 할인가가 적용되지 않을 경우 하룻밤에 이천원 가까이나 하는 스위트룸을 잡을 것인지를 결정하는 것은, 그러므로 간단한 일이 아니었다. 사내의 대답보다 먼저 규만의 전화가 다시 걸려왔다. 규만은 규상의 설명을 다 듣기도 전에, 아무리 성수기라지만 방 몇개 뽑아낼 능력도 없느냐고 언성을 높였다. 규상의 얼굴이 확 달아올랐다. 결국 이런 소리나 듣게 될 줄 알았지만, 그렇다고 해서 이런 소리나 듣자고 이 야밤에 여기까지 달려나온 것은 아니었다. 휴대전화의 폴더를 닫아버리고 그대로 집으로 돌아가버리고 싶은 것을 규상은 애써 눌러참았다. 한 여자의 육체가 불속에서 소멸해버린 날이었다. 아직 자정까지 남은 이십여분, 그는 누구에게도 화를 내고 싶지 않았다.

규상이 프런트에서 스위트룸의 할인가를 흥정하고 있는 동안, 무슨 친목회의 회원들이라는 여행객들은 벌겋게 달아오른 얼굴로 연통처럼 담배연기만 뿜어대고 있었다. 화가 날 만도 할 것이다. 세 시간 비행기 연착도 기막힌 일이었을 텐데, 호텔에 도착해서는 방에도 못 들어가고 있는 것이다. 북경공항에서 아주 돌아버리는 줄 알았어요. 상식이 프런트에 여권을 늘어놓으면서 규상에게만 들릴 목소리로 말했다. 비행기가 안 뜨는 게 내 책임입니까? 하여간에 어찌나 볶아대던지. 규상은 풋 하고 웃음소리를 냈다. 이해할 만한 일이었던 것이다. 북경에서 비행기가 뜨지 않은 것은 광동발이었던 비행기 승객 중에 난데없이 고열환자가 발생했기 때문이라고 했다. 한겨울 영하의 날씨에 난데없이 무슨 싸스 소동이었는지는 모르겠으나, 어쨌든 공항측의 설명은 그러했다는 것이다. 세 시간 동안 상식은 그를 멸치볶음처럼 볶아대는 손님들에다가, 오분에 한번씩 휴대전화를 쳐대는 '박사장님' 때문에 머리가 다 타버릴 지경이었다고 했다. 규상이 웃음소리를 낸 것은 규만의 급한 성격이 눈에 보이는 듯했기 때문이다.

규상이 드디어 방 수속을 다 마치고 손님들과 함께 엘리베이터에 올라탔을 때 규만의 전화가 다시 걸려왔다. 너 내일 별일 없지? 내일 하루만 그치들 좀 데리고 다녀라. 원래는 잘 돌아가는 조선족 하나 붙여주려고 했는데, 그 자식이 어디 가서 뒈져버렸는지 오늘 아침부터 갑자기 수배가 안되잖냐. 상식이 그 새낀, 중국말이나 할 줄 알지 도무지 믿을 수가 없잖냐. 엘리베이터 안인데도 통화품질은 좋았고, 오히려 수화기 바깥으로까지 목소리가 울려 마치 확성기를 대고 떠들어대는 꼴이었다. 이십이층에서 엘리베이터가 서자 규상은 상식에게 열쇠와 사람들을 맡겨놓고, 엘리베이터 안에서 끊어버렸던 전화를 다시 연결했다. 시계는 아직 열두시 오분 전을 가리키고 있었다.

내일 괜찮지? 전화가 연결되자마자, 대뜸 규만의 목소리가 튀어나왔다. 규만이 말하고 있는 것은 단순한 관광안내가 아니었다. 시내의 관광지를 안내하는 일 따위는 하얼삔 지리를 잘 모른다고 하더라도 중국말만 조금 할 줄 알면 얼마든지 가능한 일이었다. 택시를 부를 수 있는 정도의 능력과, 그 택시요금을 깎을 수 있는 정도의 사소한 융통성만 있으면 된다는 소리다. 규만이 그에게 말하는 것은 관광 이외의 관광, 혹은 관광 속의 관광이었다. 술을 마시고 여자를 사는 일. 굳이 보신이니 매춘 따위의 단어를 들먹여 퇴폐적으로 몰아붙일 필요도 없이, 오십대 남자들이 가족도 동반하지 않고 그들끼리만 여행을 왔다면 반드시 따라야 하는 여흥이 바로 그것인 셈이었다. 그리고 그 여흥이야말로 관광지를 돌아다니며 사진을 박아대는 일보다 더 중요한 본게임이게 마련이었다. 하얼삔이든 뻬이징이든, 혹은 저 아래 항주와 소주든, 그곳이 여행지인 한 다를 것은 없었다. 어느 정도로 해요? 규상은 규만에게 지불의 한도를 물었다. 대충해라. 방값만도 벌써 얼마냐. 빌어먹을, 바깥에서 오래 살다보니까 세상에 연줄 아닌 게 없다. 그치들 최영사 손님들이잖냐. 최영사, 체면 정도 생각해서 써라. 최영사라면, 비록 지금은 국내로 발령이 나 있지만 다시 중국으로 나올 것이 뻔한 중국통이었다. 그러니 지금 최영사의 연줄을 챙겨두는 것은 말하자면 보험을 들어두는 셈이나 마찬가지였다. 그럼 중간 정도로 하죠. 규상은 손목시계에서 눈을 떼지 않으면서 말했다. 북경에서 규만과 함께 살던 동안에도 이런 일은 규상이 전적으로 맡아해왔던 것이다. 중고자동차 무역으로 성공을 한 규만은 돈이 쌓이기 시작한 다음부터는 술도 담배도 입에 대지 않았다. 게다가 독실한 크리스천이기까지 해서 매춘도 하지 않았다. 규상이 규만과 함께 있던 이년 동안, 규만은 몸무게가 오 킬로나 늘고 규상은 형편없을 정도로 간이 나빠졌다.

비행기 연착과 호텔예약 문제 때문에 잔뜩 열이 올라 있던 손님들은 고급객실을 차지하고 나서야 마음이 어느정도씩 풀린 모양이었다. 손님들에게 차례차례 인사를 하고 마지막 방의 문을 닫을 때, 또 전화벨이 울렸다. 호텔 밖에다 둔 채로 까맣게 잊고 있던 샤오친이었다. 집에 안 가? 잔뜩 볼이 부은 목소리였다. 그는 대답하기 전에 손목시계를 내려다보았다. 열두시 십분…… 그 사이에 날이 바뀌어 있었다. 그는 샤오친에게 호텔 바에서 술이나 한잔 하자고 했다. 마시지 않고는 잠들 수 없을 것 같았으나, 혼자 마시고 싶은 기분도 더이상은 아니었다. 샤오친과 양주 한병을 뜯은 뒤에 호텔 싸우나에서 밤을 새우면 될 것이다. 아침에는 전신마싸지를 받은 뒤 손님들과 곧바로 시내 관광을 나갈 수 있을 것이다. 복잡하게 생각할 것은 없었다. 하얼삔은 어차피 하루나 이틀 관광코스였다. 하루를 묵지근하게 돌린 뒤 룸쌀롱에 가서 술을 먹이고, 이튿날 늘어지게 늦잠을 재운 뒤 공항으로 가면 끝이었다. 그렇게 바삐 하루를 지내고 나면 화선에 대한 생각도 그만큼 뭉근해져 있으리라. 사실 화선의 죽음이 이제 와서 새삼스러울 것은 전혀 없었다.

내가 혹시라도 죽게 된다면, 당신한테 꼭 그 소식을 전할게요. 너무 궁금해하지 않게 말예요.

병원에 입원했던 초기에 화선이 그에게 국제전화로 한 말이었다. 몸 어딘가가 안 좋은 듯하다며 귀국을 했던 화선은 보름 정도만 있다가 돌아오겠다는 약속을 지키는 대신에 병원에 입원했다는 소식을 전해왔다. 나 암이래요. 워낙에도 속이 안 좋다는 말을 입에 달고 살던 여자라, 만성위염이나 신경성 장염 정도는 늘 걱정했지만 위암이란 상상도 못한 일이었다. 하루에 두 갑이나 담배를 피워댈 정도로 지독한 골초였으니, 암이라면 차라리 폐암이 어울렸을 것이다. 암, 혹은 죽음에도 몸에 맞는 옷처럼 어울리는 것이 있다면 말이다.

화선이 자신의 죽음을 그에게 반드시 알리겠다는 약속을 했음에도 그는 그 말을 믿지 않았다. 그리고 그녀에게서 소식이 완전히 끊겼던 지난 한달간, 그는 자신의 예상처럼 화선이 약속을 지키지 않은 채 떠나버린 거라고 믿었다. 그러나 그 여자는 그로서는 상상도 못했던 방법으로 소식을 전해온 것이다. 그녀의 사망소식을 국제전화로 알려온 사람은 그녀의, 이혼하지 않은 전남편이었다. 그는 이 복잡한 호칭에 대해서 어떻게 설명해야 할지 알 수가 없다. 화선은 남편과 일년 가까이 별거중이었고, 그녀 본인은 그것을 이혼이라고 믿었다. 그녀는 그와 마지막 통화를 할 때까지도 자신이 그를 속였으며, 그 때문에 그가 어이없는 혼란상태에 빠져버렸다는 것을 이해하지 못했다. 당신은 뭐가 그렇게 중요해요? 나는 지금 이렇게 아픈데. 하긴, 그러했을 것이다. 무엇이 그리 중요했으랴. 화선의 부탁을 받고, 장례를 치른 마지막날 밤 그에게 전화를 걸어준 화선의 이혼하지 않은 전남편의 목소리는 담담하고, 고요했다. 그는 규상이 누구인가를 묻지 않았고, 화선과의 관계를 묻지도 않았고, 심지어는 규상의 이름조차 부르지 않았다. 규상이 웨이, 하고 중국말로 전화를 받았을 때 수화기 저쪽에서는 마치 준비된 대사를 읊듯이, 유화선씨 소식 전하려고 전화드렸습니다, 했다. 저쪽에서 할말을 다 마치고 전화를 끊을 때까지 규상은 한마디 대꾸도 없이 듣고만 있었다. 어떻게 갔는지, 죽기 직전까지도 많이 아파했는지 묻지 않았음은 물론이고, 그녀가 언제 자신에게 소식을 전해줄 것을 부탁했는지도 묻지 않았다. 이제 와선 모든 것이 다 무의미한 일이 되어버린 것이다.

암세포가 성장하기 시작한, 병균의 서식처가 되어버린, 그리하여 소멸하기 시작한 그녀의 몸을 규상은 본 적이 없다. 그녀가 항암치료를 받고, 수술을 하고, 머리가 빠지고, 소변과 똥을 지리는 동안, 그는 단 한순간도 그녀 곁에 있은 적이 없고, 먼발치에서나마 그녀를 바라본 적도 없다. 그 시간들 동안, 규상은 마치 불법체류자처럼 중국에만 머물렀다. 보고 싶어요. 당신은 날 보고 싶지 않겠지만요. 아직 그다지 심각한 상태가 아닐 때, 화선은 그에게 국제전화를 걸어 그렇게 말하곤 했다. 그러나 그는 가고 싶지 않았고 보고 싶지 않았다. 그녀가 그를 속였기 때문에 화가 나서는 아니었다. 그러나 그게 아니었다면 무엇이었을까. 누구 지켜줄 사람이 있냐고 물어보는데, 없다고 했어요. 그녀는 이혼하지 않은 전남편에게 그렇게 말했다고 했다. 중국에서 병을 알았다면 그렇게 말하지 않았을지도 모르는데요. 그녀가 그런 말을 덧붙였지만, 별로 중요한 말은 아닌 듯했다. 그녀가 자신의 모든 것을 맡기기에는, 삶과 죽음과 소멸하는 육체와 썩어가는 냄새까지 맡기기에는 그들의 관계는 너무 헐거웠다. 병과 싸우는 시간이 길어지면서 그녀는 더이상 그를 보고 싶다고 말하지 않았다. 마지막 전화에서는 더이상 힘이 없다고도 했다. 당신한테 국제전화를 걸 힘도 없어요. 국제전화는 번호가 너무 길잖아. 내 손은 다섯 자리도 누르기 전에 힘이 다 빠져나가는걸……

"나는 앞으로 아무한테도 인사하지 않을 거야."

규상은 그의 중국인 친구 샤오친에게 말했다. 양주 한병이 바닥을 드러내고 있는 새벽 두시경이었다.

"왠 줄 알아? 왜냐하면 그게 예의인 거니까. 한사람이 사라졌는데, 영혼도 사라지고 몸도 사라져버렸는데, 그 사람에 대한 예의가 있다면, 적어도 며칠 동안은 안녕하지 말아야 하는 거라구. 딱 며칠만이라도, 절대로, 결단코, 안녕해서는 안되는 거란 말이야. 아무것도 아닌 관계라고 하더라도, 지켜야 할 예의는 있는 거란 말이야. 그냥 딱 며칠만이라도 말이야."

이튿날 아침 규상은 싸우나에서 깨어났다. 시간은 겨우 오전 일곱시를 가리키고 있었다. 술을 세게 마시고 난 이튿날은 늦잠이 오지 않는 대신, 낮잠을 자야만 하는 것이 불규칙한 생활을 하기 시작한 뒤부터의 습관이 되었다. 규상은 대충 샤워를 한 뒤 안마실로 자리를 옮겼다. 아침부터 전신마싸지를 받고 있을 생각이 사라져서, 그는 발마싸지만을 부탁했다. 머리를 양갈래로 딴 안마사가 따듯한 물과 마싸지 크림과 수건을 들고 그의 자리로 와서 무릎을 꿇고 앉았다. 수십 석이나 되는 자리를 갖춘 안마실은 시간이 일러서인지 텅 비어 있다시피 했다. 짜오샹 하오. 안마사가 그의 발을 감싸쥐면서 아침인사를 건넸다. 그는 잠시 망설였다가 짜오샹 하오, 그 인사를 받았다. 샤오친의 웃음소리가 바로 앞자리에서 들려왔다. 샤오친이 그보다 먼저 와서 마싸지를 받고 있었던 모양인데, 나라시 기사 주제에 오성급 호텔에서 마싸지라니, 신세가 늘어졌다. 물론 돈을 내는 것은 규상이었다.

샤오친은 적어도 하얼삔에서는 규상의 가장 친한 친구였다. 유흥가의 조선족들이나, 한인회의 교포들, 그리고 상사 주재원과 유학생들까지 규상의 발은 넓었다. 그러나 그중의 어느 누구도 샤오친보다 더 편안하다는 느낌을 주지는 않았다. 규상이 그의 차를 처음 탄 날부터 샤오친은 규상에게 속을 빼줄 듯이 굴었다. 샤오친이 규상을 '하오펑여우(好朋友)'라고 부르기 시작한 것은 그들이 다섯 번을 만나기도 전이었다. 중국어로 하오펑여우는 정말로 친한 친구일 때가 아니면 쓰지 않는 말이라고, 화선은 말했었다. 화선은 그를 끌어안고 그의 머리를 쓰다듬으며 내 하오펑여우라고 말하곤 했다. 그러나 샤오친은 그의 고객이기만 하면 누구든지 하오펑여우였다. 항상 돈이 두둑한 지갑을 갖고 있는 한국인 고객이라면 샤오친의 하오펑여우가 아닐 수 있는 방법은 없는 셈이었다.

그러나 무슨 상관이겠는가. 규상이 때때로 샤오친과의 시간들을 마치 독주에 취하듯이 즐기는 것은 샤오친이라는 인간과는 거의 상관이 없는 일이었다. 그가 즐기는 것은 샤오친과 나누는, 그러나 통하지 않는 말들이었다. 그의 중국어는 겨우 필요한 말만 하는 수준이었고, 한족과 만주족의 혼혈인 샤오친은 한국어라고는 한마디도 알지 못했다. 그는 내키는 대로 말했고, 샤오친은 알아들을 수 있는 말만 알아들었다. 그래도 문제가 되는 것은 거의 없었다. 그는 언어가 날것인 채로 언어이기만 한, 소통의 모든 오해들을 배제해버린, 그와 같은 순간들이 좋았다. 그는 일주일이나 이주일에 한번쯤 샤오친을 불러서 같이 술을 마셨고, 그동안 묵혀두었던 이야기들을 털어놓곤 했다. 거의 사십년 가까이 써온 모국어보다, 겨우 몇년 동안을 익혔을 뿐인 낯선 언어가 오히려 그의 내부에 있는 곰팡이들을 제거하는 듯한 느낌을 줄 때가 있었다. 그런 순간들에 그는 때때로 오르가슴을 느꼈다.

그는 어떻게 죽었는데?

지난밤, 샤오친은 규상이 말하고 있는 것이 한사람의 죽음에 관하여라는 걸 알아들었다. 샤오친이 '그'의 죽음에 대해서 물었을 때, 이미 잔뜩 취해버린 규상은 '그가 아니라 그녀'라고 샤오친의 말을 정정해주었다. 그러나 중국어에서 '그'와 '그녀' 그리고 '그것'은 발음과 성조가 완전히 같은 단어였다. 화선은 죽었고, 불에 태워졌고, 먼지가 되었으며, 마침내 '그녀'의 성징도 사라졌다. 새벽녘이면 그의 성기를 일으켜세우려고 애쓰던 그녀의 부드러운 손도 사라졌다. 당신 언제든지 이게 불현듯 서면, 섰는데 나한테까지 올 겨를이 없으면…… 가장 가까운 데 창녀라도 찾아가요. 어느날 새벽, 그녀는 그의 헐렁한 바지 속을 들여다보면서 그렇게 말했었다. 그는 웃었지만, 그녀는 진지했다. 그들이 함께 있던 시절, 몸의 문제는 그녀 쪽이 아니라 그에게 있었다. 불규칙한 생활과 거의 매일 같은 술, 그리고 며칠씩이나 연달아 밤을 새우는 포커판, 그런 밤들이 지나가고 나면 새벽녘 그의 바지 속은 항상 헐렁했고, 그녀는 성욕 때문이 아니라 삶에 대한 경건함 때문인 것처럼 한숨을 내쉬었다. 쎅스를 잃어버리는 건 슬픈 일이잖아요. 꿈과 이상에 대해 말하는 것처럼, 그녀는 쎅스에 대해서도 같은 말을 했다.

그의 맨발을 주무르고, 누르고, 쓰다듬는 마싸지사의 손길에서 그가 불현듯 쎅스를 느끼는 것은 화선에 대한 생각 때문일 것이다. 마싸지크림을 듬뿍 바른 발가락 사이에 마디가 단단한 손가락을 집어넣어 힘주어 마찰을 시키고 있는 여자의 정수리를 내려다보며 그는 한숨을 내쉬었다. 그의 발에서 다섯 개의 성기가 자라나고 있다는 느낌이 들었다. 그를 염려했던 화선은 사라졌으나, 그는 사라지지 않은 것이다. 불태워지지도 않은 것이다. 안녕하지는 않더라도, 여전히 이곳에 존재하고 있다는 사실은 달라지지 않은 것이다. 스무살 정도밖에는 안 돼 보이는 어린 여자안마사에게 발을 맡긴 채, 규상은 쎅스가 아니라 자신의 존재가 잠시 슬펐다.

관광은 오전 열시경부터 시작이 되었다. 샤오친의 상해대중과, 따로 부른 이에프 쏘나타 한대에 손님 다섯과 가이드인 상식을 나누어 태우고 그도 역시 샤오친의 옆자리에 몸을 실었다. 지난밤에는 무슨 원수 대하듯 눈도 잘 안 마주치려 들던 사람들이 하룻밤 사이에 기분이 완전히 풀어져서 그에게 차례로 명함을 내밀었다. 무슨 유통업체 대표도 있고, 요식업체 대표도 있었다. 중국은 정말 어마어마한 나라라고, 십삼억의 시장을 가진 나라가 아니냐고, 그들은 간혹 규상에게 동의를 구해가며 이야기를 나누었다. 북경 북해공원에서 자금성을 내려다보는데, 정말 기가 탁 질리더라고. 크다는 것이 바로 저런 거구나 싶더라고. 규상은 건성으로 대꾸를 하며 그들의 이야기를 흘려들었다. 이어질 말은 듣지 않아도 뻔했다. 십년, 늦어도 십년 후면, 한국은 중국에 쪽도 못 쓸 거라고. 중국이 도약하고 나면 미국이 지금 우리나라한테 하는 짓은 저리 가라일 거라고. 관광을 온 한국사람들은 누구나 한결같이 중국의 거대함에 탄복하고 중국의 미래에 대해 두려움을 표현했다. 그러고 나선 정해진 순서대로, 현재의 낙후한 환경에 대해, 가난에 대해, 지저분함에 대해 맹렬하게 개탄을 해댈 것이다. 중국의 여행경비에는 카타르씨스의 비용도 포함이 되어 있는 것이다.

첫번째 목적지는 731부대 유적지였다. 가이드 노릇을 할 만한 상식이 있는데다가 731부대를 모르는 사람도 없을 듯했기 때문에, 그는 차 안에서 간단한 정도로만 설명을 했다. 다들 아시겠지만, 731부대는 2차세계대전 당시, 세균전을 실시하기 위해 창설된 일본군 부대입니다. 마루따라고 들어보셨지요? 말하자면 마루따는 생체실험 대상인 사람들을 일컫는데, 뜻이 뭐라더라. 껍질 벗긴 통나무라던가, 하여간에 들어가보시면 설명이 있을 겁니다. 기분이 그리 좋은 곳은 못 될 겁니다. 일본놈들 지독하긴 진짜 끔찍하게 지독하지요. 마루따들한테 콜레라, 매독, 발진티푸스 등의 세균을 투여하고 그 경과를 보거나, 일본군인들의 동상을 효과적으로 치료하는 방안을 알아내기 위해 실험대상들을 한겨울의 진흙밭 속에 알몸으로 묻어놓고 동상환자로 만들거나, 진공기에 넣어 인체의 피와 수분을 이탈시키거나, 말의 피와 사람의 피를 교환시켜보기도 했고…… 아이고오, 그냥 들어가서 봅시다. 손님 중의 하나가 머리를 내저어가며 규상의 말을 끊었으므로 규상은 그대로 입을 다물었다. 그는 표를 끊어 상식과 함께 손님들만 들여보내고는 샤오친의 차로 되돌아왔다. 샤오친이 넌 안 들어가냐고 묻는 것을 그는 너 같으면 또 보고 싶겠냐고 퉁명스럽게 되받았다. 규상은 이제까지 세 번쯤 여행객들과 함께 731부대를 관람했다. 그러나 사실은 한번이라도 제대로 보고 싶은 곳이 아니었다. 처음 볼 때의 충격과 고통과 역겨움은 사라졌지만, 인간에 대한 두려움은 그대로 남았다. 살아 있음에 대한 냉소와 환멸, 그런 말을 했던 건 화선이었을 것이다. 그는 화선과 함께 처음으로 731부대를 관람했었다. 사람이 어느 정도까지 악해질 수 있고, 그 악에 대해 무감각해질 수 있을까. 그는 거의 두들겨맞는 듯한 느낌으로 731부대의 기록들을 보았다. 전시실을 한바퀴 다 돌고 부대의 마당으로 나왔을 때, 화선이 그에게 기념사진을 찍겠느냐고 물었다. 그는 그날이 처음이었지만 그보다 하얼삔 생활이 일렀던 화선은 지인들이 올 때마다 안내를 하느라고, 그날이 최소한 다섯번째는 될 거라고 했다. 선과 악은 어느 지점에서 구분이 되는 거 같아요? 삶과 죽음처럼, 그건 그냥 맞닿아 있다는 생각이 들어요. 충격은 사라지고 환멸만 남은 목소리로 화선이 그렇게 말했을 때, 토할 것 같은 역겨움과 인간에 대한 두려움에 고스란히 사로잡혀 있던 규상은 이렇게 대꾸했다. 한가지 분명한 건, 무엇이든 사람이 하는 일이라는 거지. 사랑은, 연민은, 아픔은…… 살인은, 폭행은, 강간은…… 전부 다 사람이 하는 일이지. 담배를 피우기 위해 차창을 내렸다가 규상은 반개비도 피우지 못한 채 다시 차창을 올렸다. 두어 모금을 빨기도 전에 입술이 얼어붙는 걸 보면 기온이 영하 삼십도는 족히 내려갔을 듯했다. 그러나 창을 닫자마자 히터 열기가 훅 끼쳐오는 차 안은 오히려 더욱 지경이어서, 바깥의 모든 것이 곧 비현실적으로 바라보였다. 유적지의 마당에는 눈이 두껍게 쌓여 있었는데, 그 눈밭에 장난스럽게 찍힌 발자국 하나 보이지 않았다. 전시실을 관람하고 나오는 사람들은 희게 쌓인 눈밭 위에 자기 흔적을 남길 생각 같은 건 하지 않게 마련이었다. 여기는 전쟁유적지가 아니라 무슨 성소 같단 생각이 들지 않아요? 그는 화선의 말을 기억했다. 그리고 바로 어제, 불에 태워졌다는 그녀의 몸을 또한 생각했다. 그녀의 몸은, 바로 어제 성소가 되어 사라졌을까. 아니면 전쟁 같던 생의 유적지로 남게 되었을까.

"어, 벌써들 나오네."

한잠 잘 태세로 의자등받이를 뒤로 내리던 샤오친이 도로 몸을 세우며 창밖을 가리켰다. 과연 유적지 문밖으로 나오는 일행들이 보였다. 모두들 더러운 것을 한움큼씩 씹은 듯 불편한 표정들이 역력했다.

"좋은 데 없소, 좋은 데? 이런 거말고, 좋은 것 좀 보러 갑시다."

규상은 차를 출발시켰다. 좋은 데라…… 다른 때 같았으면 그는 쏘피아성당을 생각했을 것이고, 혹은 사원이나 공원들을 떠올렸을 것이다. 역사에 특별히 관심이 있는 사람들이라면, 안중근 의사가 이등박문을 저격한 하얼삔 역전으로도 안내할 수 있을 것이다. 혹은 관광에 열정을 보이는 사람들이라면 아청(阿城)까지 나가서 금나라 유적지를 보게 할 수도 있을 것이고, 일행 중에 아이들이 끼여 있다면 호랑이 방목장에 가서 새끼호랑이를 끌어안고 사진을 찍게 해줄 수도 있을 것이다. 그러나 지금 규상은 아무 생각도 떠오르지가 않았다. 그는 샤오친이 차를 모는 대로 그냥 맡겨두기로 했다. 견딜 수 없게 피로가 몰아쳐왔다. 아침에 일찍 깨어난 대신에 낮잠을 자야만 했는데, 여행객들이 731부대에서 너무 빨리 나와버린 것이다. 차가 움직이기 시작한 지 몇분이 채 지나지 않아, 규상의 머리가 끄덕여지기 시작했다. 어이, 형씨, 저게 바로 송화강이오? 뒷자리에서 누군가가 그의 어깨를 흔들며 말을 건네왔지만, 규상은 눈을 뜨지 않았다. 어허, 저게 바로 그 하얼삔역 아닌가? 규상이 반응을 하지 않았으므로, 뒷자리에서는 그들끼리만의 대화가 이어졌다. 안중근 의사도 안중근 의사지만, 그 어머니가 대단하시지. 누군가의 말이 정신없이 몰아쳐오는 규상의 잠속으로 스며들었다. 안중근 의사가 감옥에 갇혔을 때, 그 자당께서 감옥으로 편지를 보내셨다는 거야. 그 내용인즉슨, 항소를 하지 말라는 것이지. 어차피 일본놈들이 너를 살려주지 않을 것이니 너는 그냥 죽어라. 억울하게 죽어라. 그 자당께서 그런 편지를 왜 보내셨느냐. 안중근 의사가 억울하게 죽을수록, 조선 백성의 분노가 더 대단해질 거라는 것이지. 자당이 편지 말미에 쓰시기를 네가 혹시 늙은 에미를 남겨놓고 먼저 죽는 것이 동양 유교사상에 어긋난다는 이유로 망설일까봐, 특별하게 일러둔다 하였다는 거야. 과연 범 같은 어머니가 아니신가.

규상은 화선과 함께 안중근 의사가 갇혔던 여순감옥에 가본 적이 있었다. 한국에서 옷을 가져다 좀 팔아볼까 하고 대련에서 의류무역으로 자리를 잡은 교포를 만나러 갔다가, 사업 얘기는 한마디도 하지 않고 며칠 밤을 새워 포커만 치다가, 마지막날이 되어서야 겨우 함께 갔던 화선을 위해 관광을 나섰다. 그날 그들은 대련의 항구를 보고, 게와 새우를 먹고, 바다표범이 있는 해양수족관을 구경하고, 일본백화점에 가서 쇼핑을 했다. 그가 밤이고 낮이고 포커만 치고 있는 동안

혼자서 대련 시내를 돌아다녔던 화선은 대련보다는 여순엘 한번 가봐
야겠다고 우겨댔다. 화선이 꼬박꼬박 뤼슌이라고 발음하는 여순은 대
련에서 한시간쯤 거리에 있었고, 도처에 전쟁유적지들이 있었으며,
러시아와 일본 점령기 당시의 감옥이 있었다. 안중근 의사가 사형을
당한 감옥이 외국인 관람 제한구역임을 알게 된 것은 정작 그 감옥 앞
에 이르러서였다. 중국인이 아닌 그들이 감옥을 관람하려면 담당부처
에서 발급받은 허가증이 있어야만 했다. 다행히도 그들을 태우고 갔
던 택시기사가 마침 친절한 사람이었다. 택시기사가 그들을 대신해서
입장권을 사주었기 때문에, 그들은 '외국인인 것을 드러내는 언어'를
입속에다 감추어둔 채로 감옥 안을 한바퀴 돌 수 있었다.

　규상은 그날 감옥의 뜰에 내리비추던 오후의 햇살이 빛이 아니라
소리로 여겨지던 것을 기억한다. 침묵보다 더 낮고 적요보다 더 깊
은…… 감옥 안에 있는 모든 것이 마치 깊은 우물 속 숨죽인 소리 같
았다. 며칠 동안의 노름에 찌들려 있던 몸이 홀로 덜그덕거리는 소리
를 냈다.

　평일의 오후, 감옥에는 관람객이라곤 하나도 보이지 않았다. 여자
안내원은 어두운 복도를 지나, 문득 빛이 스며드는 층계를 걸어내려
가, 건물과 건물 사이의 연결통로를 걸었다. 그들이 굳게 침묵을 지키
고 있었음에도, 오히려 그 때문에 안내원은 그들이 규정을 위반하고
있는 외국인이라는 것을 알아차린 듯했다. 안내원도 그들에게 말을
건넨다거나, 무언가를 설명하려고 들지 않았다. 고요는 완강했다. 바
닥이 철창으로 되어 있어 일층과 이층이 한눈에 보이도록 되어 있는
옥사의 복도에서는, 보이는 것이라곤 아래위로, 앞으로 뒤로 감방뿐
이었다. 감방은 비어 있었고, 어두웠고, 조용했다. 안내원은 정해진

순서대로, 옥사에서 고문실로, 그리고 사형실로 걸음을 옮겨갔다. 오래 전에 쓰였던 형틀이 그대로 놓여 있는 고문실은 눈이 아프도록 어두웠으나, 교수대가 설치되어 있는 사형실은 창마다 햇살이 스며들어 왔다.

교수대도 교수대였지만, 그 밑바닥에 문처럼 생긴 구조물이 섬뜩했다. 교수대 밑바닥의 문 아래에는 사람의 몸집만한 나무통이 놓여 있었는데 형이 집행된 사형수는 그 문으로 떨어져내려 곧바로 통 속으로 들어가게 되고, 그러면 집행자는 통째로 사형수를 들판에 내다버렸다는 안내문이 붙어 있었다. 규상은 교수대에 서서 바닥의 나무통을 내려다보았다. 몸속에서 무언가가 쑥 빠져나가 그 항아리 속으로 툭 떨어져내리는 듯한 기분이 들었다. 물론 어리석은 환상이었다. 그의 몸속에 든 것이 무엇이든 간에, 그렇게 쉽게 쑥 빠져, 툭 떨어져내리는 일은 없을 터이니.

감옥에는 안중근 의사가 갇혔던 방이 특별실로 전시되어 있었고, 안중근 의사에 대한 한글안내판도 설치되어 있었다. 화선은 그곳에서 말을 입밖에 내서는 안된다는 것도 잊은 채 그 안내판을 읽어내려가기 시작했다. 그러고는 중얼거리듯이 말했다. 안중근 의사는 서른한살에 죽었다. 안중근 의사는 서른살에 이등박문을 저격했다. 하얼삔 역에서 그는 이등박문을 저격하고, 꼬레아 우라,라고 러시아 말로 조선 만세를 외치고, 그리고 서른한살에 여순감옥에서 죽었다.

그날 밤 막비행기를 타고 하얼삔으로 돌아온 규상은 하얼삔역을 지나쳐가던 택시 안에서 화선에게 말했다. 만일에 내가 서른한살에 죽을 수 있었다면, 내 죽음도 그렇게 위대할 수 있었을까? 그의 어깨에 얼굴을 기대고 잠에 빠져 있는 듯하던 화선은 눈도 뜨지 않은 채 잠꼬

대처럼 그의 말에 대답했다. 우린 오래 살 거예요. 그는 화선의 말이 맞다고 생각했다. 그는 오래 살 것이다. 그리고 그의 생에 남은 것이라곤 이제까지 하지 못한 것들에 대한 부끄러움이 아닌, 원통한 마음뿐일 것이다. 말하자면 그는 서른한살에 죽지 못한 것이다. 그가 백살까지 살아남는다고 하더라도 그가 서른한살에 죽지 못했다는 사실은 변하지 않을 것이다.

당신, 그때 죽고 싶었어요?

화선이 그의 어깨에서 얼굴을 떼어내며 물었고, 그는 웃음으로 대답을 대신했다. 그런데 화선이 물은 그의 '그때'란 언제인 것일까. 그는 서른일곱살에 이혼을 당했고, 같은 해에 비리사건에 연루되어 감사원에서 퇴직을 당했고, 서른다섯살에 이미 주식에 손을 댔다가 집을 통째로 날려버린 경험이 있었다. 퇴직 후 중국으로 건너와서는 형 대신 술을 마셨고 형 대신 여자들을 샀다. 그건 북경을 떠나 하얼삔까지 흘러온 지금까지 여전히 마찬가지였다. 북경에서든 하얼삔에서든 그는 형의 돈과 연줄을 파먹고 살았다. 그가 화선을 처음 만난 것이 하얼삔에서였으니, 그녀는 그의 한국에서의 삶이 어떠했는지 전혀 알지 못했다. 그녀가 알고 있는 것은 단지 그의 이력서일 뿐이었다. 그러니 그녀가 묻는 '그때'란 언제인가. 서른한살의 어느날. 그는 어쩌면 이십대에 죽어간 그의 친구들을 잠시잠깐 생각했는지도 모른다. 스스로 몸에 불을 붙여 죽었든, 교통사고로 죽었든, 고문을 당해 죽었든, 실연의 상처 때문에 자살을 했든, 죽어간 자들은 어떻든 그와 함께 삼십대를 맞지 않은 것이다. 그는 이미 그때 생각했었을 것이다. 나는 아마도 아주 오래 살 것이라고.

화선은 어땠을까. 화선 역시 서른한살이 훨씬 지나도록 살다가 생의 끝을 맞았다. 그녀의 생은 어느 순간 어느 정점에서 위대했었을까. 그녀를 처음 만났을 때, 그녀는 자신을 이혼녀라고 했고 그해에 초등학교에 입학하는 아이를 남편한테 줘버리고 자기는 무작정 중국으로 와버렸다고 했다. 그가 형의 돈과 연줄을 파먹으며 무위도식하고 사는 것과는 달리, 화선은 중국어를 배우러 하루 결석도 없이 학교에 나가고, 정보를 모으고, 물가를 조사했다. 매순간이 치열하고, 매순간이 숨가빴던 그녀. 그랬음에도 그녀는 그와 달라 보이지 않았다. 그들은 삶의 물결이 밀어낸 생의 가장자리에서 만난 사람들 같았다. 그가 밤새워 술을 마시고 포커를 치고 귀가를 하는 새벽이면, 홀로 잠들어 있는 화선의 침대 옆 재떨이에는 담배꽁초가 쌓이다 못해 넘쳐나 있었다. 아이가 보고 싶어요. 너무 보고 싶어요. 그가 침대에 누우면, 잠에서 깨어난 그녀는 그렇게 중얼거리며 울기 시작했다. 그는 그런 그녀를 안아주지 못했고, 그녀가 울고 있는 동안, 등을 돌려 누운 채 헐렁한 바지 속에 손을 넣고는 자신도 모르는 사이에 잠에 빠져들곤 했을 뿐이었다.

소멸하는 것…… 얼음과 눈의 축제는 그 소멸의 속성에도 불구하고, 아름다웠고 웅장했고 거대했다. 축제가 열리는 곳은 송화강의 섬, 태양도였다. 하루종일의 고된 관광에 지쳐 보이던 여행객들은 축제의 마당에 도착을 하자 갑자기 생기가 돌았다. 우아, 머리가 희끗한 사내의 입에서 그런 감탄사가 새어나오기도 했다. 뻥쉬에졔의 얼음과 눈으로 만든 조형물들은 조각이라기보다는 건축에 가까웠다. 얼음조형물 속에 등을 넣어 오색의 불을 밝힌 빙등은 맹렬하게 기온이 떨어져가고 있는 혹한의 밤을 폭죽이 터지는 것처럼 밝혀놓았다. 일월 한

달 동안, 하얼삔은 얼음의 도시였고 태양도는 축제의 섬이었다. 그것은 결코 소멸하지 않을 것처럼, 환상적으로 도도했다.

여행객들이 사진을 찍어대느라 정신이 없는 사이, 규상은 매점에 들어가 커피를 한잔 시키고, 난로 옆으로 가서 휴대전화를 열었다. 그는 룸쌀롱의 예약을 다시 한번 확인했다. 룸쌀롱 상그리라는 조선족이 사장인 곳으로, 술값도 괜찮았지만 무엇보다도 여자애들이 괜찮았다. 그 룸쌀롱의 상무는 한동안 북경의 규만 밑에서 일을 한 적이 있었고, 규상과는 둘도 없는 노름친구였다. 전화를 하는 동안 난로의 열기를 받아 녹기 시작한 발가락이 사정없이 근지러워 그는 발을 동동 굴렸다. 기온은 아마도 영하 삼십도 아래로 내려가 있을 것이다. 바깥에 있는 동안은 콧물이 훌쩍훌쩍 나오는가 싶더니 코 바깥으로 흘러내리기도 전에 코 안에서 살얼음이 되어버리곤 했다. 날씨가 추운 것이 나쁜 일은 아니었다. 아무리 아이들처럼 즐겁다고 하더라도 셔터를 누르기도 힘들 정도로 손이 시린 바깥에서 오십대의 사내들이 오래 버티지 못하리라는 건 확실했다. 룸쌀롱으로 자리를 옮긴 뒤에는 그들은 빨리 취하게 될 것이다. 잘 하면 자정이 되기도 전에 여자 하나씩 붙여주고 자리를 끝내게 될지도 모른다. 그는 쉬고 싶었고, 자고 싶었다.

과연 풀어놓은 지 삼십분이 채 못 되어 매점 쪽으로 종종걸음을 쳐 오는 사람들의 모습이 보였다. 그는 샤오친에게 전화를 걸어 차를 행사장 입구에다 갖다 대놓으라고 했다. 매점에서 차를 마시고 몸을 풀게 한 뒤 다시 바깥을 돌아다니게 할 생각은 없었다. 여행객들 쪽에서도 기록사진을 몇장 박았으니 더이상 볼 것은 없다 싶은 얼굴들이었다. 우아, 이거 정말 장난 아니게 춥소이다. 매점으로 들어서는 사람마다 바깥의 추위에 고개를 절레절레 저었다. 내가 하얼삔에 간다고 했더니, 누가 그럽디다. 거기서 노상방뇨를 했다가는 오줌줄기가 그냥 얼어붙는다고 말이오. 예의삼아라도 웃어줘야 했지만, 규상은 웃음이 나오지 않았다. 그는 습관처럼 시계를 바라보았고, 오후 여덟시가 넘어서고 있는 시간을 확인했다. 그는 화선이 몇시에 죽었는지 알지 못했다. 그에게 화선의 죽음은 그녀의 이혼하지 않은 전남편이 그에게 전화를 걸었던 어제 아홉시 오십분 무렵부터 시작되었다. 그러니 엄밀히 말해, 규상에게 있어서는, 그녀의 장례는 아직 끝나지 않은 셈이었다. 가장 짧은 삼일장을 치른다고 해도 아직은 하룻밤이 더 남아 있었다.

룸쌀롱은 태양도에서 그리 멀지 않은 곳에 있었다. 그들은 운동장처럼 넓은 방으로 들어가 침대처럼 큰 소파에 자리를 잡고 앉았다. 손님들의 얼굴이 벌겋게 달아오르기 시작한 것은 덥게 데워놓은 난방 때문만은 아닐 것이었다. 바야흐로 본게임의 시작인 것이다. 웨이터가 들어와 양주병과 맥주병을 따고 안주를 가져다놓고 나가자, 상무가 들어와서 규상과 규만과의 친분을 강조한 인사를 했고, 그러고 나서는 여자들이 들어왔다. 사내들의 입에서 감탄사가 터져나왔다. 룸 안으로 들어온 여자들이 자그마치 스무 명 가까이나 되었기 때문이다. 마음대로 고르십시오. 규상은 손님들에게 말한 뒤, 여자들을 향해 소리쳤다. 야, 한족은 오른쪽, 조선족은 왼쪽! 여자들이 우르르 자리를 바꾸었고, 그는 다시 손님들에게 말했다. 가운데 저 빨간 미니 입은 애를 기준으로 오른쪽은 중국애들이구요, 왼쪽은 조선족애들입니다. 태양도에서 노상방뇨 이야기를 했던 사내가 가장 먼저 한족 쪽에 있는 여자를 가리키며, 난 저애로 할까요, 했다. 말이 안 통할 텐데 괜찮으시겠습니까, 규상이 물었고, 사내는 말이 뭐 필요합니까, 대꾸했다. 규상은 사람들에게 술을 한잔씩 따라준 뒤, 그 자신은 자작으로 한컵을 쭈욱 들이켰다. 뭐, 원하시는 분들은 오른쪽 왼쪽으로 하나씩 두셔도 괜찮습니다. 규상이 큰 소리로 말하자, 사내들은 입이 찢어지게 웃음을 터뜨렸고, 그의 말을 알아듣는 조선족 여자들은 눈을 흘겼다. 파트너가 결정된 뒤, 그는 앞으로 나가서 노래를 불렀다. 별빛이 흐르는 다리를 건너, 바람부는 갈대밭을 지나, 언제나 나를, 언제나 나를, 기다리는 너의 아, 파, 트! 어, 저 친구 이제 보니 참 잘 노네. 규상이 제스처를 크게 해가며 악을 써 노래를 부르는 동안 흥이 오른 손님들은 박수를 치고, 규상을 저 친구라고 부르고, 양주를 마시고, 여자의 다리와 가슴을 주물렀다. 자, 저는 불렀다 하면 메들리입니다! 규상은 마이크를 놓지 않은 채, 이번에는 「찬찬찬」을 부르기 시작했다. 초장에 분위기를 빨리 띄워놓고 일분이라도 빨리 빠져나가고 싶은 것이었으나 아무래도 자신이 과장되어 있다는 느낌을 지울 수는 없었다. 그래도 그는 노래를 세 곡까지 부른 뒤에야 자리로 돌아왔다. 그는 선택하지 않았으나 조상무가 알아서 넣어준 그의 파트너가 술잔에 술을 채웠다. 규상은 샹그리라에 올 때마다 늘 '전의 그애'를 찾았다. 전의 그애가 마음에 들어서가 아니라, 새로운 그애를 찾는 게 귀찮아서일 뿐이었다. 도리도리 있냐? 규상이 물었다. 전의 그애가 눈을 흘기면서 드러내는 흰자위가 불쑥 섬뜩하게 느껴지는 게 하지도 않은 도리도리에 어느새 취해버린 듯했다. 화선의 몸은 어디부터 타기 시작했을까?

두번째 양주와 안주가 들어오면서 룸 안의 분위기는 이제 무르익을 대로 무르익었다. 그는 룸에서 나와 규만에게 전화를 걸었다. 이제 대충 마무리가 지어졌으니, 내일은 북경에서부터 쫓아온 상식한테 모든 걸 맡기고, 자기는 이쯤에서 빠지겠다는 말을 하려는 생각이었다. 규만의 휴대전화로 전화를 걸었으나, 전화를 받은 건 형수였다. 아, 삼촌. 형수는 낮은 목소리로 말했다. 지금 형님이 기도중이셔서요. 요새 특별기도중이거든요. 규상은 시계를 보았다. 밤 열시가 넘어가는 중이었다. 혹시 어디 건강이라도 안 좋으신 겁니까? 규상은 그대로 전화를 끊기가 뭐해, 그냥 안부삼아 물었다. 형수는 한숨을 쉬었다. 안 아픈 데가 어디 있겠어요. 형님이 이젠 그럴 만한 나이잖아요. 규상은 전화를 끊고, 손님들이 있는 룸이 아니라 비어 있는 다른 룸으로 들어가 조상무를 불렀다. 좀 쉬었다가 가도 되지? 규상이 말하자, 조상무가 무슨 일이 있느냐고 물었다. 화선이 죽었다는 소식이 왔어. 조상무의 눈이 커졌다. 어, 언제 죽었는데? 장례 치르고 나서 소식 전하는 거라니까, 벌써 한 닷새 됐겠네. 피로 때문에 뒷목이 뻣뻣해 규상은 목을 주물렀다. 도리도리 한번 하자. 목을 주무르면서 규상이 조상무에게 말했고, 조상무는 쯧쯧 혀를 찼다. 화선의 죽음에 대해서인지, 아니면 규상에 대해서인지 알 수 없는 쯧쯧 소리였다.

규상이 어쩌다 간혹이기는 했지만 엑스터시를 복용한다는 것을 알게 된 뒤, 화선은 눈을 동그랗게 뜨고 당신 이제 보니 불량청소년이었군요, 말했었다. 그때 그는 웃음을 터뜨렸다. 이봐, 내 나이는 말이지, 재기가 어려운 것만큼이나, 타락하기도 어려운 나이야. 사실을 말하자면 양쪽 다 불가능이지. 그는 농담처럼 말했지만, 말을 해놓고 난 뒤에는 그 말이 마치 가슴을 찌르는 듯했다. 고백하건대, 그 어느 쪽도 포기가 안되었던 것이다. 불가능을 인정한다는 것과 포기한다는 것은 완전히 다른 성질의 문제였다. 이렇게 끝낼 거라구? 이렇게 아무것도 아닌 상태에서? 이렇게?

손님들의 룸에서 규상을 기다리고 있던 전의 그애가 규상의 룸으로
건너왔다. 잠시 후 웨이터가 새 술병과 안주를 테이블 위에 늘어놓았
다. 저 방 분위기 어때? 뭐, 보통이에요. 나 안 찾지? 지금 남자 찾을
겨를이 어디 있어요? 조상무가 뭐 안 주데? 꼭 해야 해요? 입닥쳐. 조
상무가 전의 그애를 통해 가져다준 약은 세게 취할 만큼의 양이 아니
었다. 그는 양주 한잔과 함께 그 약을 입안에 털어넣고, 머리를 뒤로
젖히고, 눈을 감았다. 여자가 알아서 노래를 틀었다. 머리를 흔들기에
적당할 만큼 리드미컬한 노래였다. 그는 눈을 감은 채, 그 어둠속에서
리듬에 맞춰 고개를 끄덕끄덕하고 있는 자신을 보았다. 노래가 격렬
해지고, 머리를 흔드는 것도 격렬해졌다. 그는 어딘가 벽에 붙어 서
있는 듯하다. 벽을 바라보고, 그 벽에 두 손을 댄 채, 다리를 넓게 벌
리고, 그는 격렬하게 머리를 흔들어댄다. 곧 어떤 순간이 다가올 것이
다. 모든 것을 잊거나, 혹은 모든 것을 다 기억하거나. 좀더 확실한 엑
스터시를 위해, 그는 머리를 흔든다. 맹렬하게 흔든다.

화선, 그 여자가 보였다. 새벽녘이면, 헐렁한 그의 바짓속을 들여다
보던 그 여자. 쎅스가 사라지면 슬픈 일이잖아요. 당신 그게 서면, 어
느날 아무데서나 느닷없이 서면, 그런데 나한테까지 올 겨를이 없으
면…… 화선이 그에게 했던 말이 숨결까지 생생하게 기억난다. 화선
아, 나 지금 서 있니? 그의 성기로 다가오는 그녀의 손이 뜨거워 그는
비명을 지른다. 그녀의 손에 불이 붙어 있었다. 그녀는 손으로부터 타
오르기 시작한 모양이었다. 한쪽의 팔이 다 탄 뒤, 불길은 어깨를 지
나 가슴으로 번진다. 그녀는 타오르고 있다. 아기가 보고 싶어요. 너
무나 보고 싶어요. 불길이 그녀의 말을 삼킨다. 그는 그녀를 안고 싶

다. 불덩어리인 그녀의 몸에 세게 사정하고 싶다. 그리고 그는 사정의 순간에 말하고 싶다. 너 아니, 화선아. 무언가를 잃어버리기에도 속절 없어져버린 시간들…… 노름으로 밤을 새우고, 누군지도 알지 못하 는 사람들에게 여자를 붙여주고, 꽝꽝 얼어붙어 있는 도시의 한구석 에서 새벽담배를 피우고…… 그 시간들 속, 생에 대한 경멸조차도 속 절없어져버린, 그렇게 비굴해져버린 나이를 너는 아니.

그는 여순에서 보았던 사형대 밑의 어두운 통을 떠올렸다. 화선처 럼 다 타올라 사라져버리지도 못한 그의 몸은, 어느날 언젠가에 이르 면, 그와 같은 통 속에 담겨 폐기되어버릴 것이다. 생은 향기롭게 썩 어가는 흙이어야 했으나 그의 흙은 이미 메말라버렸다. 그러나 맹렬 하게 머리를 흔들고 있는 그 순간, 그에게는 슬픔과 환멸까지가 엑스 터시다. 그는 어딘가로 가고 있다. 멋진 소풍길인 듯하다. 따사로운 날의 봄볕이, 룸쌀롱의 어두운 방안에서 머리를 흔들고 있는 그의 온 몸을 데운다. 우우, 우우…… 그는 사정의 순간처럼 신음을 내뱉는 다. 화선아…… 그는 다시 그녀의 이름을 부른다. 나는 네 몸이 썩어 가는 것도, 타오르는 것도 보지 못했다. 미안하다, 화선아. 미안하 다……

그곳은 아청으로 가는 길이었다. 하얼삔에서 고속도로를 타고 한시 간 가까이 벗어나 있는 소도시 아청은 발전의 속도를 타기 전인, 중국 의 모습을 담고 있다.

나는 이런 데서 살고 싶었어요.

그의 손을 잡고 들길을 타박타박 걸으며 화선이 말했다.

이런 데 어느 곳의 집을 사서 텃밭을 일구는 거예요.

그는 단지 화선의 말을 듣고만 있었다. 그런 일이라면 한국에서도 가능했을 텐데, 뭐 하러 중국까지 와서, 그것도 북쪽 맨끝까지 와서 하얼삔에 머물게 되었을까.

텃밭을 일구다보면요, 호미 끝에 뭐가 걸려나오는 거예요.

호미 끝에 걸려나오다니, 뭐가?

오천년 전의 사람의 뼈, 만년 전의 토기, 그런 것들이요.

아청은 아골타가 세운 금나라의 발상지였다. 북쪽 오랑캐 여진족들은 무서운 기세로 남쪽으로 뻗어나가 북경까지 점령했다. 그러나 그 영화의 기간은 백년이 채 되지 못했다. 아청에는 금나라 유물들을 전시한 박물관이 있었다. 박물관은 현대식으로 지어진 멋진 건물이었으나, 아마도 예산부족 때문인 듯 관리가 형편이 없었다. 박물관의 유물들은 세월보다 먼저 낡아가고 있었다. 전시실의 유리상자들은 금이 가 있었고, 화폭들은 투명테이프로 찢어진 자리를 메우고 있었다. 오랫동안 도색을 하지 않은 벽에서는 회칠이 떨어져나오고, 화장실이 있는 복도에서는 지독한 냄새가 퍼지는 게 아니라 터져나왔다. 그러나 화선은 그 박물관을 좋아했다. 유리상자 위에 소복하게 덮인 먼지를 쓸어내고, 그 상자 안에서 낡아가거나 늙어가고 있는 유물들을 오래 들여다보곤 했다.

박물관에는 동경(銅鏡) 특별전시실이 있었다. 시대를 망라한 동경들이 넓은 전시실 하나를 가득 채웠다. 오래 전 여인들의 꿈과 욕망을 비추었을 동경들은 세월을 좇아 거무튀튀한 색깔로 변색되어 있었다. 어머, 이것 좀 봐요. 화선이 가리킨 곳에는 동경에 슬어 있던 녹을 존재 당시의 상태로 말끔하게 닦아놓은 견본품이 놓여 있었다. 그는 동경의 원래 색깔이 황금빛을 닮은 노란색이라는 것을 그곳에서 처음 알았다. 거울은 화선의 둥근 얼굴을 가득 담고 노랗고 은근하게 빛났다. 그 거울 속에서 화선의 얼굴은 창백해 보이지 않았고, 예민해 보이지도 않았다.

유리상자 안의 동경들은 세월의 녹을 묻힌 채, 그 거울 속에 담겼던 천년 전 여인들의 얼굴을 모두 지워버린 채, 완강하게 어두웠다. 화선과 그는, 이제 그 존재의 형식이 달라진, 푸르고 검은빛의 동경들을 오래 들여다보았다. 거울은 차갑고, 무겁고, 조용했다. 우리는 오래 살 거예요. 화선이 말했던가. 우리는 오래 살겠지만, 아무도 우리를 기억하지 않을 거예요. 그리고 또 화선은 말했을 것이다. 참…… 다행이에요.

규상은 이튿날 오전, 기어코 손님들을 공항에까지 데려다주는 것으로 일을 마무리지었다. 공항에서 손님들은 북경에 있는 박사장님께 인사를 전해달라는 말로, 그와 작별인사를 했다. 그것은 그들이 규만의 접대에 대단히 만족했다는 의미였다. 그는 다섯 명의 서울 손님들과, 북경에서 쫓아왔던 상식에게까지 일일이 손을 내밀어 악수를 청했다.

샤오친의 차로 되돌아와서야 그는 몰아치는 듯한 피로를 견딜 수가 없었다. 손님들에게 두둑한 팁을 받은 샤오친은 기분이 좋아 보였다. 샤오친이 보온병에 담긴 차를 그에게 내밀었다. 자기가 마시려고 준비해둔 것이지만, 네가 마시는 게 더 나을 듯싶다고 했다. 그는 싸구려 모리화 잎이 들어 있는 뜨거운 차를 후후 불어가며 다 마셨다. 그가 잠시 눈을 감았다가 떴을 때, 샤오친의 차는 어느새 송화강변을 달리는 중이었다.

집앞에 이르렀을 때 그는 샤오친에게 잠시 기다리라고 했다. 삼십 분이나 훨씬 지나서야 그는 가방 하나를 들고 나왔다. 규상은 샤오친에게 다시 송화강으로 가자고 했다. 샤오친의 차가 송화강변에 이르러 속도를 늦추었을 때, 규상은 그냥 아무데나 세우라고 말한 뒤 가방을 강변 쪽 길가에 쌓인 쓰레깃더미 옆에 내려놓고는 다시 차에 탔다. 샤오친이 놀라서 뭘 하는 거냐고 물었으나 규상은 대답하지 않았다. 샤오친이 차를 출발시키지 않았고, 심지어는 화를 내기까지 했기 때문에 규상은 무슨 말이든 대답을 하지 않으면 안되었다. 죽은 여자 물건들이야. 이젠 필요없게 됐잖아. 샤오친에게 그의 대답은 좀 의외인 모양이었다. 잠시 침묵하던 샤오친이 가방 속에 있는 게 옷 같은 것들이냐고 물었다. 그는 아니라고 대답했다. 그럼 뭔데? 왜 자꾸 물어봐? 아무리 죽은 사람 거라도, 길거리에 버리는 건 그렇잖아. 길거리에 버린 거 아니야. 강에다 버린 거지. 가방 속에 있는 건 그물이거든.

하얼삔은 만주어로 그물 말리는 곳이라는 뜻을 가진 도시였다. 화선은 그 이름이 마음에 들어 하얼삔에 정착을 했다고 했다. 그가 그녀와 함께 지낸 기간은 육개월이 채 못 되었다. 그 육개월 동안, 그녀는 필사적으로 중국어를 공부하고, 매일같이 정보지를 뒤적거리고, 끼니 때마다 값싼 야채시장을 찾아다녔다. 그녀의 책상에는 매일같이 담배꽁초가 수북했고, 집안에서는 담배냄새가 빠져나가지 않았다. 담배를 한손에 들고 자판 위에 담뱃재를 툭툭 떨어뜨려가며 인터넷을 검색하고, 혹은 정보지를 들여다보는 그녀의 모습은 방금 그물로 건져올려진 새우나 게처럼, 필사적으로 싱싱했다. 그러나 그런 그녀의 모습은 한번 젖은 채 다시는 마르지 않는 성긴 그물처럼 슬퍼 보이기도 했다.

이봐, 펑여우. 한동안 창밖만 내다보던 샤오친이 이름 대신 그를 그렇게 부르고, 이어 말했다. 내가 저 가방을, 아니 그물을 대신 태워줄게. 샤오친의 목소리가 뜻밖에 단호했다. 왜, 왜 그래야 하는데? 그가 물었고, 샤오친이 대답했다. 왜냐하면 그게 예의니까. 그리고 넌 내하오펑여우니까. 저 가방을 내가 다시 가져오는 걸 보기 싫으면, 넌여기서 내려. 강 얼음을 뚫고 들어가버리라구. 봄이 돼서 네가 그물에걸려 나오면, 그땐 내가 널 버려줄게. 됐어? 그는 샤오친의 말을 들으면서 웃었다. 샤오친은, 어쩌면 정말로 그의 친구일지도 모른다. 그는샤오친이 차에서 내려 가방을 도로 가져다가 트렁크에 싣는 것을 바라보고만 있었다. 그러나 샤오친이 차를 다시 그의 집이 있는 방향 쪽으로 몰기 시작했을 때, 그는 정반대 방향인 아청으로 가자고 했다.아청엔 왜? 샤오친의 물음에 그는 대답하지 않았다. 태우고 싶지 않아. 다만 속으로 중얼거렸을 뿐이다. 버릴 수 없다면, 묻어주고 싶었다. 낮고 둥근 언덕이 있는 땅에 그녀를 매장해놓는다면, 그녀가 훗날다시 태어나는 것을 상상할 수 있게 될 것이다. 가방 속에는 그녀의옷가지와 함께, 아청의 금나라 박물관에서 산 기념품이 있었다. 그것은 작은 손거울 모양으로 된 동경이었다. 천년의 세월이 흐른 뒤, 그녀는 그 거울과 함께 아무 이름도 없이 남겨진 손목뼈나 쇄골뼈 등으로 모습을 드러낼 것이다. 그녀가 봄의 들판에서 연초록 새순처럼, 부서진 거울조각이나 작은 뼛조각으로 태어나는 꿈을 꿀 때면 그는 그녀에게 가만히 인사를 건넬 수 있을지도 모른다. 잘 잤니, 내 하오펑여우…… 그것은 어쩌면 그의 생에 유일하게 남게 될, 편안한 꿈일지도 모를 일이다.

—『문학동네』 2004년 여름호

밤의 고속도로

1

간혹 그런 경험을 할 때가 있다.

밤의 고속도로에서 느닷없이 꽃이나 새나 바다를 만나는 것. 찰나
의 순간에, 그것들은 내게 냄새를 남기고 멀미를 남기거나, 기억의 통
증을 남긴다. 내가 손을 뻗어 그것들을 만져보려 하기도 전에, 찰나의
순간은 희뜩 지나가버리고 나는 여전히 고속도로를 달리고 있다. 등
짝에 십톤이 넘는 무게의 화물을 싣고 속도계의 바늘을 시속 백이십
까지 올려가면서. 졸음의 순간은 몇분쯤이나 되었을까. 일분이나 이
분, 어쩌면 일초나 이초쯤이었을지도 모른다.

간혹,이라고 말했지만, 실은 어쩌면 매일 밤 같은 경험을 하고 있는
지도 모르겠다. 꽃이나 새나 바다 대신에, 가장 최근에 잤던 여자가

나타나기도 하고, 그곳에는 있을 리가 없는 톨게이트가 눈부시게 환한 불빛으로 불쑥 나타나기도 한다. 그러한 것들 역시 내게 냄새, 멀미, 기억의 통증을 남긴다. 중요한 것은 여전히, 내가 무사하게, 밤의 고속도로를 달리고 있다는 사실이다.

밤은 늘 무섭도록 조용하다. 오래된 트럭의 낡고 시끄러운 엔진소리, 도 경계선을 지나면서 주파수가 바뀐 채 지직거리는 라디오 소리, 담배를 피울 때 열었다가 다시 올리지 않은 창문 틈 사이로 쏟아져들어오는 바람의 굉음소리에도 불구하고, 트럭 안은 완벽한 정적이다. 밤의 고속도로에서 나는 내 숨소리의 한순간도 놓치지 않는다. 내가 숨쉬고 있음을 잊는 것은, 극히 찰나의 순간 내가 정신을 놓았을 때뿐이다. 다행히 나는 늘 살아 있으나, 나를 잊고 나를 놓는 그 찰나의 순간이 생사의 경계였음을 내가 모르는 것은 아니다. 그럼에도 불구하고 졸음의 순간은 마치 마약 같다. 거부하려고 애를 써도, 결국에는 빨려들어가게 되고, 나는 그 깊고 아득한 구멍 속에서 내가 기억하고 싶어하는 극점의 순간들을 만난다. 극점의 순간이라고 말했지만 그러나 어쩌면, 나는 그 일초나 이초의 순간에 또다른 생의 전부를 살다가 온 것인지도 모른다. 밤의 고속도로는 사람을 철학적으로 만든다.

2

빵집이 문을 여는 시간은 오전 아홉시고, 첫번째로 구워진 빵이 나오는 시간은 아홉시 반이다. 그 시간에 나는 다시 서울로 돌아오는 톨게이트를 통과하고 있다. 트럭 일을 하기 전에는 아침을 거르는 적이 많았지만, 밤의 고속도로를 타기 시작한 뒤로는 한술을 뜨더라도 끼니를 거르지 않으려고 애쓰게 되었다. 밤의 고속도로를 달릴 때마다 생은 그렇게 무상하건만, 그 고속도로에서 빠져나오자마자 제대로 된 먹을 것을 찾아야 하는 것이다. 별수없는 일이었다. 제대로 먹지 않고서는 일을 할 수가 없었다. 특히나, 밤일은.

그 여자의 빵집은 내가 사는 동네에 있지도 않았고 거대한 트럭을 주차시키기에 편안한 곳에 있지도 않았다. 그런데도 무엇이 나를 그 빵집으로 이끌었을까. 혼자 사는 아들을 지키던 어머니가 당신 혼자 몸도 지키기 어렵게 되어 큰형네 집으로 옮기고 난 뒤에도, 빵을 먹느니 식은 국에 식은 밥을 말아 먹는 게 낫다고 여길 정도로 빵을 좋아하지 않던 나였다.

그때 그 여자의 빵집이 바라보이는 건널목에서 신호대기를 하고 서 있을 때, 누군가가 종이봉투에 바게뜨빵을 담아가지고 나오는 것을 본 듯하기는 하다. 밤의 고속도로에서 잠깐 졸음에 빠지는 것처럼 그 모습은 비현실적으로 보였다. 종이봉투에 담긴 바게뜨빵을 사가지고 빵집 문을 나서는 풍경은 텔레비전 광고 속에나 있는 법이었다. 실제로 내가 그 빵집에 들어가 먹을 만한 빵들을 골라 카운터에 내밀었을 때, 여자가 그 빵을 담기 위해 꺼내든 것은 비닐봉지였다. 나는 일부러 계산대 안쪽을 눈여겨보았는데, 계산대 안쪽 어느 은밀한 곳에도 종이봉투 같은 것은 보이지 않았다.

식빵을 하나 가져가시는 게 어떻겠어요?

내가 내민 단팥빵 따위들을 봉투에 담다 말고 여자가 물었다.

오늘 빵 나오는 시간이 좀 늦었거든요. 따뜻한 식빵이 있는데요.

여자의 말을 듣고 바라보니, 아직 진열되지 않은 식빵들이 하얀 김이라도 솟아올릴 듯 여인의 젖가슴처럼 쟁반 위에 놓여 있었다. 나를 이끈 것은 혹시 저렇게 하얀 속살로 부풀어오른 식빵의 냄새였던가.

됐습니다.

그러나 나는 그렇게 말했고, 비닐봉지를 집어들었다. 내가 문득 뒤를 돌아본 것은 빵집 문을 나서다 말고였다. 어떤 기억의 끌림, 그런 게 있었다. 여자가 내게 안녕히 가세요,라고 말할 때 그 목소리의 어감 때문이었을 것이다. 언젠가 꼭 한번 들었던 인사 같았다.

혹시……

내가 여자를 빤히 바라보는 채로 입을 열었고, 서랍을 열려고 허리를 굽히던 여자가 동그란 눈을 치켜뜨며 나를 바라보았다.

아닙니다.

나는 다시 등을 돌렸고, 여자는 다시 한번 안녕히 가세요, 했다.

아침햇살이 환한 거리에서 나는 잠깐 홀로 고개를 가로저었다. 그 여자일 리가 없지 않은가. 고개를 저으면서 그런 생각을 했던 것도 같고, 그 여자면 어떻고 그 여자가 아니라면 또 어떻단 말인가, 하는 생각을 했던 것도 같다. 그 여자에 대한 기억은 이미 십오년 전의 시간에 멈춰져 있었다. 그동안 그 여자를 간혹 떠올리지 않았던 것은 아니지만 그러나 더이상은 통증이 없는 기억이었다. 그 여자와 헤어진 뒤에, 나는 그 여자와 했던 것보다 훨씬 더 독한 연애를 했고 그 연애 또한 실패로 끝을 냈다. 그 지독한 연애 뒤에, 그전이나 그후의 어떤 여자를 떠올려도 내게 치명적 상처를 안겼던 여자의 기억을 압도하지는 못했다. 십오년 전의 여자를 잊는 일은 자연스럽게 이루어졌다. 기억은 기억으로 압도되었고 상처 역시 상처로 압도되었다.

그러나 그날, 밤의 고속도로에서 나는 찰나의 순간 그녀를 기억한

다. 곱고 온순하던 웃음, 아주 적은 말수, 극장의 어둠속에서 촉촉이
젖어 있던 손…… 골목길의 어둠, 나는 겁이 나요,라고 말하던 작은
입술의 떨림……

그때 나는 스물일곱살이었고, 정수기를 만드는 회사에서 근무하고
있었다. 대학을 졸업하기 전에 입사가 결정되었고, 내가 입사를 하자
마자 정수기가 가정필수품인 것처럼 붐을 이루었고, 느닷없는 도시개
발로 한뼘만하던 집값이 껑충 뛰어 집안은 집값에 붙은 동그라미 숫
자를 헤아려보는 것만으로도 행복하고 풍요로웠다. 돌이켜보면 그 시
절이 내 인생의 절정기가 아니었나 하는 생각도 든다. 꿈이 꿈만으로
도 풍요로웠던 시절…… 나는 온순하고 다소곳한 여자와의 가정을
꾸리는 것을 꿈꾸었고, 남보다 조금 빨리 진급하여 정수기회사의 간
부가 되는 것을 꿈꾸었고, 형이 집값의 반을 뚝 떼어주어 내 몫의 작
은 아파트를 갖게 되는 것을 꿈꾸었다. 내가 그런 꿈들에 매혹되어 있
을 때, 내 곁에 있던 여자가 바로 그 여자였다.

지금에 와서야 하는 생각이지만, 내가 그 여자의 어떤 부분에 오해
를 했다면, 그건 아마도 그 시절의 내 꿈 때문이었을 것이다. 나는 내
꿈의 퍼즐조각을 맞추는 일에 몰두하느라 그 퍼즐이 잘못된 조각일
수도 있다고는 생각조차 할 수 없었을 것이다. 그러니 내가 사랑했던
건 내 꿈의 조각이지 그 여자 자체가 아닐지도 모를 일이다. 그후 내
독한 연애는 그 여자와 헤어진 뒤 고작 반년 만에 일어났는데, 내가
십오년 전의 그 여자를 진심으로 사랑했다면 그렇게 빨리, 그렇게 치
명적인 연애가 곧바로 이루어질 수 있었을지 의문이다. 어쩌면 나는
단 한순간도 그 여자를 사랑하지 않았던 것인지 모르겠다.

그러나 그런 생각은 나를 위안하기 위함에 지나지 않는 게 아닐까.

헤어진 여자를 사랑하지 않았다고 생각하는 것처럼 편안하고 합리적인 위로의 방법은 없는 것이다. 헤어질 수가 없게 된 여자를 사랑한다고 믿어버리는 것처럼 말이다. 일년 전, 내가 트럭운전사가 되지 않을 수 없었을 때 나는 어릴 때의 내 꿈의 목록 중 하나가 트럭운전사였다는 사실을 기억해내야만 했다. 나는 위로받고 싶어 애를 썼고, 실제로 위로가 되었던 것도 사실이지만, 내가 대통령이 되거나 재벌회사 사장이 되지 않을 수 없을 때 어릴적의 꿈이 그러했다는 것을 기억해내는 것처럼 행복하고 자연스러운 일은 아니었을 것이다. 적어도 그런 경우에는 위로받는 것과 동시에, 빌어먹을! 하필이면 왜 트럭운전사 따위가 되고 싶었어!라고 오래된 기억에 대고 욕설을 내뱉지는 않을 것이다. 빌어먹을, 어떻든 나는 성공한 거야. 어린시절의 꿈을 이루었잖아,라고 밤의 고속도로에서 혼자 고래고래 소리를 지르는 일도 없을 것이고.

내가 그 여자를 사랑한 것이 사실이든 아니든, 그 여자를 만나고 있던 시절에 나는 그 여자에게 내 어린시절의 온갖 꿈을 다 이야기해주었다. 그러나 그 꿈들 중에, 정수기회사의 영업사원이 되는 꿈 같은 것은 없었다. 천가지 종류의 꿈 중에도 존재하지 않았던 꿈. 그러나 그런 것이 무슨 상관이 있었겠는가. 내 현실은 적당히 안락했고, 그래서 편안했고, 희망적이었다. 적어도 십오년 뒤의 어느날의 내 삶이, 한밤중의 고속도로, 시속 백이십 킬로 위에 놓여지리라고는 생각지도 못한 나날들이었다.

3

　거대한 트럭들이 노란 후미등을 밝힌 채 줄지어가는, 밤의 고속도로의 풍경은 저 원시공룡의 시대를 연상케 한다. 트럭은 짙은 어둠의 밤처럼 장엄하고, 모든 소리와 모든 움직임을 압도한다. 승용차들은 작은 초식동물처럼 트럭을 피해 차선을 변경하고, 재빠르게 꽁무니를 빼버린다. 트럭의 높은 운전석에서는 승용차의 지붕이 납작하게 내려다보인다. 내가 성큼 한발만 들어올려도, 그 납작한 지붕은 형체도 없이 내 두꺼운 발바닥 아래에 깔아뭉개질 것이다. 졸음이 몰려올 때, 나는 내 머리통을 쥐어박듯 경적을 울린다. 작은 새들이 흩어져 날아가는 것처럼, 승용차들이 흩어진다.

　고속도로 갓길에 트럭을 밀어붙이고 깜깜한 어둠속에 오줌발을 길게 내갈길 때, 나는 내가 왜소한 몸집의 사내라는 것을 까맣게 잊어버린다. 내 몸이 곧 트럭이고, 내 내장은 콘크리트와 철근, 또는 거대한 H빔 같은 것들로 가득 차 있다. 나는 공룡처럼 오줌을 내갈긴다. 오줌과 함께, 아아, 씨팔, 씨팔, 하는 욕설도 고래고래.

　바깥 차선으로 천천히 지나가는 트럭의 보조석에, 늙은 여인의 피로한 얼굴이 희끗 바라보인다. 밤의 트럭 안에서 여자를 발견하는 것은 어려운 일이 아니다. 밤일을 하는 남편의 졸음을 쫓아주거나 말동무가 되어주기 위해 그 아내들은 흔히 트럭의 보조석에 올라타곤 하는 것이다. 보조석의 여인은 늙은 아내가 아니라 때로는 창녀일 때도 있다. 창녀는 공룡의 허벅지를 간질이고, 때로는 공룡의 바지 지퍼도 내리겠지…… 그러나 고속도로에 신음소리 같은 건 없다.

트럭운전사들이 밤의 트럭에 아내를 태우기도 한다는 것을 알게 된 뒤, 어머니는 내 결혼에 성화가 많아졌다. 어머니는 젊은 과부 이야기를 꺼내기도 하고, 혼기를 놓쳐 늙어버렸으나 숫처녀인 것은 틀림없는 식당 주방여자 이야기를 꺼내기도 했다. 그때마다 나는 어머니에게 눈을 부라리며, 기다리라고 곧 갓스물짜리 기집애 하나 데려다 살겠다고 큰소리를 쳤지만, 그게 얼마나 부질없는 소리인지는 어머니만큼이나 나도 잘 알고 있다. 기실 나 역시도 최근에는 '어디 가서 술집 기집애나 하나 얻어다 살까' 하고 생각하는 중이었으니까 말이다.

그러나 여자와 살을 붙이고 정을 붙이며 사는 일이 내게 그렇게 중요한 일인지는 알 수 없었다. 결혼을 할 수 있었던 기회들을 놓치고, 또한 나이가 들어가면서 나는 내가 혼자 사는 남자일 뿐만이 아니라 '영원히 혼자 살 수도 있는 남자'라는 사실에 익숙해져가고 있었다. 그런 면에서는 트럭운전사란 괜찮은 직업이었다. 나는 늘 어딘가로 홀로 떠나고 있고, 돌아간다는 일은 다시 떠난다는 것을 의미할 뿐이었다. 나는 늘 혼자였으므로, 내 신발끈을 매주는 여자는 없었고, 내 등뒤에서 칼을 겨눌 여자도 없었다.

그러니 내가 십오년 전의 여자를 문득 떠올리게 되는 일 역시, 여자에 대한 그리움이나 추억 따위는 아닐 것이었다. 나는 다만 오래된 의문을 떠올리고 있을 뿐이었다. 그 여자는 어떤 여자였던가. 내가 그 여자와 헤어지기 직전 그 여자의 머리채를 휘어잡으며 기어코 말하고 싶었던 것처럼 그 여자는 '창녀, 매춘부보다 더 더러운 여자'였을까, 아니면 첫 입맞춤에 입술을 떨며 '나는 겁이 나요'라고 말할 수 있었던, 내가 알고 있던 온순하고 다소곳한 그 여자였을까.

──당신이 나를 믿으려고 하지 않기 때문에, 나는 이미 그 무엇도

아니에요.

 그 여자의 오래된 말이 십오년 만에야 떠오른다. 그 여자의 과거 연인이었다고 주장하는 신입기사의 이야기를 듣고, 바로 그날 밤의 일이었다. 너, 누구야? 라고 내가 물었고 여자는 이미 그런 일이 벌어지리란 걸 충분히 예상한 듯 그렇게 대답했다. 여자의 몸에 손을 댈 생각까지는 없었지만, 느닷없이 여자의 머리채 쪽으로 손이 올라간 것은 여자의 그런 식의 대꾸 때문이었다. 내가 그 여자를 만나던 일년여의 시간 동안, 그 여자는 한번도 그런 식의 어투를 사용해본 적이 없었다. 그 여자는 늘 네,라고 대답했고, 혹은 다소곳하게 웃었고, 아주 짧게 말했으며, 그 짧은 말들은 대개 단순했다. 나는 그 여자가 말하는 것을 이해하기 위해 그 여자의 말을 되물을 필요가 전혀 없었다. 그 여자는 늘 내가 알아들을 수 있게만 말했고, 이미 내가 예상했던 대답들만을 말했다.

 그런데 그 무엇도 아니라니, 그렇게 알아들을 수 없는 말이라니……

 나는 영화 속의 장면처럼 여자의 뺨을 때리는 대신에, 난데없이 여자의 머리채를 휘어잡았고 그러고는 악을 써댔다. 누가 듣거나 말거나, 보거나 말거나 아무 상관 없이. 나쁜 년, 나쁜 년, 나쁜 년…… 이렇게만.

 ——하마터면 딱 한번만 자달라고 말할 뻔했어요.

 그 여자가 일하는 동사무소에 정수기를 점검해주러 갔던 신입기사의 말이었다.

 ——그 여자인 걸 알아보는 순간, 그 생각밖에는 안 나더라니까요. 솔직히 말하는 거지만, 딴건 몰라도 그 여자 그거 하나는 정말 끝내주

거든요. 헤어질 때도, 우리 헤어지는 건 헤어지는 거고 그건 계속하는 게 어떻겠느냐고 말하고 싶었을 정도였으니까, 말해 뭐 해요. 하룻밤에 세 번이나 했는데도, 아침이 되면 또 하고 싶어진단 말이에요. 그런 여자였다구요.

그날 나는, 신입과 함께 그 여자의 동사무소에 가기로 되어 있었다. 그러나 이미 우리 사이를 빤히 알고 있는 동사무소에 업무를 핑계삼아 얼굴을 내민다는 것이 좀 면구스러워, 신입만 들여보내놓고는 나는 근처의 영업소에 들렀다가 나오는 길이었다. 신입이 그런 말을 할 때, 내 곁에는 영업소의 대리도 함께 있었다. 신입이 그런 말을 꺼내기 직전, 대리는 내게 언제 날을 잡을 거냐고 농담을 건네었고, 그 이야기 끝에 신입이 손바닥을 딱 치며 나 좀전에 아는 여자를 만났어요, 라고 말하기 시작했던 것이다.

—그런 여자하고 왜 헤어져?

그때까지 신입이 말하는 그 여자라는 게 누구인지 알지 못하던 대리가 재미난 화제를 만났다는 듯 물었고, 나 역시 킬킬거리며 신입의 말에 귀를 기울였다.

—딴남자가 있었더라구요, 젠장.

신입은 다시 생각해도 입맛이 쓰다는 듯 말끝에 젠장, 소리를 붙였다.

—우연히 알게 됐죠. 같은 회사 동료였는데, 어느날 자기가 옛날에 명기를 가진 여자와 연애를 했다고 얘길 하는 거예요. 대리님이나 선배님처럼 나라고 별수 있어요. 입맛이 당겨서 그 여자가 누구냐, 어딜 가면 만나느냐 물었더니 글쎄, 그 여자인 거예요. 정애실. 이름이 나 흔해요? 정애실이라는 그 촌스러운 이름이?

세상에는 그런 일도 있을 수가 있었다. 신입이 과거에 겪었던 일은 바로 그 순간에 내가 겪고 있는 일이었다. 이름이나 흔한가? 정애실이라는 그 촌스러운 이름이? 게다가, 신입은 바로 그 여자, 정애실이 일하는 동사무소에 들렀다가 온 길이었던 것이다. 대리의 얼굴이 벌게지면서 느닷없이 신입에게, 남자가 채신머리없게 그런 소리를 왜 떠들고 다니느냐고 버럭 고함을 지를 때까지도 신입은 전혀 그 사정을 모르고 있었다. 신입에게 그 여자 이야기를 떠들었다는 과거의 회사 동료 또한 그랬으리라.

신입에겐 더 물어볼 것이 없었다. 나는 얼굴이 벌게진 영업소 대리와 어리둥절해하는 신입을 자리에 그대로 둔 채 일어서 등을 돌렸다. 기가 막혔다. 그런 이야기를 같은 회사의 신입에게 듣지 않았다면 어땠을까. 정애실이라는 그 여자와 내 관계를 환히 알고 있는 영업소 대리가 있는 자리에서 듣지 않았다면 어땠을까. 그건 과거라고, 그런 게 무슨 상관이냐고, 한마디쯤은 흰소리를 낼 수도 있었을까.

나는 그날 오후, 회사에 들어가지 않았고 대낮부터 소줏집에 홀로 앉아 있었다. 낮의 소줏집에는 나 말고는 손님이라고는 아무도 없었다. 나는 텅 빈 소줏집에서 소주 한병과 김치찌개를 시켜놓고, 찌개냄비 위로 날아드는 파리떼를 그냥 쳐다보며 멍하니 앉아 있었다. 여자의 곱고 다소곳한 얼굴이 말간 소주잔 위로 왔다갔다했다. 그런데 그 여자가 한 남자를 육욕에 들뜨게 만든 장본인이고, 또다른 남자에게도 역시 그러했던 여자라니…… 거짓말 같았다. 만일에 그 이야기를 내게 전달한 사람이 같은 회사의 신입만 아니었다면, 그리고 그 이야기를 같은 자리에서 들은 영업소 대리의 존재만 없었다면 나는 그렇게 믿고 싶었을 것이다. 거짓말이라고, 그 여자는 그런 여자가 아니라, 내가 알고 있는 정애실일 뿐이라고.

　　4

　빵집이 문을 닫는 시간은 오후 열시다. 여자는 등을 곧게 펴고, 팔을 길게 뻗어 셔터를 내린다. 자바라 식의 셔터가 내려진 뒤에도, 빵집의 유리창은 고스란히 들여다보인다. 아직도 김이 모락모락 날 듯하고, 그 안에서 팥앙금이 스며나올 듯한 빵들이 쟁반에 가지런히 담겨진 채 창밖의 어둠을 내다보고 있다. 창문에는 빵 굽는 시간을 알리는 종이가 붙어 있다. 오전에 두 번, 오후에 두 번, 여자의 빵집에서는 새로운 빵들이 하얀 속살로 부풀어오를 것이다.

　오후 열시, 내 트럭은 서울 톨게이트를 빠져나간다. 밤의 공기가 내 트럭의 등을 민다. 간혹, 밤의 공기는 트럭에 실린 거대한 콘크리트 덩이의 옆구리를 간질이고, 내 트럭은 기어코 참지 못한 채 흐흐 웃음소리를 낸다. 그러나 트럭은 공룡처럼 소멸의 길을 가고 있을 뿐이다. 출고된 지 팔년이 된 중고트럭은 내게로 와서 다시 일년 세월을 늙었다. 고달픈 엔진이 덜덜거리는 소리를 낸다.

　어느날 밤, 나는 고속도로의 가드레일을 뚫고 나가 절벽에 걸린 트럭 한대를 본 적이 있다. 트럭의 전면 유리창은 박살이 나 있었다. 운전자는 아마도 유리창을 뚫고 나가 절벽 아래, 강물로 떨어져내렸으리라. 그가 유리창을 뚫고 강심까지 내려가는 동안의 시간은 얼마나 되었을까. 일초나 이초…… 그것은 찰나의 순간이다. 운전자는 졸음에서 깨기도 전에, 이미 또다른 세상의 문을 열었을지도 모른다. 그의 잠은 영원하고, 그의 꿈은 영원히 지속될 것이다.

　나는 여자의 빵집에 다시 들렀다. 열흘 만인가의 일이었다. 여자를 처음 발견했을 때, 대체 그 여자면 어떻고 또 아니면 어떻단 말인가 하고 홀로 고개를 가로젓기까지 했으나, 그 열흘 사이 나는 그 여자를 다시 한번 보고 싶은 마음을 참기가 힘들었다. 정말 그 여자인지 아닌지 그것만 확인을 할 작정이었다. 만일에 그 여자라면, 그 여자는 어떻게 나를 못 알아보는지, 어쩌면 진실로 궁금했던 것은 그것이었을지도 모르겠지만.

　"어서 오세요."

　빵집이 문을 닫기 직전의 시간이었지만, 여자는 친절하게 웃었다. 마치 십오년 전의 동사무소 여자처럼.

　"날 기억해요?"

　내가 물었고, 여자는 다시 웃었다.

　"지난번에 오셨었잖아요. 굉장히 큰 트럭을 타고 오셨는데…… 그렇게 큰 것도 트럭이라고 부르는 게 맞나요?"

　"트럭이 다 트럭이지, 뭐겠어요."

　나는 갖가지 빵들이 먹음직하게 놓여 있는 진열대 쪽으로 등을 돌렸다. 진열대 앞의 창문이 내 뒷등을 바라보고 있는 여자의 모습을 반사시켰다. 오래 전의 그 여자는 늘 긴 생머리를 유지하고 있었다. 그러나 지금의 빵집 여자는 짧은 파마머리였다. 짧은 파마머리라고는 하지만 서른의 중반을 넘겼을 나이의 머리 스타일이라기보다는 텔레비전에서 자주 보는 연예인들의 활달한 스타일을 닮아 있었다. 오래 전의 동사무소 여자에게 그런 머리는 어울리지 않았을 것이다.

　십오년이란 어느 정도의 긴 세월일까. 만일에 내가 이십대였다면,

십오년의 세월이란 너무나 아득한 것이어서 그 기억은 전생처럼 멀게도 여겨졌을 것이다. 그러나 사십을 넘긴 나이의 십오년이란 그리 긴 세월이 아니었다. 엊저녁처럼 떠오르는 기억이 갓스물의 기억일 때가 많았다. 어느 순간부터 세월은 저 홀로 흘러가고, 나는 그 세월의 곁에서 헛도는 것 같았다. 내 늙은 얼굴에도 불구하고 나는 여전히 청년 같았고, 내 몽상은 청년의 그것처럼 헛되기도 했다. 어떻든 십오년이란 세월에도 불구하고, 내가 여자의 얼굴을 완벽히 착각하거나, 그 여자가 나를 완벽히 알아보지 못한다는 것은 가능한 일로 여겨지지 않았다. 그렇다면 지금 누가 잘못된 기억의 무대 위에 놓여 있는 것일까. 그 여자인가, 아니면 난가……

"문 닫기 전 한시간 동안은 쎄일을 해요. 생크림케이크 같은 건 반 값에도 드리구요."

내 등을 바라보고 있는, 유리창 속의 여자가 나긋나긋한 목소리를 냈다. 여자가 생크림케이크를 이야기했지만, 나는 쟁반 위에 식빵 하나를 얹었다.

"빵집 오래 했어요?"

계산을 하면서 내가 물었고, 여자는 습관처럼 웃음소리를 냈다.

"여기서만 삼년 됐나…… 오래된 건가요?"

여자가 농담처럼 말을 건넸지만 나는 그 여자의 '여기서만'이라는 말에만 집중했다. 그렇다면 딴 곳에서도 빵집을 했다는 소린데, 그건 몇 년이었을까. 적어도 십이년 이상은 아니겠지. 당신, 십오년 전에는 뭘 했어요,라고 묻고 싶은 것을 나는 간신히 참았다. 그 여자가 나를 알아보지 못하는 이상, 그 여자를 내가 아는 그 여자라고 확신할 만한 근거는 아무데도 없는 것이었다. 물론 간단한 방법이 없지는 않았다. 당신

이름이 뭐요? 나는 그렇게 물을 수 있었을 것이다. 그러나 여자는 대답할 수도, 대답하지 않을 수도 있었다. 혹은 오래 전의 그때처럼, 그 여자는 자기를 누구라고 밝히는 대신에 이렇게 말할 수도 있는 것이다.

—당신이 나를 믿으려고 하지 않기 때문에, 나는 이미 그 무엇도 아니에요.

여자는 셔터를 내리고, 셔터를 내리는 동안 바닥에 내려놓았던 가방을 다시 단단히 한쪽 어깨에 메고, 그러고는 밤길을 걷기 시작한다. 밤이 늦기는 했지만 아직 인적이 끊길 만한 시간은 아니었다. 여자는 까페와 술집들이 네온을 밝힌 거리를, 때이른 취객들 사이에서 걷고 있다. 여자의 뒷모습은 내게 낯설었다. 오래 전의 그 여자는 내게 등을 보인 적이 거의 없었다. 데이트를 끝내고 내가 그 여자를 집앞까지 바래다주었을 때도, 여자는 내 등을 먼저 돌리게 했다. 먼저 가세요. 가시는 것 보구요…… 나는 그 여자의 그 나긋나긋한 목소리에 매번 매혹되었다. 나는 화려한 미인과의 연애를 꿈꾸지 않았고, 재벌가의 상속녀와의 운종은 결혼을 꿈꾸지도 않았다. 나는 늘 나만 바라보고 늘 내가 원하는 일만 하는 다소곳한 여자와의 영원한 미래를 꿈꾸었고, 그런 면에서 그 여자는 아주 어울리는 여자였다. 그 여자는 나보다 조금 가난했고, 나보다 조금 덜 배웠으며, 지나치게 평범하지 않을 만큼 예뻤다.

나는 그 여자를 그 여자가 일하는 동사무소에서, 정수기 판촉을 하러 갔다가 처음 만났다. 현장으로 직접 다니며 정수기 판촉을 하는 것은 신입사원들에게 주어지는 현장실습 업무 중의 하나였다. 아무 경험도 없이 단지 몇가지 지침만을 가지고 정수기를 팔아와야만 했다. 그 동사무소의 동장인가 누군가가 내 선배의 작은아버지인가 그랬다.

그러나 그날, 내가 만나려고 했던 선배의 작은아버지는 마침 외출중이었고 여자가 내게 그 사실을 알려주며 차를 내주었다. 동사무소의 한쪽 벽에는 그달의 친절직원 사진이 걸려 있었는데, 사진은 그 여자의 것이었고 사진 밑에는 그 여자의 이름도 적혀 있었다. 무료했으므로 자세히 바라보니, 상은 그 동사무소 내의 직원에게만 주어지는 것이 아니라 구 단위 전체의 직원들을 대상으로 한 것이었다. 서울 시내의 가장 넓은 구, 그 많은 동사무소의 직원들 중에 그 여자가 가장 친절한 직원이었다는 것이다.

외출에서 돌아온 선배의 작은아버지가 정수기 구입에 흔쾌한 대답을 주지 않았으므로 그후 나는 몇차례 더 그 동사무소엘 들르게 되었고, 그러다가 결국 그 친절한 여인에게 데이트 신청을 하게 되었다. 시간을 내달라고 말하는 내게 여자는 왜요,라고 물었는데 그때 내가 그 여자에게 한 대답이었다.

왜냐하면 당신은 우리 구에서 가장 친절한 여자니까요.

서울시의 가장 넓은 구에서 가장 친절한 그 여자가 어떤 남자에게는 육욕의 대상이었다는 징후를, 그 여자를 만나던 일년 동안 내가 전혀 느끼지 못했는지는 알 수 없다. 신입에게 여자의 또다른 정체에 대한 정보를 듣고 혼자 앉아 있던 소줏집에서 나는 그러한 징후가 적어도 열 개나 스무 개쯤은 있었다는 사실을 기억해냈다. 그러나 신입에게 그런 이야기를 듣지 않았다면, 그것이 징후였다고 말할 수 있었을지 아닐지도 알 수 없는 일들이었다. 그러니까 남자연예인의 잡지사진을 보다 말고, 나는 귀공자 같은 타입보다는 근육질인 남자가 더 멋있어 보일 때가 있어요,라고 말했던 것이나, 결혼 전의 여자의 순결을 문제삼는 낡은 드라마를 보다가 내가 어떻게 생각하느냐고 물었을 때, 그녀가 끝내 아무 대답도 하지 않았다거나, 그런 것들…… 그러나, 기억해보면 이런 일도 있었다.

그 여자와 만난 지 얼마쯤이나 흘러서였을까. 그날 여자와 만나기로 한 약속장소에 내가 늦게 도착했을 때이다. 약속장소는 거리 쪽으로 창이 환하게 나 있는 까페였는데, 여자가 먼저 와 있을 것을 짐작하고 창 안을 들여다보던 나는 여자가 앉아 있던 자리에서 일어서는 것을 보게 되었다. 약속시간에서 삼십분 정도가 지나 있었으므로 여자가 나를 기다리는 것을 포기하려나보다 하는 생각이 들었고, 여자가 까페 바깥으로 나왔을 때 깜짝 놀래주어야겠다는 생각도 들었던 것 같다. 그러나 내가 혼자 빙글거리며 창 안의 여자를 훔쳐보고 있을 때, 여자는 까페 입구 쪽으로 걸어나오는 것이 아니라 바로 옆의 테이블로 뚜벅뚜벅 걸어가고 있었다. 여자가 그 테이블에 앉아 있던 남자의 머리를 핸드백으로 후려갈긴 것은 순식간의 일이었다. 남자가 앉아 있던 테이블의 커피잔과 물컵들이 여자의 핸드백에 걸려 바닥으로 나동그라져내렸다. 내가 놀라서 까페가 있는 건물입구로 뛰어들어갔을 때, 여자는 어느새 까페 바깥으로 걸어나오는 중이었다.

무슨 일이에요?

내가 숨을 몰아쉬며 물었으나 여자는 오히려 내 거친 호흡에 놀라는 표정이었다. 그리고 여자가 되물었다.

무슨 일이 있었어요?

여자는 내가 잘못 본 것이라고 했다. 그런 일이 있기는 했지만 그건 자기가 아니었다고. 자기가 그때 나를 기다리지 않고 까페에서 나온 것은 그런 일 때문에 까페가 소란스러워졌기 때문이라고. 자기도 그런 일이 벌어진 이유에 대해서는 알지 못한다고. 다만 확실한 것은 웬 남자의 머리를 핸드백으로 후려갈긴 그 여자는 자기가 아니라고.

미심쩍기는 했지만, 내게 여자의 말을 거짓이라고 주장할 만한 근거
는 없었다. 아무리 환한 창이라고는 해도 나는 창밖에 있었고 모든 일
은 매우 순식간에 일어났던 것이다. 여자에게 방금 전의 소란의 기미
같은 것은 전혀 없었다. 여자를 쫓아나온 얼굴 벌게진 남자도 없었고,
하다못해 계산을 요구하며 달려나오는 까페 종업원도 보이지 않았다.

난 당신인 줄 알았어요. 얼마나 놀랐는지……

그러나 정말 그 여자가 아니었을까.

십오년 전에, 나는 여자에게 물었다. 너 대체 누구야? 나는 점심시
간에도 여자를 동사무소 바깥으로 불러냈고, 퇴근시간에도 여자를 찾
아갔다. 여자를 가장 가까운 소줏집이나 까페, 혹은 공원으로 끌고 가
내 분이 풀릴 때까지 묻고 또 물었다. 네 정체가 뭔지 그것만 말해. 그
러면 된다구. 그것만 말하란 말이야.

여자는 내가 알고 있는 그 여자의 다소곳한 자세로, 고개를 떨구고
있거나 눈물이 그렁그렁해져서 나를 쳐다보았다. 내가 혼자서 발광을
하며 뭐라고 악을 써대도 그녀는 끝끝내 침묵하거나, 별수없어서 입
을 열어야 할 때도 대체 무슨 말을 하라는 거예요,라고 물을 뿐이었다.

나는 까페에서는 물컵을 집어던졌고, 소줏집에서는 소주병을 깼고,
공원에서는 미끄럼틀에 머리를 쾅쾅 부딪쳐 자해를 했다. 처음에는
고개를 떨군 채 눈물만 그렁그렁하던 여자도 나중에는 비명을 질렀
고, 때로는 내가 잡을 수 없는 속도로 필사적인 도망을 치기도 했다.
나는 그 여자가 사람 많은 길거리를 달리든 빨간불인 건널목을 정신
없이 뛰어 건너든, 그리고 막 출발하려는 버스에 필사적으로 올라타

든, 그 여자를 끝끝내 쫓아갔다. 그 여자는 점심시간에 내게 불려나왔다가 오후 근무를 못하게 되기도 했고, 새벽까지 내게 묶여 있다가 얼굴도 씻지 못한 채 동사무소로 가는 버스에 올라타기도 했다.

지금 생각하면 참혹하고도 수치스러운 일이지만, 그때 나를 분노하게 만든 요체는 내가 그녀와 하룻밤에 세 번은커녕, 한번도 자본 적이 없다는 사실이었다. 내가 그녀의 몸 중에서 가져본 것이라고는 그녀의 축축한 손과 떨리는 입술과 긴장으로 등뼈가 단단히 굳은 그녀의 등 쪽 블라우스뿐이었다. 스물일곱살인 그때까지 내게 여자경험이 전혀 없었던 것은 아니었다. 그 여자 이전의 여자와 연애를 할 때는 시내의 여관을 삼십군데쯤은 들락거렸으리라. 그러나 그 여자와는 아니었다. 때때로 그 여자를 허겁지겁 안고 싶을 때가 없는 것은 아니었지만 아니, 어쩌면 아주 자주 그러했겠지만, 그때마다 나를 자제시킨 건 첫 입맞춤 때, 나는 겁이 나요,라고 말했던 그녀의 떨리는 목소리였다. 겁이 나는 여자와 함부로 잠을 자버리는 건 나로서도 겁이 나는 일이었다. 그 여자가 그럴 것이라고 믿었던 것처럼, 나 역시도 그 여자와의 약속된 미래가 필요했다. 그 여자와의 약속이 아니라 나 자신과의 약속 말이다. 내 청춘, 내 미래, 내 꿈, 그런 것들과의.

그러나 그 여자는 이미 '그런 여자'였던 것이다. 이미 그런 여자인 그 여자가 내게, 제발 이젠 그만 해요,라고 애원할 때마다, 나는 사실만 인정하라고 다그쳤다. 내가 알고 싶은 건 그저 사실일 뿐이라고. 다만 진실을 알고 싶은 것뿐이라고. 그러니 네가 그런 여자인 걸 인정하라고.

—야, 이 개자식아.

다소곳하게 눈물만 그렁그렁하던 그 여자의 입에서 느닷없이 욕설이 튀어나온 것은 그 여자를 마지막으로 만나게 된 날의 일이었다. 나는 그날 점심시간에도 그 여자를 불러내 같이 부대찌개로 점심을 먹었고, 그리고 근처 커피숍으로 여자를 데려갔다. 말해봐, 뭐가 진실인지. 내가 커피를 한모금 들이켜며 익숙한 고문자처럼 물었을 때, 테이블에 올려져 있던 여자의 주먹이 살짝 쥐어지는가 싶더니 나지막한 욕설이었다.

——넌 개자식이야. 알아? 넌 개자식이라구. 그게 진실이야. 이제 됐어?

여자는 일어섰다. 부대찌개를 같이 먹을 때만 하더라도 그렇게 다소곳하고, 그렇게 비련에 차 있던 그 여자가 눈 하나 깜짝하지 않은 채 그런 욕설을 내뱉고는, 말짱하게 일어서 내게 등을 돌린 것이었다.

그렇지! 그게 바로 너야! 그런 게 바로 너라구!

그때, 내가 그렇게 마주 고함을 질러대기는 했던가. 아니면 넋이 나가 멍한 채 앉아 있기만 했던가. 어쨌든 나는 그날 이후, 다시는 그 여자를 볼 수가 없었다.

5

여자는 뒤에서 누가 쫓아오는지도 아랑곳없이, 천천히 길을 걷고 있었다. 십오년이나 흘렀음에도 여자의 몸에는 군살이 보이지 않았다. 뒷모습만 보면 세련된 이십대 여성이 길을 걷고 있는 것 같았다. 내가 트럭의 운전석에 타고 있었다면, 휘익, 휘파람이라도 불어보고 싶었을 뒷모습…… 그러나 내 트럭은 벌써 며칠째 화물차대기소에 틀어박혀 있었다. 그 지루한 대기의 나날들이 아니었다면, 그런 야심한 시간에 여자의 뒤나 밟는 따위의 일은 하게 되지 않았을 것이다. 나는 톨게이트를 빠져나오듯이 화물차대기소를 빠져나왔고, 그러고는 고속도로를 달리듯이 여자의 뒤를 쫓고 있었다. 어리석은 일이라는 걸 모르지는 않았지만, 대기소에 틀어박혀 화투장을 만지는 것보다는 마음이 편안했다. 어딘지 알 수 없는 곳을 향해 무작정 달려가는 것, 밤의 미행은 고속도로를 달리는 것과 비슷한 쾌감을 주었다.

그러나 미행은 오래가지 못했다. 얼마쯤 걷던 여자의 걸음이 문득 멈춰졌다. 그러고는 여자의 손이 가볍게 올라가는가 싶더니, 여자 쪽으로 한대의 승용차가 멈춰서는 것이 보였다.

승용차의 문이 먼저 열렸고 여자의 반쪽 얼굴에 살짝 웃음이 어리는가 싶더니, 곧 승용차 안으로 모습을 감추었다. 승용차는 그랜저였다. 나는 길 한가운데 서서 멍하니, 여자를 태운 검은색 그랜저가 내 곁을 스쳐 달려가는 것을 보았다.

내게 그때 트럭이 있었다면, 그 그랜저를 쫓아가보았을까. 그 그랜저가, 그랜저에 어울리는 저택 속으로 빨려들어가는 것을 보았을까. 내 트럭의 높은 운전석에서 그 저택의 거실 안을 훔쳐보며 그들의 관계가 무엇인지를 알아냈을까. 잘 꾸며진 거실, 올망졸망한 아이들, 따듯하고 풍요로운 밤, 어린 계집아이가 치는 피아노 소리…… 그런 것들을 떠올리는 가슴이 마구 저려온다. 그러한 풍경은 내가 그 여자를 만나던 십오년 전에, 남들보다 조금 더 빨리 진급해서 내가 정수기회사의 간부가 된다면 십오년 뒤에는 그리 될 수도 있으리라 믿었던 풍경이었다. 무엇보다도 그랜저…… 여자를 태우고 간 최신형 그랜저가 내 가슴을 욱신욱신 결리게 하고 있었다.

다른 욕심이 없었던 것에 비해 나는 유독 차에 대한 욕심이 많았다. 좋은 저택이나 글래머인 미인 아내보다도 고급승용차에 더욱 매료될 때가 많았다. 나는 자동차 잡지를 꾸준히 보았고, 어떤 차가 얼마만큼의 최고시속을 낼 수 있는지에 대해서도 환했다. 그것은 승용차에 대해서뿐만이 아니라 엔진 달린 모든 것에 관해 그래서, 모터싸이클이나 경주용 차, 심지어는 화물차량에 대해서도 마찬가지였다. 따지고 보면, 내가 결국에는 트럭운전사가 되리라는 징후는 도처에 널려 있었던 셈이다.

어린시절 내가 살던 마을의 뒷산에는 채석장이 있었다. 날품팔이로 그 채석장에서 여름을 보내던 아버지의 도시락을 싸가지고 그곳에 갈 때마다, 나는 그 거대한 돌덩이들을 나르는 트럭들에 매료되었다. 몇 번의 여름이 지나는 동안 산 하나의 절반이 완전히 깎아내려졌고, 완만한 어깨를 갖고 있던 산은 느닷없이 절벽이 되어버렸다. 경비원들의 눈을 피해 그 절벽에 올라가 나와 친구들은 우리가 살고 있는 마을을 내려다보았다. 거대한 트럭들이 먼지를 운무처럼 피워올리며 천천히 달려왔다가, 힘주어 달려가곤 하는 것이 바로 절벽 아래로 내려다보이기도 했다. 트럭은, 돌을 실어나르는 것이 아니라 산을 끌어가는 것 같았다. 내가 알고 있는 세상의 전부를 실어나르는 것도 같았다. 그 시절의 내 꿈은 트럭운전사였고, 그 사실을 알게 된 어머니는 개숫물을 앞마당에 쏟아부으며 개숫물 같은 욕설을 내게 내뱉었다.

— 아나, 좋다, 새끼야. 돌 캐는 것보다는 백번 낫지.

그 시절의 내 이야기를 하면서, 여자에게도 오래 전의 이야기를 물은 적이 있었다.

— 애실씨는 어렸을 때 뭐가 되고 싶었어요?

여자는 잠깐 망설이는 듯하다가 부끄러움을 타는 목소리로 대답했다.

—영화배우요.

내가 그때 소리를 내 웃었던가? 신입의 등장 이후, 여자와 깨어지고 다시 새로운 여자와 지독한 연애를 하게 되기까지의 반년 동안 내가 여자의 그 말을 자주 떠올렸던 것은 기억난다. 그러나, 나를 만나던 동안의 여자가 스크린 속에 있었던 것인지, 아니면 신입이 알고 있는 그 여자가 스크린 속의 배우였는지는 끝내 알 수 없었다. 내게 개자식이란 욕설을 내뱉은 것을 마지막으로, 그 여자는 다시는 내 앞에 모습을 드러내지 않았던 것이다.

그날 여자에게 그런 욕설을 들었다는 것이 분하기보다는 오히려 통쾌한 기분이어서, 퇴근 무렵 의기양양하게 여자를 다시 찾아갔던 나는 여자의 동료에게서 여자가 동사무소에 사직서를 냈다는 소리를 들었다.

—점심시간 끝나고 돌아와서 한시간이나 됐을까, 애실이가 갑자기 울기 시작하는 거예요. 그냥 혼자 흐느껴 우는 게 아니라 엉엉 통곡을 하면서요. 누가 말려도 소용이 없었어요. 앉은자리에서 꼼짝도 안하고, 누가 보든 말든 간에요. 오죽하면 옆건물 사람들이 구경을 다 왔었겠어요. 정말 기막히게 울데요. 대체 무슨 일이 있었던 거예요?

여자의 모습을 전하는 이야기를 들으면서, 나는 그 여자가 연기하는 스크린의 풍경을 완벽히 보고 있는 듯했다. 웬 노인에게 주민등록등본을 떼어주다 말고 스탬프를 손에 든 채로 느닷없이 울기 시작하는 그녀, 가만히 앉아서 꼼짝도 않는 자세로 엉엉 울고 있는 그녀, 왜 그러는 거냐고 그녀의 어깨에 손을 대는 동료들, 자리에서 일으켜보려고 하는 사내동료들, 그러나 입술을 악물고 몸부림을 치듯이 울고 있는 그녀……

그날 밤, 그 여자의 자취방에도 불이 꺼져 있었다. 며칠을 연속해서 찾아갔지만 자취방은 번번이 잠겨 있었고, 일주일쯤 흘렀을 때이던가, 주인에게서 그 여자가 그날 낮에 짐을 빼갔다는 소리를 듣게 됐다. 그리고 십오년인 것이다.

여자의 빵집에서 사온 식빵은, 한조각도 떼어내지 않은 채 비닐봉지 안에서 차갑게 굳어 있었다. 어느 때에는 하얀 속살로 부풀어올랐겠으나, 그 뽀얀 젖가슴에 입술의 촉감 한번 가져보지 못한 채 그대로 뻣뻣하게 굳어버린 것이다. 곧 곰팡이가 피고, 쉰내가 나기 시작할 식빵에는 부풀어오르던 당시의 촉촉했던 결의 기억 같은 건 없었다.

만일에 그 여자라면…… 그 여자는 어떻게 나를 못 알아볼 수 있는 것일까.

방 한구석에서 뻣뻣하게 굳어가고 있는 식빵을 보다 말고, 나는 그 봉투에 적혀 있는 전화번호를 누르기 시작했다. 그 여자가 가게문을 닫고, 셔터를 내리고, 또 그랜저를 타고 사라지는 것을 보았으므로 당연히 텅 비어 있을 빵집이었다. 당연히 다른 작정이 있어서가 아니었다. 나는 그 텅 비어 있는 빵집의 침묵에 대고, 그저 한번쯤 말해볼 작정이었다.

— 정애실씨를 찾습니다. 그 여자가 거기에 있는 거 맞지요?

전화벨이 두 번 세 번, 울렸다. 받을 사람이 없는 전화이므로, 금방 끊어야 할 이유는 없었다. 벽에 기대어앉은 채, 한손에는 수화기를 들고, 방구석의 식빵을 바라보며, 만일에 어처구니없게도 그 여자가 전화를 받아, 전데요, 제가 정애실인데요,라고 말한다면 나는 무엇을 말할 것인가를 생각했다. 나는 오재명입니다, 이렇게 말할 것인가. 아니면 십오년 전에 당신을 알았던, 당신이 기억할 수도 있는, 그러나 어쩌면 이미 당신에게는 전혀 존재하지 않는, 어쨌든 그래도 여전히 이름이 누구인 그런 사람입니다, 이렇게 말할 것인가.

"여보세요."

벽에 기대어져 있던 내 몸이 와락 일으켜세워졌다. 거짓말처럼 그 여자가 정말로 전화를 받았던 것이다.

"여보세요?"

나는 마치 여자가 수화기 바깥으로 나를 환히 바라보고 있는 것처럼 미동도 할 수가 없었다. 겨우 손만 간신히 움직여 살금살금 전화기 가까이로 다가가고 있었다. 그 순간에 할 수 있는 일이라고는, 전화를 끊어야겠다는 본능적인 생각뿐이었다. 그 사이에도 여자는 몇번인가 더 여보세요,를 반복했다. 마침내 수화기 저편으로 남자의 목소리가 들려오기 시작했다. 무슨 전화야? 당신 또 빵집 전화 착신해놨구나. 그러지 말라니까. 그리고 이어지는 여자의 목소리. 생일케이크를 주문해놓고 안 찾아간 사람이 있어서요. 이름까지 새겨놨는데…… 근데 여보, 웃기지? 생일케이크 이름이 내 이름하고 똑같은 거 있지? 안 찾아가면 내 생일케이크로 써야겠어. 가만있자, 당신 생일이 며칠이더라? 당신, 내 생일도 잊었어요? 혹시 내 이름은 기억해요? 당신, 내 이름도 잊어버린 건 아니에요?

이튿날, 거대한 H빔을 싣고 달려가던 밤의 고속도로에서 나는 찰나의 순간 십오년 전의 그 여자와 쎅스를 한다. 여자의 몸이 나를 빨

160

아들일 듯하다. 나는 여자의 몸으로 빨려들어가, 여자의 혈관 속에서 몸을 틀고 여자의 근육 속에다가 사정을 한다. 그래도 여자는 나를 놓아주지 않는다. 아아, 제발…… 제발, 이제 그만…… 나를 좀 놓아줘. 그러나 여자의 몸은 깊고 아득한 뻘이다. 내 온몸을 움켜쥐고, 신음처럼 묻는다. 당신 나를 기억해요? 내가 누군지 알아요? 나를 기억하냐구요…… 나는 아무것도 몰라, 그러니 나를 놓아줘, 이러다가 난 죽어. 난 지금 시속 백이십 킬로에 놓여 있다구! 그러나 여자는 나를 놓아주지 않고, 순간 여자의 모습은 가장 최근에 잤던 창녀의 모습으로 바뀌고, 또 느닷없이 그 여자와 헤어진 지 반년 만에 사귀었던 내 치명적인 연애의 여자로 바뀌기도 한다.

　——도대체 너 누구야?

　비명을 지르며 눈을 뜨는 찰나, 나는 강심에 놓여 있다. 어느날 밤, 가드레일을 뚫고 나가 절벽에 걸려 서 있던 트럭의 운전사가, 내가 누운 강심에 나란히 누워 몸을 반쯤 돌린 채로 다정하게 나를 바라보고 있다. 여기가 어디죠? 내가 묻고, 그는 물고기처럼 입을 벌려 다정하게 대꾸한다. 여기도 고속도로라네. 밤의 고속도로.

　또한번 비명을 지르며 눈을 뜨는 순간, 눈앞에 절벽처럼 가로막고 있는 것은 술병을 거대하게 쌓아올린 또하나의 트럭이었다. 본능적으로 브레이크를 밟으며 바라본 속도계는 시속 백오십을 가리키고 있었다. 믿을 수 없는 속도였다. 브레이크를 밟았지만 속도계는 내려가지 않았다. 속도계의 고장일 거라는 생각에도 불구하고 브레이크에 얹힌 발의 힘을 뺄 수가 없었다. 다행히 뒤에서 쫓아오고 있는 차는 없었다. 그러나 겨우 진정을 하며 전방을 주시했을 때, 내 앞에서 꽁무니를 빼고 있는 술병 트럭 같은 것도 없었다.

6

트럭을 정비소에 맡겨놓고 돌아오는 길에 버스를 탔더니, 하필이면 노선이 여자의 빵집 앞으로 가는 버스였다. 그러나 하필이면,이라는 말은 사실이 아닐지도 모르겠다. 나는 나도 모르는 사이에 그 여자의 빵집 앞으로 가는 버스를 탔던 것일지도. 오전의 거리는 시내 중심임에도 그다지 막히지 않고 잘 뚫리고 있었다. 버스는 여자의 빵집 앞 건널목에서도 녹색신호를 받은 모양이었다. 버스의 속도는 느렸지만, 빵집 유리창을 통해 여자의 모습을 들여다볼 수 있을 정도의 속도는 아니었다. 그렇지 않았다고 하더라도, 빵집 유리창에 반사된 오전의 햇살이 여자의 모습을 가렸으리라.

여자의 빵집을 스치듯 지나가면서, 나는 오래 전 까페에서 웬 남자의 머리통을 핸드백으로 후려갈기던 여자의 모습을 떠올렸다. 내가 아니었어요, 라고 말하던, 그 여자의 또박또박한 목소리도. 그렇다면 그 여자라고 믿고 까페 입구로 달려들어가던 한 사내도 내가 아니었을까. 어쩌면 그랬을지도 모르겠다. 그 시절의 나를 나라고 기억할 만한 근거는, 창 안의 그 여자를 그 여자라고 믿을 만한 근거만큼이나 존재하지 않았다. 그러니 어쩌면 나는 지난밤 고속도로에서, 찰나의 순간 내가 보았던 것처럼 가드레일을 뚫고 나가 강심에 던져진 채, 여전히 누워 있는 것일지도. 물고기 같은 사내가 내 곁에서 내 쪽으로 몸을 돌려 누워 다정히 대꾸하는 목소리가 들리는 듯싶었다.

여기도 고속도로라네. 밤의 고속도로.

—『동서문학』 2001년 여름호

짧은 여행

1

   아가나 공항에 도착했을 때, 현지시간은 이미 자정을 넘기고 있었다. 3박4일 패키지 여행코스 중의 1박을 기내에서 보냈으니, 이제 도착하자마자 떠날 시간을 계산할 수밖에 없는, 짧은 2박의 일정이 남아 있을 뿐이었다. 김포에서 아가나까지 비행시간 네 시간, 긴 시간이라고는 할 수 없었지만 심야의 비행이었다. 그러나 칠순의 어머니도, 일곱살짜리 딸아이의 눈에도 피로의 기색은 없었다. 늙은 눈과 어린 눈에 똑같이 반짝이는 설렘…… 한밤중, 아가나 공항에는 비가 내리고 있었다.

   공항 입국코너에는 패키지 여행객들을 마중나온 여행사 직원들로 북새통을 이루고 있었다. 우리를 마중나온 현지 가이드는 두 군데의 다른 여행사 이름을 적은 종잇장을 양손에 나눠들고 있었다. 8월의 끝, 비수기로 접어들기 시작한 여행패키지는 파격적인 할인가를 제시하고 있었음에도, 한 여행사가 단독으로는 작은 승합버스를 채울 만큼의 여행객도 마련하기가 힘들었던 모양이다. 우리 여행사의 이름이 적힌 종잇장 앞으로 줄은 선 사람이 어머니와 내 딸 그리고 나까지 달랑 세 명, 그리고 또하나의 여행사 이름 앞으로는 예닐곱 명의 노인과 중년과 아이들이 줄을 섰다. 가이드가 인원체크를 하는 동안 공항을 둘러보니, 보이는 것이라곤 한국 여행사 이름을 적은 종잇장들의 분주한 흔들림뿐이었다. 그 종잇장들은 운동회날의 즐거운 만국기처럼도 보였다. 어떻든 여행의 시작인 것이다.

호텔로 가는 버스 안에서, 가이드의 소개로 일행끼리 인사를 나누게 되었다. 번잡할 것도 없는 인사였다. 우리 셋을 제외한 일곱 명 모두가 한가족이었다. 늙은 어머니와 아들 며느리, 딸 둘, 그리고 아들의 아들과 딸의 딸…… 어머니가 그쪽의 늙은 어머니에게 다복한 집안이세요, 인사를 했고 그쪽의 늙은 어머니가 내 어머니에게 친정어머니를 모시고 해외여행이라니, 효녀를 두셨에요, 인사했다. 인사는 그뿐, 일정을 설명하는 가이드의 말에 귀를 기울이느라 더이상은 서로 나눌 만한 말이 없었다. 가이드는 설명을 두 번씩 나눠서 해야 했는데, 그건 저쪽 일행과 우리 일행의 일정이 서로 달랐기 때문이다. 그들은 괌에 이어 싸이판까지 관광이 예정되어 있는 것 같았고, 머무는 호텔도 우리와는 달랐다.

우리가 묵을 호텔에 도착했을 때 시간은 어느새 새벽 두시가 가까워 있었다. 가이드가 우리를 다시 데리러 오겠다고 한 시간이 오전 아홉시이기는 했지만 이미 숙면을 취하기에는 너무 늦어버린 시간이었다. 어머니는 호텔방에 들어서자마자 침대부터 찾았다. 피로해서라기보다는 다음날의 일정을 염려해서인 것 같았다. 어머니가 악착같이 잠을 청하는 동안, 그러나 아이는 몇번의 재촉에도 불구하고 욕실과 발코니와, 심지어는 옷장 속까지 드나들었다. 아이에게 해외여행은 처음이었다. 아이가 자기 몫의 배낭 속에다 유치원의 영어교재를 챙긴 것을 발견한 건 비행기 안에서였는데, 나름대로는 해외 첫나들이가 몹시도 긴장되는 일이었던 모양이다. 공항에서부터 호텔까지 아이가 어쩌나 악착같이 내 손을 잡아쥐고 있었는지, 자꾸만 뒤로 처지는 어머니를 위해서는 잠시라도 빈손을 내밀 여유가 없었다. 엄마, 힘들지 않으세요? 겨우 고개만 돌려 어머니에게 물을 때마다 어머니는 걱정 말라는 듯이 손을 내젓고, 그것도 모자란 듯 좋구나, 참 좋아, 라고 했다. 어머니에게는 행복해해야 할 의무가 주어진, 딸이 마련한 효도여행이었던 것이다.

좀체 잠들지 않을 것 같던 아이가 침대에 엎어져 고른 숨소리를 내기 시작한 뒤에야, 나는 비로소 발코니 의자에 앉아 여행지의 밤풍경을 둘러볼 수 있었다. 호텔에 딸린 작은 풀장이 내려다보이는 발코니였다. 조명이 켜져 있는 풀장의 주변으로 야자수 커다란 잎들이 가는 빗발에 흔들리고 있는 것이 보였다. 그뿐, 바라보이는 것은 아무것도 없었다. 아름다운 섬이라고 했으니 아름다울 것이었다. 어차피 싸다는 이유만으로 선택한 여행지였다. 신문광고란에 적힌 여행사의 수십군데 여행패키지 중에서 여행지의 이름은 보지도 않으면서 가격란만 찾아 손가락을 움직이다보니 '특가 3박4일, 괌여행'이라는 문구가 짚였다. 괌은 멀지도 않고, 춥지도 않고, 게다가 아름다운 곳이라고 했다. 나는 곧바로 여행사에 전화를 걸어 나와 아이와 어머니의 영문자 이름을 불러주었다.

여행사와 통화를 끝내고 어머니에게 전화를 걸었을 때, 뜻밖에도 어머니는 시늉으로라도 망설이는 기색을 전혀 보이지 않았다. 그러자꾸나. 아직 힘있을 때 어디든 가야지. 어머니의 대답이 참으로 선선해서 오히려 내가 민망했다. 어머니가 혹시 가지 않겠다고 할까봐, 패키지 중에서 가장 싼 걸로 골랐다고, 기간도 겨우 3박4일에 불과하다고, 설득조로 마련해두었던 말도 아무 소용이 없어졌다. 확실히 어머니는 달라졌다. 여름이 시작될 무렵, 어머니가 정신을 놓아버렸던 하루, 그 다음부터의 일이었다.

그날, 노인정의 효도행사에 참여하고 집으로 돌아온 어머니는 피곤해서 잠시 누웠다 일어나야겠다고 하더니 한시간도 채 안돼 갑자기 정신을 놓고는 보이는 모든 끈과 천마다 나비매듭을 지었다고 했다. 기겁을 한 오빠네 식구들이 어머니의 손을 붙잡고 나중에는 묶기까지 하다가 기어코는 119구급대를 불렀지만, 어머니는 구급차의 창에 달린 커튼에까지 나비매듭을 짓더라고. 큰오빠의 연락을 받고 병원으로 달려갔을 때, 의사의 진단은 폭염 때문이라는 것이었다. 초여름에 몰아닥쳤던 이상폭염. 기력이 쇠한 노인네가 감당하기에는 지나치게 더웠던 더위. 의사의 말대로 시원한 병실에서 링거 한병을 맞고 깨어난 어머니는 다시 예전의 어머니로 돌아와 있었다. 어머니는 당신이 정신을 놓고 있던 사이의 나비매듭에 대해서도 전혀 기억을 하지 못했다.

그러나 그날 이후, 어머니는 어딘가 좀 달랐다. 그전에는 세 번 네 번 마다하다 결국 못 이기는 체 겨우 받던 자식들의 용돈을 서슴없이 챙기고, 고기 좋아하는 큰아들을 위해 시늉으로만 젓가락을 갖다대던 고기접시도 남김없이 비우고, 때로는 내게까지 전화를 걸어 예쁜 색깔의 부채라든가, 챙 넓은 모자 따위를 사다달라고 했다. 어머니는 당신의 생이, 당신이 기억하지 못하는 초여름 무렵의 어느 하루처럼, 어느날 어떻게 사라져버릴지 알 수 없는 거라고 생각한 듯했고 그러자 더이상은 머뭇거릴 게 없어진 듯싶었다. 어머니와 같지는 않겠지만 어머니가 언제 어떻게 우리들 곁에서 떠날지 알 수 없다는 생각은 내게도 마찬가지여서, 신문의 해외여행 광고란을 보다가 느닷없는 효도여행의 충동이 생겨난 것도 실은 그 때문이었다.

"애, 안 자니?"

방안에서 어머니의 목소리가 들려왔다. 나는 그냥 네,라고만 대답했다. 몸을 돌려눕는지 침대시트가 서걱거리는 소리가 잠시 들려왔다. 그리고 몇분쯤 뒤, 다시 어머니의 목소리가 들렸다.

"뭐가 보이니? 깜깜한 밤에."

"그냥 깜깜한 밤만 보이네."

어머니는 더이상 아무 말이 없었다. 그러나 아무래도 자리가 불편하신가. 또다시 침대시트가 서걱거리는 소리가 들리고, 한숨 같은 낮은 숨소리가 들려오기도 했다. 그러나 잠시 후, 내가 방안으로 들어왔을 때 어머니는 반듯하게 누워 깊은 잠에 빠져 있었다. 살아온 세월만큼 가늘어진 숨소리를 잠 속에 묻고, 마치 죽은 듯이…… 어머니는 저 잠 속에서, 또 어느 것에다 나비매듭을 짓고 있을까. 나는 어머니의 잠든 얼굴을 한동안 내려다보았다.

2

비가 말끔히 갠 하루, 가이드가 딸린 패키지 여행은 노인과 아이에게도 별 무리가 없을 만큼 편안하고 쾌적하게 이루어졌다. 바닷가를 잠깐 구경하고, 전쟁기념관엘 들르고, 관광상품점엘 들른 뒤 점심식사. 어머니는 간혹 나와 아이와 떨어져 저쪽 일행의 노인과 다리를 쉬며 이야기를 나누곤 했다. 부실한 치아와 백내장이 진행되고 있는 눈에 관한 이야기, 자식들의 직업 이야기, 그리고 손주손녀 이야기……그저 그런 이야기들인 듯싶었다. 그러다가 저쪽 노인이 영감님은 언제 먼저 보내셨어요, 묻고, 어머니 또한 같은 물음을 물었다. 어머니는 좋은 말동무를 만난 듯싶었으나, 잠시 후 내가 저 할머니는 연세가 몇이래? 묻기라도 하면 어느새 그 노인과의 대화를 까맣게 잊고 있었다. 몇이라더라…… 기억을 되살리려고 하기는커녕 그런 얘기는 나눈 적도 없다는 듯 저 늙은이도 칠십은 넘어 보이지 않니?라고 내게 되물었다.

어머니에게 과연 해외여행이란 게 즐거운 일일까? 어머니는 지친 기색 없이 열심히 가이드와 내 뒤를 쫓고, 멈추는 곳에서마다 열심히 사진을 찍고, 쇼핑쎈터에서는 손주들의 선물을 열심히 챙기기도 했지만, 그러나 그 모든 것은 그저 흘러가는 것일 뿐, 그 어느 것 하나 어머니의 가슴속에 쟁여지기 위해 반짝, 정지되는 화면은 아닌 듯싶었다. 어머니에게 해외여행이 이번이 처음은 아니었다. 한동안 해외의 이곳저곳을 돌아다니며 일을 하던 작은오빠 덕분으로 어머니는 외국의 여러 곳을 여행할 수 있었고, 그것은 노인정에서 온종일 화투나 치고 있는 노인들에게 어머니의 가장 큰 자랑거리이기도 했다. 그러나 그때에도, 어머니를 모셔주어 고맙다는 인사를 하기 위해 국제전화를 건 내게 작은올케는 이렇게 말하곤 했다. 어머닌, 오시자마자 가시려고만 해서 괜히 모신 게 아닌가 속상한 생각이 들어요. 때때로 작은오빠와 올케는 어머니에게 관광을 시켜드리기 위해 전쟁을 치른다고도 했다. 오빠네 집에 도착한 것만으로도 이미 볼 것은 다 보았다는 듯 어머니가 집밖으로는 더이상 꼼짝도 안하려고 든다는 것이었다. 하긴 그 시절의 어머니에게, 아들의 얼굴을 보는 것 이상의 무슨 더 재미난 일이 있었을까. 따지고 보면 오직 관광을 목적으로 한 해외여행은 어머니에겐 이번이 처음인 셈이었다.

오후의 관광코스는 연인들이 절벽에서 뛰어내려 동반자살을 해서 유명해졌다는 '사랑의 절벽'이었다. 나는 그 절벽이 신기하다기보다는 세상 어디에나 그런 자살바위가 있다는 사실이 신기했다. 그리고 세상사람 모두가 그 절벽과 바위에 이름을 붙이고 싶어한다는 것이.

"저 그림을 보세요. 연인들이 이 절벽에서 동반자살을 하는 그림인데, 남녀가 머리를 서로 묶고 있죠. 스페인 통치시대에 사랑에 빠진 차모로 여인이 있었는데, 스페인 장교가 그 여자를 탐하는 바람에 연인들이 서로 길게 땋은 머리를 하나로 묶고 이곳에서 뛰어내렸다는 전설이 있습니다. 죽어서도 한몸으로 엮여, 저승길에서도 떨어지지 않으려는 연인들의 마음이 아니겠어요?"

가이드의 설명을 들으며 내려다본 절벽은 까마득하고, 절벽 밑의 험악한 바위로 기어오르는 파도의 이빨이 드세다. 그러나 잘 뛰어내리기만 한다면, 산호섬 특유의 저 아름다운 빛깔 출렁이는 바닷속으로 한번에 풍덩, 뛰어들 수도 있겠다. 어머니는 절벽에서 내려다보는 것이 어지럽다며 저쪽 일행의 노인과 이야기를 나누고 있었고 겁이 나는 듯 내 손을 꼭 잡고 있는 아이의 손에서는 흥분이 느껴졌다.

"엄마, 그런데 뛰어내리다가 머리가 풀어지면 어떻게 해?"

"그럼 손을 꼭 잡고 있겠지, 너랑 나처럼."

그러나 누가 먼저 손을 놓아버리면 어떻게 될까. 묶은 머리도 풀어지고, 잡았던 손도 놓아버리면…… 놓쳐버리는 것이 아니라 놓아버리는 것이라면…… 머리를 묶는 것은, 혹시 영혼까지 함께하려는 안타까운 마음이기보다 잡은 손을 믿지 못해서는 아닐까. 영혼의 길이 갈리는 것이 두려운 게 아니라, 삶과 죽음의 길이 갈라질까봐 그걸 저어하는 것이 아닐까. 내 상상은 속되다. 나는 고개를 가로젖고, 또다른 관광객을 위해 내가 서 있던 자리를 양보했다.

"참 멀리도 보이는구나."

다음 코스를 위해 어머니를 모시러 갔을 때 어머니는 앉은 자리에서 바다 저편을 바라보고 있었다.

"애, 여기가 예전에 그 비행기 떨어진 데 아니니? 예서 보면, 비행기 떨어진 데도 보일라나?"

어머니는 심상한 듯 말했으나, 나는 잠시 어머니의 얼굴을 뜨악하게 바라보았다. 사랑의 절벽에서 느닷없게도 비행기 떨어진 자리라니……

그것이 몇년쯤 전의 일이던가? 대한항공의 여객기가 괌의 아가나 공항 근처에서 추락했을 때 나 역시 신문의 구석구석을 읽고 아홉시 뉴스 자정뉴스 속보까지 빼놓지 않고 챙겨보았지만, 고작 몇년 사이 그 일은 까마득하게 먼 일처럼 여겨졌다. 다만 몇 컷의 화면들이 떠오를 뿐이었다. 울창한 밀림 속에 동강나 있던 기체, 울부짖던 사람들, 이백명이 넘던 사망자 명단…… 마치, 전화번호부의 한 페이지처럼.

사망자 수가 이백명이 넘었지만, 그들 중에 내가 알고 있는 사람은 없었다. 남편의 거래처 회사 간부가 가족여행을 가던 길에 일가족 몰사했지만, 그런 일이 있지 않았다면 그가 누구인지조차 알지도 못했을 사람이었다. 그런데도 몇다리 건너의 죽음조차 심상하지가 않아 남편으로부터 그런 이야기를 들은 다음에는 더욱 열심히 관련 뉴스들을 챙겨본 기억이 난다.

어머니는 달랐다. 어머니는 모든 사고소식에 민감했다. 텔레비전에서 사망사고 관련 뉴스가 나올 때마다, 어머니는 거실 텔레비전의 채널을 돌리지 못하게 했고 나중에는 당신 방으로 들어가 방문을 꼭 잠그고 당신 방의 텔레비전에 매달렸다. 어쩌다가 사망자의 사진이 나올 때는, 텔레비전 속으로 파고들듯 화면 앞으로 다가붙기도 했다. 어머니의 그런 행동은 텔레비전 뉴스에만 국한된 것은 아니었다. 오래전, 내가 아직 중학생이거나 고등학생이었을 때 어머니와 함께 어딘가엘 다녀오던 길이었다. 우리가 건너야 할 육교 아래에서 한떼의 사람들이 웅성거리는 것이 보였는데, 육교 아래에서는 무슨 까닭인지 알 수 없던 것이 육교 위에서야 내려다보였다. 둘러선 사람들 한가운데에 한 남자가 쓰러져 있는 것이 보였다. 무서웠지만, 또한 그 흥미진진한 광경을 놓칠 수가 없어서 나는 육교 난간을 붙들고 심장을 두근거리며 내려다보았다. 잠시 후, 누군가가 사람들 틈을 비집고 들어와 쓰러져 있는 남자의 얼굴 위로 거적을 덮는 것이 보였다.

"엄마, 저 사람 죽었나봐!"

내가 낮게 소리를 지르며 어머니의 손을 잡으려고 했을 때, 그러나 내 손은 다만 허공을 더듬었을 뿐이다. 어머니는 바로 내 곁에 있었다. 그러나 그 순간 어머니에게 내 존재는 완전히 사라진 것처럼 보였다. 어머니는 그 순간, 육교 위가 아니라 육교 아래, 거적을 덮어쓴 사내 곁에 있었다. 바로 내 곁에서 나와 똑같은 자세로 난간을 붙잡고 서 있었으나, 또한 내 곁에는 전혀 존재하지 않는 어머니의 얼굴에 겨울 노을빛이 붉고 어둡게 물들었다. 그러고는 스윽 지나가는 바람…… 어머니는 누구도 알지 못하는 사이에 스윽 지나가버리는 바람처럼, 간혹 그렇게 어딘가로, 아무도 알 수 없는 곳으로, 까맣게 사라져버리곤 하는 것이었다.

어머니가 어째서 그렇게 이상한 행동을 하는지, 그 까닭을 짐작으로만 아는 것은 쉬운 일이 아니었다. 어머니는 여전히 아버지의 죽음을 믿지 못하고 있는 것일까? 일요일 오후, 가족들에게 아무 말도 없이 마치 담배 한갑 사러 나가듯 집을 나갔던 아버지가 일주일 만에 팔당의 국도변 풀숲 사이에서 변사체로 발견된 것이 내가 초등학생 때의 일이었다. 경찰 수사에 의하면, 동네 가까운 곳에서 교통사고를 당한 뒤 뺑소니 운전사가 아버지의 사체를 그곳까지 끌고 가 유기한 듯싶다고 했다. 그러나 뺑소니 운전사는 잡히지 않았고, 아버지의 죽음은 그렇게 의문에 묻혀졌다.

폭염이 이어지던 한여름의 일이었다. 아버지의 사체는 이미 구석구석이 상해 있었지만, 그렇다고 해서 그가 내 아버지인지를 몰라볼 정도는 아니었다. 아버지의 제삿날은 경찰에서 알려준 사망 추정시간, 그러니까 아버지가 아무 말 없이 집을 나간 그날로 정해졌다. 원통하고 억울한 죽음이었지만, 달리 할 수 있는 일은 아무것도 없었다. 어머니는 아버지 대신 어린 자식들을 먹여살리고 공부시키는 일에 매달리느라, 아버지의 죽음에 정신을 놓고 있을 겨를이 없었다. 나와는 나이차이 많은 큰오빠가 장남구실을 해낼 때까지, 거의 십년 세월을 어머니는 아버지의 죽음보다는 남은 자들의 삶에 더 숨통을 졸려 살았다.

그러나 생각해보면, 그 시기는 어머니에게 있어 다만 유예의 시간이었을지도 모른다. 기다림의 유예. 아버지가 집을 나갈 때 그러했던 것처럼 감쪽같이 집으로 돌아올 것이라는, 그러니 늘 대문을 열어두어야 한다…… 그때까지는, 그러니까 아버지가 태연히 대문을 열고 들어올 때까지는, 아버지는 죽음에 속한 사람이 아니라 다만 세상의 어느 알 수 없는 곳에 속해 있는 사람이었다. 그런 아버지는 거리에서 비를 맞고 있을 수도 있고, 바람부는 육교 아래에서 몸을 웅크리고 있을 수도 있고, 다리 위를 걷다가 무너져내리는 다리와 함께 강에 빠질 수도 있고, 집에 돌아오기 전에 자식들 선물을 챙기려고 들어섰던 백화점에서 쏟아져내리는 벽돌더미와 함께 바닥 속으로 꺼져내려갈 수도 있는 것이었다. 가족과 함께가 아니었으므로, 아버지는 늘 어딘가를 떠돌고, 늘 어떤 위험 앞에 노출되어 있다. 그것이 어머니가 생각하는 아버지 죽음의 전부인 것 같았다.

3

하루 온종일의 관광을 마치고 저녁식사까지 하고, 기어코는 또 한 군데의 쇼핑쎈터까지 들른 뒤에야 그날의 일정은 전부 끝이 났다. 호텔로 돌아오는 버스 안에서 가이드가 일행들에게 안내말씀이 있겠다 했다. 고작 하루 관광을 했을 뿐인데 공식적인 관광은 이제 끝이 났고 이튿날부터는 자유관광이라는 것이었다. 다만 원하시는 분은 괌의 가장 아름다운 해변인 스타쎈드라는 곳에 갈 수 있다고. 물론 그러기 위해서는 개인당 얼마씩의 돈이 추가될 것이라고. '이보다 더 쌀 수는 없다. 특가 3박4일 괌여행'이라는 여행사 광고가 그제야 이해되었다. 늙은 어머니와 어린 딸을 데리고 나머지 일정 전부를 자유시간으로 메울 수는 없는 일이었다. 어머니는 아직 정정한 편이었고 아이는 어디든지 혼자 걸을 수 있는 나이라고는 해도, 둘을 동반한 여행은 생각처럼 쉬운 일이 아니었다. 아이는 늘 햇볕을 원하고, 어머니는 늘 그늘을 원했다. 어머니는 늘 앉을 자리를 찾았고, 아이는 늘 뛰어다닐 자리만을 찾았다. 게다가 짐을 들고 다녀야 하는 내게, 빈손은 늘 하나뿐이었다.

마지막 코스였던 쇼핑쎈터의 에스컬레이터에서 어머니가 중심을 잃고 쓰러질 뻔했을 때, 그때도 나는 앞으로 달려나가는 아이를 붙잡느라고 뒤처진 어머니에겐 신경도 쓸 수 없는 상황이었다. 몇걸음 뒤처져 있던 어머니가 아이쿠 소리를 지르는 것을 듣고서도 나로서는 비명을 지르는 것밖에는 할 수 있는 일이 아무것도 없었다. 어느새 어머니의 등과 허리를 떠받친 외국인 남자가 딸인 나보다도 더 다정하고 염려스러운 목소리로 어머니에게 괜찮냐고 묻고, 에스컬레이터가 멈출 때까지 어머니의 손을 꼭 붙잡고 놓지 않았다.

호텔에 들어와 잠이 들 때까지, 나는 더이상 어머니에게도 아이에게도 친절하지 않았다. 까닭을 알 수 없는 화가 북받쳤다. 8월의 끝, 여름도 다 가고 이제 선선해질 가을날만 기다리고 있으면 될 때에, 난데없는 여행이라니, 그것도 비행기를 타고 낯선 물과 낯선 언어의 섬나라라니…… 여행은, 어머니 때문이었을까. 아니면, 여름 내내 아무곳에도 가지 못한 아이 때문이었을까. 그것도 아니라면 간절하게 휴식을 원하던 남편 때문이었을까.

여름 내내, 남편은 어찌나 바빴는지 그의 간절한 소망은 누구에게도 방해받지 않고 며칠만 푹 쉬었으면 하는 것이었다. 그러나 휴가를 내는 것은 엄두도 낼 수 없는 형편이었고, 심지어는 토요일이나 일요일도 제대로 챙길 수가 없었다. 여행은, 내가 그에게 줄 수 있는 유일한 휴식이었다. 아이도 없고 아내도 없는 집, 며칠간의 그 집이 그에게는 휴양지가 되어줄 것이었다. 그는 원하는 대로 리모컨을 돌리고 원하는 대로, 원하는 시간에 전화를 걸거나 받고, 땀에 푹 젖은 몸을 씻지도 않은 채 소파에서 와이셔츠 차림으로 잠이 들거나, 아니면 팬티까지 홀랑 벗은 몸으로 거실바닥에 쓰러져 잠들 수도 있을 것이다. 그는 바쁜 시간을 틈내 오늘도 늦겠다는 전화를 할 필요도 없고, 하루에 서너 차례씩 걸어대는 아이의 전화를 받지 않아도 되는 것이다.

남편이 나와 아이가 없는 집안에서, 세상에서 가장 완벽한 휴식을 취하고 있다고 해도 나로서는 그런 그를 서운해할 수가 없는 일이었다. 내 희망이 또한 그랬으니까. 어느날 남편이 아이를 데리고, 내가 알고 있는 모든 사람들을 데리고 나만 놓아둔 채 어딘가로 감쪽같이 떠나주기를 나 또한 아주 간절히 원했으니까. 남편이 그래준다면, 나 또한 남편이 지금 내가 없고 아이가 없는 빈집에서 하고 있으리라고 생각되는 모든 일들을 했을 테니까. 만일 그렇다면, 그런 기회가 주어졌다면, 나는 텅 빈 집에 싱싱한 알몸으로 누워 남편이 아닌 다른 사람을 기다릴 것이었다. 매일같이 기다려야 하는 남편이 아니라, 세상에 태어나 단 한번도 본 적 없는 어떤 사람을…… 그런 사람이, 마치 예정된 운명인 것처럼 텅 빈 내 집의 초인종을 눌러주기를, 내가 설렘 가득한 손으로 현관의 빗장을 열었을 때, 그 낯선 얼굴이 세상에서 가장 익숙한 음성으로 내게 이렇게 말해주기를……

안녕하세요…… 안녕하세요, 당신……

이렇게.

생수 한병을 들고 호텔방의 발코니에 오래 앉아 있는 동안, 방안에서는 자주 침대시트가 서걱거리는 소리가 들려온다. 아이는 샤워를 끝내자마자 완전히 곯아떨어져버렸으니, 뒤척거리는 것은 분명 어머니였다.

"왜 안 주무세요?"

발코니 밖의 내가 방안의 어머니에게 묻는다.

"혼자 자는 게 습관이 돼서 그러나, 통 잠이 안 오는구나."

호텔 방안에는 싱글침대 두 개와 보조침대 한 개가 놓여 있었다. 그러니 침대 하나가 어머니 차지인데도 불편해서 잠이 오지 않는다는 것이었다. 나는 결혼하기 전까지 어머니와 한방을 썼다. 그때에도 어머니는 잠귀가 밝아서, 잠없는 나이였던 내가 조금만 부스럭거려도 말짱하게 잠이 깨 한동안이나 잠을 못 이루곤 했다. 간혹 내 집에 다니러 온 어머니가 한밤중의 거실 소파에 홀로 앉아 있는 것을 발견할 때가 있었다. 화장실에 가려고 거실에 나왔다가 그런 어머니를 발견하게 되면, 남편은 귀신이라도 본 것처럼 기겁을 하곤 했다. 머리가 하얗게 센 노인이 불꺼진 거실 소파에 오도카니 앉아 있는 풍경이란, 딸인 내게조차도 마땅치는 않은 것이었다. 엄마, 제발 그러시지 말라고, 나와 앉아 계시고 싶으면 불이라도 켜시라고 말했을 때, 어머니의 대답이었다. 애, 늙으면 귀가 밝아지는 모양이다. 낮에는 멀쩡한 소리도 못 들으면서 밤이 되면 모든 소리가 다 들리는 것 같구나. 캄캄한 어둠속에, 뭔지도 알 수 없는 온갖 것들이 수선수선 이야기를 하는데 어떤 때는 시끄러워서 참을 수가 없다가도, 어떤 때는 내용도 모르면서 그게 그렇게 재미진다. 엄만 무슨 그렇게 섬뜩한 소리를 해! 나는 어머니의 말이 다 끝나기도 전에 소리를 질렀다. 아닌게아니라 내 팔뚝에는 굵은 소름들이 돋아 있었다.

그러나 얼마 후, 나는 불꺼진 거실에 어머니 같은 모습으로 오도카니 앉아본다. 소리는 전혀 들리지 않았다. 나는 몸을 기우뚱하게 하고, 마치 어딘가를 향해 귀를 기울이는 듯한 자세를 취해본다. 길거리의 찻소리가 들려온다. 어느 차는 소음기를 떼어버렸는가, 심야의 정적을 깨는 소리가 잠시 요란하다. 그러나 그뿐, 더이상은 들려오는 소리가 없다. 뭔지도 알 수 없는 온갖 것들이 수선수선 이야기를 한다는, 어머니가 들었던 그런 소리는 내 귀에는 전혀 닿지 않는다. 다만 귀에 익숙한 어떤 소리가, 귀 밖이 아니라 귀 안에서 들려온다. 안녕하세요…… 안녕하세요, 당신……

남편과 나는 불행한가. 그런 것은 아니었다. 남편은 성실했고, 가정적이었다. 그는 가족을 위해서라면 무엇이든 할 자세가 되어 있는 사람이었다. 그는 남보다 많지 않은 월급으로도 십여개의 통장을 만들었고, 주식을 샀고, 아파트 분양권을 팔거나 사들였다. 바쁜 직장일에도 불구하고 시간을 쪼개 경매되는 부동산의 정보를 모으고, 온갖 종류의 할인쿠폰을 모우고, 빨간글씨로 마이너스 오십원을 기록하기도 하는 가계부를 썼다.

다, 당신과 윤이를 위해서야. 우리한테 재산이 있어, 연줄이 있어. 그렇다고 어느날 갑자기 복권이 당첨되겠어. 하다못해 캐나다나 호주에 시민권을 가진 친척이 있길 해. 이렇게 해서라도 살아야지.

남편의 말에 틀린 것은 없었다. 그는 성실했고 가정적이었다. 쓸데

없이 소모되는 돈과 시간이 아까워서 바람도 못 피울 사람이기는 했지만 그렇다고 해서 구두쇠라고 불릴 만한 사람은 아니었다. 그는 구두쇠라기보다는 계산을 하는 사람에 속했다. 끝없는 수치와의 전쟁, 숫자와 확률의 가능성, 오직 그것으로만 확신되는 미래, 그리고 가족.

— 여보, 당신은 좀 쉬어야 해.

여름 내내 나는 남편에게 말하곤 했다. 남편 역시 그렇다고 대답했다. 자기에게 가장 필요한 것은 휴식이라고. 그러나 그렇게 대답하는 순간에도 남편의 머릿속에서는 정신없이 숫자가 돌아가고 있었을 것이다. 나는 남편의 머릿속을 짐작하는 것만으로도 숨이 가빴다. 그를 비난할 방법 같은 건 없었고, 그럴 생각도 없었다. 다만 내가 알 수 있는 것은, 그와 함께 있는 한 내게도 휴식 같은 건 없으리라는 것이었다.

— 여보, 나는 좀 쉬고 싶어.

남편에게 상의도 없이 여행사 예약을 해버렸던 날, 그 말을 꺼내려다 말고 내 입에서는 그런 말이 먼저 튀어나왔는데 남편은 내 말이 무슨 뜻인지 도무지 모르겠다는 표정이었다. 그는 십년 뒤, 이십년 뒤, 하다못해 오십년 뒤의 숫자와 싸우느라 현실의 말에 대해서는 무감각해졌다. 그의 현실은 미래였고, 그 미래는 숫자였다.

4

괌에서 가장 아름다운 해변이라는 스타샌드는, 그 해변의 아름다움보다는 즐길 만한 것을 많이 만들어놓았다는 점으로 우선 마음에 들었다. 노천 스파나 열대림 트래킹, 그리고 원주민들의 공연이 어머니에게는 즐거운 눈요기가 될 듯싶었다. 아이는 일찌감치 스노클링에 빠져들었다. 깊은 잠수가 필요없는 그 물놀이가 일곱살 아이에게는 즐겁기 짝이 없는 놀이인 듯싶었다. 물속에 뛰어들었던 아이가 수영복 위에 셔츠도 벗지 않고 있던 내 손을 막무가내로 잡아끌었다. 첨벙첨벙 아이를 쫓아 뛰어들어가 아이가 건네주는 스노클을 쓰고 물속을 들여다보니, 온갖 색깔의 열대어들이 떼지어 헤엄쳐다니고 있는 것이 보였다. 고작 허리깊이밖에는 안되는 낮은 물속에서 말이다. 그건 마치 내가 바닷속에 들어와 있다는 느낌이기보다 어항 속에 얼굴을 처박고 열대어 구경을 하고 있는 듯한 기분이었으나, 그랬음에도 그 열대어들의 빛깔들에 홀려 나는 아이의 재촉에도 불구하고 아이의 스노클을 오래 돌려주지 않았다.

집에 두고 온 어항이 생각났다. 쇼핑쎈터에 갔다가 아이가 울고불고하는 바람에 어쩔 수 없이 사들고 온 작은 어항이었다. 남편은 물고기라면 질색을 했다. 보기만 해도 몸이 미끈거리는 느낌이 든다고 했다. 그와 내가 연애를 하던 시절에도 그는 수족관이 있는 다방에는 가려고 하지 않았다. 그런 남편이었으나 자식 이기는 장사 없다고, 별수없이 어항을 놓을 자리를 손수 마련해주었고 때로는 물고기밥을 손수 떨어뜨려주기도 했다. 그러나 간혹, 그는 저 물고기들이 빨리 죽기를 바란다는 듯이 내게 묻곤 했다.

——이봐, 물고기는 얼마나 오래 사는 거야?

글쎄…… 물고기의 수명에 대해서는 아는 바가 전혀 없었다. 어항 속의 물고기가 늙어죽었다는 이야기를 들어본 기억도 전혀 없었다. 그것들은 병이 들거나, 먹이가 부족하거나, 산소결핍으로 죽게 마련이었다. 그러니까 잘 돌보기만 하면 얼마든지 살 수 있는 생명, 그것이

어항 속의 물고기들에 대해 내가 은연중 갖고 있던 생각의 전부였다.

——이봐, 그럼 저 물고기들이 나 늙어죽을 때까지 우리집에서 평생 같이 살 거란 말이야?

남편이 기겁을 하며 소리를 지르는 품이 우스워서 순간 웃음을 터뜨려버렸지만, 남편의 말이 내게도 어떤 이물감을 선사했던 것만큼은 분명한 모양이었다. 처음에 여섯 마리였던 물고기는 몇달 사이에 두 마리로 줄어버렸다. 네 마리 모두 수명이 다해서 죽은 것이 아니라, 물 갈아주는 때를 놓치는 바람에 그렇게 되었다. 아이는 물고기들의 죽음에 불에 덴 듯한 울음을 터뜨렸고, 남편과 나는 별수없이 그 물고기들을 아파트 화단에 묻어주었다. 딱하게도, 땅으로 간 물고기……

아이와 내가 물속에서 노는 동안 어머니는 해변의 나무 그늘에서 꼼짝도 않고 앉아 있었다. 가끔씩 내가 허리를 펴고 어머니가 앉아 있는 자리를 바라보면, 어머니는 반갑다는 듯 손을 흔들었다. 나는 의심스럽게 그런 어머니를 한동안 쳐다보았다. 백내장을 앓고 있는 어머니의 눈이 딸과 손녀를 분간해내기에는 너무 멀리 떨어져 있는 거리였다. 어떻든 어머니는 즐거워 보였다. 야외식당에서의 바베큐 요리를 맛있게 먹었고, 원주민 공연이 이어지는 동안에는 원주민 무희에게서 꽃목걸이를 선사받기도 했다. 어머니로서는 쉽지 않을 거리를 걸어야만 했던 열대림 트래킹 코스에서도 어머니는 그다지 지친 모습을 보이지 않았다. 그러나 어머니는 어쩔 수 없이 뒤로 처졌고, 아이는 또한 제 본능이 시키는 대로 어쩔 수 없이 앞으로만 달려나갔다.

뛰지 마. 애야, 그러지 말아. 그러다간 길을 잃을 거야!

어느새 성큼 저 앞으로 달려나가 열대나무 큰 이파리 사이로 빨간색 티셔츠 자락을 감춰버리는 아이를 정신없이 달려가 붙잡아 되돌아왔을 때, 이번엔 일행 중에 어머니의 모습이 보이지 않았다. 가슴이 덜컥 내려앉아 그 자리에 굳은 듯 섰던 나는, 일행에게서 십여 미터나 떨어진 뒤쪽에서 익숙한 색깔의 옷자락이 팔랑거리는 것을 발견했다. 엄마! 외치며 달려갔을 때, 그러나 그 익숙한 색깔의 옷자락은 어머니가 아니라 막 나뭇잎새에서 공중으로 날아올라가는 노란색 작은 나비였다.

엄마……

순간, 길을 잃은 것은 나 같았다. 열대림의 한가운데에서 나아가야 할 곳의 방향도, 되돌아가야 할 곳의 방향도 잃어버린 채, 나는 아득하게 서 있다. 살아 있는 것들의 모든 움직임이 정지하고, 살아 있는 것들의 모든 소리도 정지해버린 그 시퍼런 열대림의 한가운데에서……

─애, 여기는 늙음도 죽음도 없어 보이는구나. 모든 게 너무나 시퍼레서 무섭지 않니?

열대림의 한가운데로 걸어들어갈 때 어머니가 내 손목을 찾아쥐며 했던 말이 그제야 떠올랐다. 어머니는 진정으로 두려운 모양이었다. 그 거침없는 푸르름이, 사시사철 달아오른 햇볕 아래에서 지치지도 않고 살아오르는 그 섬의 그 짙푸른 생명력이. 그러나 어머니가 내 손을 잡으려고 했을 때, 나는 앞으로 달려나가는 아이를 뒤쫓느라 어머니의 손을 팽개치지 않을 수 없었다. 어머니의 말은 내 등뒤로 사라져버렸다. 애, 여기는 늙음도 죽음도 없어 보이는구나, 라고 하시던.

엄마…… 엄마! 나는 소리를 내서 어머니를 부르기 시작했다. 그러나 내 부름에 돌아온 것은 다시 노란 나비 한마리. 또다시 가슴이 내려앉는다. 지난 초여름, 정신을 놓았던 하룻밤 하룻낮 사이 보이는 모든 것에 나비매듭을 짓던 어머니였다. 혹시 저 노란 나비는 어머니가 지어놓은 또하나의 매듭은 아닐까.

"엄마!"

악을 쓰듯, 다시 한번 어머니를 불렀을 때에야 나뭇잎 스치는 소리와 함께 어머니가 풀숲 사이에서 허리를 고부린 채 걸어나왔다. 미안하다, 애야. 날 찾았구나. 오줌을 참을 수가 없어서…… 어머니가 진정 미안한 듯 그렇게 말을 하자마자, 나는 미친 듯이 화를 내기 시작했다. 그럼 말을 하고 갔어야지, 사람 놀라게, 왜 그러는 거야, 왜 엄마 맘대로, 어딜 그렇게, 여기가 어딘데, 여기가 어딘지도 모르면서, 엄마 혼자서, 아무도 못 찾게, 혼자서 그렇게…… 혼자서 그렇게…… 혼자서 그렇게……

5

하루종일 바닷물 속에서 놀더니 아이는 쉽게 잠들지 못하고 어깨며 등이 화끈거린다고 칭얼댔다. 수영복 자국이 선명한 어깨와 등이 빨갛게 익어서, 목욕을 시키는 동안에도 아이는 내 손이 살에 닿기가 무섭게 아프다고 비명을 질러댔다. 나는 아이를 맨몸인 채로 침대 위에 엎어놓고 연고를 발라주었다. 연고의 느낌이 시원한지, 아니면 침대에 엎어져 누운 자세가 편안했는지 좀체 잠들지 않을 것 같던 아이에게서 고른 숨소리가 흘러나왔다.

연고의 마개를 닫다 말고 나는 어머니의 침대를 돌아보았다. 아이보다 먼저 침대 속으로 들어간 어머니는, 그러나 꿈에서의 마지막 밤도 쉬 잠이 오지 않는 모양이었다. 나는 어머니의 침대로 건너가 돌아누운 어머니를 내려다보았다. 시트 바깥으로 나와 있는 어머니의 팔이 아이처럼 빨갛게 익어 있었다. 나는 아무 말 없이 어머니의 팔에 연고를 바르기 시작했다.

"애, 난 끈적해서 싫다."

어머니가 팔을 빼내려고 했지만, 나는 연고 바르는 것을 멈추지 않았다.

"이것도 일종의 화상이야. 그냥 놔두면 덧날지도 몰라."

"화상은 무슨……"

그러나 어머니는 더이상 팔을 빼내려고 하지 않았고, 나는 이제 어머니의 잠옷 어깨를 팔 쪽으로 끌어내린다. 어머니는 가만히 있었다. 내가 어머니의 속살을 만져보는 것이 얼마 만의 일인가. 어머니의 늙은 피부는 힘없이 늘어져 있고, 뼈는 바스라질 듯이 앙상하다. 목 쪽으로 손을 옮기자 척추로 이어지는 목뼈가 늙은 피부를 뚫고 올라올 듯이 툭툭 솟아 있다. 나는 어머니의 잠옷 속으로 손을 깊게 집어넣는다. 척추뼈가 고스란히 만져지는 등, 그 탄력없고 늘어진 피부 위에 나는 연고를 넓게 펴바른다.

"나무는 천년도 산다지."

내게 고스란히 등을 맡긴 채로, 어머니의 나지막한 목소리였다.

"늙지도 않고 시들지도 않고, 낙엽도 안 만들면서 천년을 산다면, 에그, 징그럽기도 하지."

어머니는 낮의 열대림을 생각하는 모양이었다.

"그런데 이상하더라. 그 나무들을 보고 있는데 느이 아버지가 생각나."

184

"왜?"

"느이 아버지 죽은 것도 내겐 그 나무 같았으려니…… 살아 있으면 나처럼 늙기도 하고, 그래서 정신도 놓고, 한밤중에 남 못 듣는 소리도 듣고, 그러다 망령도 들고 하련만, 느이 아버진 그 시퍼런 나무처럼 죽어서도 죽은 사람이 아니고 죽은 것도 죽은 게 아니고…… 내 눈엔 죽은 느이 아버지가 늘 시퍼렇게 살아만 있었으니…… 그래, 늘 마음이 아팠지. 그렇게 시퍼렇게 살아 있으면 잠은 언제 자나…… 언제 늙어…… 언제 편하게 눈을 감으려나……"

어머니의 옷 속 등 위에서 내 손이 멈춰진다. 다 발랐니? 어머니가 묻는 것을 대답하지 않고, 나는 한동안 침묵하다가 입을 열었다.

"엄만 별소리를 다 해……"

어머니는 그저 낮게 웃을 뿐이었다.

그날 밤도 나는 어머니의 침대시트가 서걱거리며 움직이는 소리를 들으면서 발코니에 앉아 있었다. 어머니가 뒤척거리는 소리는 오래가지 않았다. 자리가 선 것보다는, 피곤이 더 심한 하루였을 것이다. 방 안이 정적으로 완전히 물든 뒤, 나는 방안으로 돌아와 아이의 자리를 보아주고 그러고는 내 침대 쪽으로 걸어가다가 어머니의 침대 발치에 우뚝 멈춰섰다.

어머니가 언제 이렇게 작아졌던가. 침대시트에 파묻힌 어머니의 몸피는 한줌밖에는 되어 보이지 않았다. 일곱살짜리 내 아이보다 더 작아 보였다. 가슴이 저릿해지려는 순간 어머니의 고른 숨소리가 들렸다. 그것은 가지고 있는 모든 것을 다 쓴 후의, 일종의 휴식 같은 숨소리였다. 빈자(貧者)의 가난한 휴식, 그러나 텅 비어서 더는 매달릴 것도 없는 숨소리였다.

바다는 가도 가도 끝이 없이 낮은 수심으로만 펼쳐져 있다. 한참을 걸어도 종아리, 또 한참을 걸어도 허벅지, 다시 또 한참을 걸어도 겨우 허리…… 키 작은 아이가 목까지 물이 차올라 그만, 하고 소리칠 때까지 아직 파도는 내 가슴을 건드리고 있을 뿐이다. 나는 잠깐만 아이에게 그곳에 서 있으라고 말한다. 엄마는 좀더 걸어들어가야겠다. 좀더 걸어들어가 어깨를 묻고, 얼굴을 묻고, 그러다가 첨벙 한없는 밑으로 꺼져들어가, 단 한번만이라도 바닥을 쳐야겠다. 그러나 아이는 어느새 목에까지 차올라온 바닷물이 겁나는 얼굴이다. 아이는 내 손을 악착같이 잡고 놓아주지 않는다. 애야, 내 손을 놓아라. 나는 좀더 걸어들어가야겠다. 나는 바닥을 쳐야겠다. 제발, 내 손을 놓아라, 애야. 그러나 그렇게 악을 쓰는 순간, 내 손을 잡고 있는 것은 내 딸아이의 어린 손이 아니라 내 어머니의 늙은 손이었다. 어머니는 아무 말도 없이, 다만 내게 고개를 가로저어 보일 뿐이었다.

이튿날, 귀국비행기를 타기 위해 대기하던 공항에서 나는 남편에게 전화를 걸었다. 남편의 휴대전화는 곧바로 음성사서함으로 연결되었다. 출발하기 전에 전화를 걸라고 했던 사람은 남편이었다. 그러나 그의 휴대폰에서 울려나오는 메씨지는, 고객이 전화를 받을 수 없는 곳에 있다는 녹음된 음성이었다. 수신불능의 남편. 그는 대체 어디에 있는 것일까. 주가지수를 탐색하느라 전화벨 따위는 들을 수도 없는 것일까. 아니면 부동산경매장에 앉아서 입술을 바싹바싹 태우고 있을까. 그도 아니라면…… 그 역시, 내가 없고 아이도 없는 사이에 알 수 없는 곳의 어느 바닷속으로 걸어들어가고 있을까. 아니면 어느 짙푸른 나무의 등걸을 타고 있을까. 그러나 대체 무엇을 향해……

남편과 통화하는 것을 포기하고 게이트 앞으로 걸어오는데 어머니와 아이의 모습이 잘 보이지 않았다. 가만 보니, 아이와 어머니가 서로 허리를 굽힌 채 쭈그려앉아 있었다. 아마도 어머니는 아이의 운동화 끈을 묶어주고 있는 모양이었다. 아이의 이름을 부르자 아이가 엄마, 하고 소리를 지르며 머리를 치켜드는데, 아이의 길게 땋아내린 머리꽁지가 어머니의 백발 위에서 출렁였다. 어머니의 백발 위에, 아이의 머리꽁지를 묶은 나비 모양의 끈이 내려앉았다. 둘의 머리는 나비 매듭을 사이에 두고 서로 묶여 있는 것처럼 보였다. 어머니가 아이의 나비끈을 머리에 인 채로 눈길만 쳐들어 내게 웃음을 띠어 보였다. 그때 왜 남편의 모습이 보였을까. 그는 매듭을 짓지 못한 끈을 혼자 힘으로만 악착같이 붙잡고 있었다. 끈을 붙잡지 않은 그의 남은 한손이 헐렁했다. 그를 안 이후 처음으로 나는 오직 그만을 위해 눈물을 흘릴 수 있을 것 같았다.

—『작가세계』 2001년 가을호

모텔 알프스

창밖으로 바라보이는 것은 짙은 어둠과 굵은 빗줄기뿐이었다. 오후 세시가 조금 지난 시간이었으나, 세상은 삽시간에 어둠으로 물들고 그 어둠을 가르며 마치 하늘이 찢어져내리는 듯한 빗소리가 들려오기 시작했다. 에어컨이 돌아가고 있는 실내 기온도 뚝 떨어져 갑자기 팔뚝에 소름이 돋아올랐다. 윤은 자신도 모르는 사이에 팔뚝의 맨살을 더듬었다. 어둠을 가르며 떨어져내리는 빗줄기의 소리가 너무 거세 살이 아픈 느낌이 들 정도였기 때문이다.

벌써 열흘 가까이 이어져오던 폭염을 씻어내리는 반가운 소나기였지만, 소나기치고는 좀 지나치다 싶은 감이 있었다. 거리는 텅 비어 있었다. 어쩌다 우산을 쓰고 지나가는 연인들의 모습이 보였지만, 그들은 걷는다기보다는 떠밀려가고 있는 것처럼 보였다. 그 와중에도, 승용차들은 와이퍼를 분주하게 움직이며 언덕 아래의 차도로 연신 방향을 틀고 있었다. 비 때문에 승용차들은 느리게 움직이고 있었지만, 우산을 쓴 연인들과 마찬가지로 마치 거센 물결에 휩쓸려가고 있는 듯한 풍경이었다. 폭우가 아니라 세상이 두 조각이 나더라도, 지금 당장은 사랑을 나눠야만 하는 사람들. 그들은 이 난데없는 어둠과 빗속을 헤엄쳐, 그들만의 밀폐된 공간을 찾아들고 있는 것이었다.

프런트에 나와 청승맞게 바깥을 내다보던 사장의 모습은 더이상 보이지 않았다. 사장이 문밖을 내다보고 있던 한시간 남짓, 언덕 아래의 2차선도로로 들어서는 승용차는 열 대도 넘었지만 그중의 한 대도 다시 언덕길을 올라 모텔 알프스의 주차장 입구로 들어선 차는 없었다. 일년 전의 대대적인 개축에도 불구하고 그 일년 사이에 새로 들어선 고급모텔들로 말미암아, 알프스는 개축 전과 마찬가지로 그 지역 안에서는 가장 인상적이지 못한 여관이 되어버렸다. 비 내리는 날의 반짝 호황을 기대하듯, 사장은 비가 퍼붓기 시작하자마자 프런트에 나와 주차장 입구를 내다보았지만, 사실 사장은 지금 비어 있는 객실을 더 염려해야 할 형편이었다. 열흘 전, 장마의 마지막 본때를 보여주겠다는 듯이 한밤중의 폭우가 무지막지하던 날, 난데없이 객실에 비가 새는 소동이 일어났다. 침대 위에 설치된 간접조명등을 타고 빗방울이 툭툭 떨어져내리다가 나중에는 쏟아붓듯 했다. 그때 그 객실에 들었던 투숙객은 중년의 남녀였는데, 그때까지 일을 채 치르지도 못했는지 환불을 요구하는 남자의 얼굴이 사장을 때려죽일 듯했다.

이튿날 새벽, 비가 무릎까지 들어찬 지하 세탁실에는 새끼고양이들의 시체가 둥둥 떠 있었다. 폭우 속에 손님들이 환불을 요구하는 소동이 일어나고, 빈 객실에 양동이 세숫대야가 군데군데 놓이고, 남자직원들이 옥상에 올라가 방수천을 뒤집어씌우며 난리를 피우는 동안 고양이 울음소리가 끊이지를 않았다. 그 구슬픈 고양이 울음소리는 새끼를 잃은 어미의 것이었던 모양이다. 남자직원들이 고양이 시체를 건져낼 때, 여전히 비가 내리는 창틀에서 늙은 고양이 한마리가 울음소리를 멈추지 않았다.

엄청난 돈을 들여 대대적인 개축을 한 이후 처음 맞이하는 장마철에 뒤통수를 맞아도 되게 맞은 사장은, 남자직원들이 고양이 시체를 비닐봉지에 담아낼 즈음에는 거의 기진맥진해버린 듯했다. 지하 계단에 멍청히 서서 직원들이 비켜갈 자리도 내주지 않은 채로 그는 다만 홀로 중얼거릴 뿐이었다.

"내 집에서 새끼를 내는 놈들도 있는데…… 꼭 내 집이어야만 한다는 놈들도 있는데……"

사장의 목소리가 어찌나 처량맞던지, 젊은 직원들은 늙은 사장이 혹시 그 고양이 새끼들을 땅에 묻어주라고 하지나 않을까 잠시 멋칫거리기까지 했지만, 사장은 더이상 아무 말이 없었다.

직원들의 말에 의하면, 알프스가 문을 닫는 것은 시간문제인 듯했다. 사장은 건물개축 등으로 인해 엄청난 은행빚을 끌어썼으나, 알프스의 경영상태는 점점 더 나빠지고만 있었다. 알프스를 살리기 위한 사장의 안간힘은 눈물겨울 지경이었다. 그는 툭하면 새로운 경영 아이디어를 내놓곤 했는데, 그건 냉장고에 무료 음료수를 더 많이 넣어둔다든가, 좀더 획기적인 비디오들을 구비해놓는다든가, 콘돔을 무료로 제공할 뿐만 아니라 여성용 전용세척기를 설치한다든가 하는 것에서부터 심지어는 객실마다 비싼 생화를 꽂아놓는 것에까지 이르렀다. 청소원들을 닦달하는 정도도 점점 더 심해졌다. 그는 하루에 한번씩은 직접 객실을 돌아다니며 빈 객실의 청소상태를 점검하곤 했는데,

욕조나 변기에 물기가 남아 있는가를 알아보기 위해 손바닥으로 직접 변기를 문질러보는가 하면 시트에 코를 박고 킁킁 냄새를 맡아보기까지 했다. 청소원들은 죽을맛이었다. 평일에는 그래도 견딜 만했으나 인근의 다른 모텔들에는 더이상 빈 객실이 없어서 알프스까지 하루에 몇회전씩을 돌아야 하는 주말 같은 경우, 휴지통을 비우고 시트를 갈고 욕실을 세제로 닦은 뒤 다시 마른걸레질을 해야 하는 객실 청소는 거의 전쟁처럼 치러졌다. 사장은 그런 운좋은 날의 손님들을 모두 단골로 묶어놓겠다는 듯이 청소원들을 몰아치고 또 몰아쳤으나 스무 개의 객실이 절반 정도라도 차는 날은 한달을 통틀어 손에 꼽을 지경이었다.

모텔 알프스는 신도시의 외곽에 위치했다. 예전에는 논과 밭뿐이던 벌판에 아파트들이 들어서고, 그 아파트촌 주변으로 까페와 나이트클럽들이 들어서더니 어느날 갑자기 우후죽순격으로 러브호텔들이 들어섰다. 모텔 알프스는 그 지역에서는 가장 오래된 여관이었다. 다른 러브호텔들이 들어서기도 전, 까페와 나이트클럽들이 들어서기도 전, 신도시가 완전히 채 조성되기도 전부터 존재했던. 최근 몇년 사이 오층 육층씩 되는 고급모텔들이 들어서 모텔 밀집지역을 이루기 전에는 위치도 가장 좋은 곳이어서 언덕 위의 빨간 벽돌집이 멋스러워 보이기까지 했다. 그때 알프스는 욕실표시에 알프스장이라고 씌어진 촌스러운 간판을 붙이고 있었지만, 일년 전 개축 뒤에는 외벽의 빨간 벽돌이 대리석 무늬로 바뀐 것과 함께 간판에서도 욕실표시와 장자는 떨어져나갔다. 알프스장은 알프스 모텔로 완전히 새로 태어난 것 같았다.

그러나 윤은 예전의 알프스장을 기억하고 있었다. 그때 윤은 결혼 전이었고, 남편은 무슨 수단과 방법을 쓰든지 그녀를 안는 것만이 유일한 소망인, 신체건강한 청년이었다. 남편은 언제든, 어디서든 그녀를 만지고 싶어했다. 거리를 걷고 영화를 보고 차를 마시는 동안에도 그는 온통 언제 어디서 그녀를 만질 수 있겠는지만 생각하고 있는 듯했다. 으슥한 거리, 구석진 자리, 삼류 동시영화 상영관, 그리고 밀폐된 방이 있는 식당…… 그는 그녀를 만지기 위해 걷고, 차를 마시고 영화를 보았다. 그때 윤은 그의 어디를 그렇게 사랑했던가. 그녀를 만지기 위해 그렇게 애를 쓰는 간절한 손길, 소망과 떨림으로 가득 찬 눈빛, 한번만 딱 한번만이라고 애절하게 반복되던 애원…… 그녀는 그가 자신을 얼마나 열렬하게 원하는지 알 수 있었고, 그것이 바로 사랑이라고 믿었다. 그리하여 그들은 식사비나 영화표값을 아껴 값싼 여관을 찾아 돌아다녔고, 허겁지겁 일을 치른 뒤에는 한두 시간 만에 그 여관을 되돌아나오곤 했다. 그 숱한 여관들 중에 알프스장이 있었다. 그곳이 그녀가 지금 일하고 있는 모텔 알프스와 같은 곳인지, 아니면 전혀 다른 곳의 다른 여관인지는 중요하지 않았다. 모텔 알프스에 일자리를 정하기 위해 처음으로 입구를 들어설 때부터, 그녀는 자신이 그곳이 아닌 예전의 알프스장을 기억하고 있다고 믿었다.

바로 그날, 그녀가 모텔 알프스에 취직하기 위해 면접을 보던 날, 하필이면 모텔 바깥에서는 인근주민들의 러브호텔 반대시위가 벌어지고 있었다. 사장실 창문 바깥으로는 모텔 밀집지역으로 들어서는 언덕 아래의 2차선도로가 보였는데, 그쪽으로 방향을 틀기 위해 깜빡이를 켰던 차들은 시위대를 발견하곤 재빨리 직진을 해버렸다. 그 즈음 인근의 모텔들은 개점휴업 상태나 다름이 없었다. 건물 개축을 하느라 은행빛을 쏟아붓자마자 곧바로 닥쳐온 그 엄청난 사태는 다른 모텔들에게도 마찬가지였겠지만 알프스로서는 거의 치명적인 것이나 다름없었다. 사장이 시위대의 구호소리를 막기 위해 창문을 닫다 말고 분노에 찬 목소리로 혼자 중얼거렸다.

"그럼 사랑은 어디서 하라는 거야? 차 안에서 해? 차 없는 놈들은 물레방앗간에서 하고?"

그럴 만한 자리가 아니었음에도 윤은 그만 웃음을 터뜨려버렸다. 사장이 기막히다는 듯 그녀를 돌아보았으나, 그녀는 웃음을 멈출 수가 없었다. 그녀에게 회복할 수 없는 불행이 다가온 이후, 그렇게 참을 수 없는 웃음은 아마도 그날이 처음이었을 것이다. 사장은 화가 나서 이 아줌마가 허파에 구멍이 뚫렸나! 하고 소리를 질렀지만, 웃음은 멈춰지지 않았다. 대체 무슨 까닭이었을까. 난데없이 튀어나온 '물레방앗간'이라는 말 때문이었을까. 아니면 사랑이라는 말 때문이었을까. 그럼 사랑은 어디서 하라는 거냐니…… 사장은 정말, 모텔 알프스의 스무 개 객실에서 매일같이 벌어지는 일들을 사랑이라고 믿는 것일까.

모텔 알프스에서 윤은 매일같이 그녀가 알 수 없는 사람들이 흘린 체액들을 닦아내고, 아무렇게나 던져져 있는 구겨진 휴지를 모아 쓰레기봉지에 넣고, 욕조에 엉켜 있는 머리카락을 떼어내고 변기 속을 닦는다. 침대시트는 땀과 체액, 그리고 때로는 핏자국들로 더럽혀져 있다. 쓰러진 술병들과 꽁초와 침이 가득한 재떨이, 구멍난 스타킹과 더럽혀진 팬티, 정액이 고인 채로 구겨져 있는 콘돔, 한짝뿐인 귀고리와 넥타이핀…… 윤이 모텔 알프스에서 볼 수 있는 것은 쓰레기뿐이었다. 냄새나는 쓰레기들을 쓰레기봉지에 넣고, 시트를 갈고, 창문을 열어 환기를 시킨 뒤, 마지막으로 라벤더향의 방향제를 뿌리고 객실의 문을 닫을 때 윤이 느끼는 것은 육체에 대한 환멸이었다. 그리고 그건 윤으로서는 기대하지 않았던 소득이기도 했다.

윤이 집에 가는 것은 일주일에 한두번뿐이었다. 다른 청소원들은 특별한 일이 없는 한 이틀에 한번 꼴로 귀가를 했지만, 윤은 아예 일주일 내내 집에 가지 않을 때도 있었다. 윤이 모텔 일을 하게 된 것도 실은 집밖의 잠잘 곳이 필요했기 때문이었다. 모텔에 있는 동안, 그녀는 집에 대해서는 생각하지 않았다. 집에서는 그녀가 무슨 일을 하는지도 몰랐고, 모텔의 전화번호도 알지 못했다.

시어머니는 그녀가 딴살림이라도 차린 것은 아닌지 전전긍긍하는 눈치였다. 일주일 만에 집에 들렀다가 하룻밤도 자지 않은 채 집을 나서던 날, 윤은 자신의 뒤를 쫓아오는 시어머니의 기척을 느꼈다. 칠십노인네의 미행은 서툴기가 짝이 없어서 집의 대문을 나설 때부터 윤은 이미 그 기척을 알 수 있었다. 그러나 윤은 시어머니가 오래 그녀를 쫓아오도록 놓아두었다. 그녀는 일부러 버스정류장을 한 정거장이나 지나쳐 걸었고, 알 수 없는 골목길들을 꼬불꼬불 돌았다. 시어머니는 포기하지 않았고 윤은 점점 그 일이 재미있어졌다. 빠르게 걷다 느리게 걷기를 반복하는 윤의 눈빛이 밤고양이처럼 빛나고, 목덜미에는 땀이 송글송글 맺혔다. 노인네는 악착같이 윤의 뒤를 쫓았다. 윤이 노인네를 향해 벼락같이 돌아선 것은 자신도 알 수 없던 골목길이 막다른 길이었기 때문이다. 순식간에 자신의 존재를 남김없이 노출당한 노인네의 얼굴이 잠시 하얗게 질리는가 싶더니 곧 표독스러워졌다. 윤을 노려보는 눈에는 너 죽고 나 죽자는 식의 적의가 맹렬하게 빛났다. 그날 둘은 낯선 골목길에서 서로의 머리카락을 뽑아가며 육탄전을 벌였다. 습관처럼 이를 앙다문 채 소리를 내지 않는 싸움이었으므로, 이 젊은 여자와 노인네의 치열하기 짝이 없는 싸움을 내다보는 사람은 아무도 없었다.

싸움은 길지 않았다. 아무리 정정한 시어머니라고 하더라도 칠십 노인네였고, 젊은 윤은 잠시 집에 머무는 동안 온몸의 힘이란 힘은 다 써버린 다음이었다. 둘은 남의 집 문간에 나란히 주저앉아 턱에 받친 숨을 골랐다. 잠깐 사이, 그들에게 놀라 먼 곳으로 도망쳐버린 것 같던 불행이 다시 야금야금 그들의 턱밑으로 다가들고 있었다. 공사현장에서 떨어져 척추신경을 다쳐버린 윤의 남편. 멀쩡히 살아 있는 몸을 송장처럼 이고 벌써 삼년째 한자리에 누워 있는 시어머니의 아들. 불행은 언제 그들에게서 떠난 적이 있느냐 싶게 순식간에 그들의 온몸을 장악했다. 시어머니가 뼈만 남은 어깨를 떨며 울기 시작했다. 윤은 그런 시어머니의 쥐어뜯겨져나간 백발머리를 쓰다듬었다. 노인네는 그녀에겐 어머니였고, 아기였고, 원수였다.

시어머니와 남편이 윤이 하고 있는 일이 무엇인지 모르는 것처럼 모텔에서도 윤의 처지를 제대로 알고 있는 사람은 아무도 없었다. 남편이 좀 아프다는 것과, 그 아픈 남편을 시어머니가 보살피고 있다는 것 외에 윤은 더이상 설명을 덧붙이지 않았다. 그런 윤을 두고 윤이 남편과 자식을 버리고 도망나온 여자라느니, 혹은 소박맞은 여자라느니 뒷말들이 많았지만 윤은 그런 말들에 개의치 않았다. 윤은 다른 청소원들에게 늘 싹싹하게 굴었고, 일을 할 때에는 몸을 사리지 않았다. 누군가가 우스운 소리를 하면, 누구보다 큰 소리로 웃음을 터뜨리기도 했다.

객실청소는 보통 2인1조로 하게 되어 있지만, 바쁜 시간에는 윤이 혼자서 객실 하나를 떠맡을 때도 있었다. 객실에는 반나마 남은 맥주병들이 아직 냉기도 가시지 않은 채 남아 있곤 했다. 운이 좋을 땐 마개도 따지 않은 술병들도 간혹 있었다. 일에 몸을 사리지 않는 것에 반해, 지금 당장 불이 난다고 해도 절대로 서두르는 법이 없는 윤은 청소하러 들어간 객실에 한가하게 앉아 손님들이 남기고 간 맥주를 홀짝홀짝 들이켜는 것을 즐겼다. 김빠진 맥주 한두 모금이 뼛속까지 스며든 고된 노동의 긴장을 풀어주고, 그러다가는 문득 세상 사는 게 뭐 별건가, 콧노래도 흥얼거리고 싶게 만들어주었다. 그러다가는 자신도 모르는 사이에 깜빡 잠이 들기도 했는데 기절할 듯이 놀라 깨어 일어나는 순간에 번번이 그녀의 이마를 서늘하게 하는 것은 누군가 그녀를 보고 있는 듯한 느낌이었다.

그녀는 정신없이 몸을 일으켜 문밖을 내다보고, 문 열린 욕실 안도 들여다보고 심지어는 커튼 뒤도 들춰보았다. 그러나 그녀를 바라보는 시선은 어디에도 없었다. 다만 벽거울 속에 이제 막 잠에서 깨어나 어리둥절하여 눈을 휘둥그레 뜬 한 여인의 모습이 있을 뿐이었다. 바로 그 여자가 그녀를 보고 있고, 또 누군가가 그 여자를 보고 있다. 윤은 그 시선의 집요함을 안다. 남편에게 기적 같은 것은 없음을 인정한 이후, 그 시선은 단 한순간도 그녀를 놓아준 적이 없었다.

시어머니와 머리카락을 쥐어뜯으며 싸우던 날, 그런 날이 한두 번이었던 것은 아니지만, 윤은 일주일에 한두 번씩 집에 돌아가야 하는 유일한 이유가 그것인 것처럼, 집에 들어서자마자 남편의 몸부터 씻겨주었다. 천금 같은 아들이 산송장이 되어 누워 있어도, 시어머니가 할 수 없는 두 가지 일이 있었는데 그 하나는 노인네의 힘으로는 도무지 감당이 안되는 목욕이었고, 또하나는 돈벌이었다. 윤은 그날 시어머니에게 월급봉투를 고스란히 내밀고, 그러고 나서는 남편을 등에 업어 욕실로 옮겼다. 사고가 나기 전에는 마른 체형이었던 남편은 자리에 누운 삼년 사이에 무섭게 살이 불었다. 그를 등에 올려 업는데, 일주일 전과는 달리 숨이 턱 막히는 기분이었다. 일주일 사이, 그의 체중이 그렇게 늘었는가. 아니면 그녀의 몸이 이젠 더이상 그를 감당하지 않으려고 하는가. 남편은 그녀의 몸의 변화를 금방 눈치챈 듯싶었다. 몸을 잃어버린 뒤, 남편은 몸에 대해서 예민해졌다. 느낄 수 없는 자신의 몸이 아니라, 느낄 수 있는 윤의 몸에 대해서. 윤이 남편의 몸을 구석구석 닦은 뒤, 마지막으로 세수를 시키려고 할 때 갑자기 남편이 윤의 손가락을 깨물었다. 윤이 놀라 비명을 질렀으나 남편은 쉽게 윤의 손가락을 놓아주려고 하지 않았다. 윤이 본능적으로 그의 얼굴을 힘껏 밀어내지 않았더라면 그는 아마 윤의 손가락을 이빨로 끊어버렸을지도 모를 일이었다.

시어머니는 욕실 바깥에서, 아들과 며느리의 동태를 낱낱이 살피고 있었다. 아들이 며느리의 손가락을 깨물고 놓아주지 않을 때, 시어머니는 손바닥을 마주치며 아주 끊어놓아라, 그년의 손가락을! 하고 소리쳐주고 싶었지만, 그러나 그 충동을 누르지 못한 채 욕실 안으로 뛰어들어갔다면 아마 시어머니는 그렇게 소리를 지르는 대신에 아들의 뺨을 때렸을 것이다. 시어머니는 며느리가 그들을 떠나, 그들이 알 수 없는 곳으로 아주 도망가버리는 상상만 해도 눈앞이 깜깜했다. 눈앞이 깜깜했으므로, 며느리가 그들 모르는 데에서 딴 서방질을 하고 있으리라는 생각은 더욱 가혹했다. 노인네는 제정신이 아닌 듯 며느리의 뒤를 쫓고, 며느리의 머리카락을 쥐어뜯었다. 세상에 둘도 없는 보석인 양 어르고 달래도 모자랄 며느리를, 그렇게 해도 붙어 있을까 말까 한 며느리를 그렇게 패악스럽게 쥐어뜯고 할퀴면서, 그러나 노인네는 오로지 그때에만 그 젊은 여자가 여전히 자기 며느리라고 느껴지는 것은 무슨 까닭인지 몰랐다.

　윤도 역시 마찬가지였다. 결혼해서 남편의 사고가 있기까지 오년 동안, 윤은 자식 하나 못 낳는 며느리라고 자신을 핍박하는 시어머니에게 심지어 '년'자 붙은 욕설까지 들어가며 살았다. 그러나 윤은 다소곳한 며느리였다. 남편의 사고가 있은 뒤에도 적어도 반년 정도는, 여전히. 그런 윤에 대해서 동네에서는 칭찬이 자자했고 섣부르게 동사무소나 구청에 열부, 효부가 났다는 말을 들이미는 사람들도 생겨났다. 그러나 어느날부터 윤은 시어머니와 머리카락을 쥐어뜯으며 싸움질을 해대기 시작했고, 이년 저년 욕을 하는 시어머니에게 맞대거리로 반말을 놓았다. 열부, 효부 칭찬하던 동네사람들이 어떤 눈으로 어떻게 구경을 하건 말건 아무 상관이 없었다. 한 남자의 불행을 사이에 둔 늙은 여인과 젊은 여인은, 오직 그때에만 불행에 빠진 한 남자하고는 아무 상관 없이, 어떻든 자신들은 여전히 살아 있는 몸이라는 것을 느꼈다. 그악스러운 시어머니만 아니었다면 윤은 벌써 오래 전에, 남편에 대한 희망을 놓아버렸던 이년 반 전에 벌써, 그들 곁을 떠나버렸을 것이다. 윤은 아직 젊었고, 아이 하나 딸리지 않은 여자였다. 그녀는 자신의 마음속에 일고 있는 온갖 불온한 욕망을 시어머니와의 싸움으로만 잊을 수 있었다.

　그러나 모텔의 객실을 홀로 청소하다가 김빠진 맥주를 홀짝홀짝 들이켜고, 더럽혀진 침대 위에 누워 자신도 모르는 사이 깜빡 잠이 들었다가 깨어나는 순간, 그녀는 다시 누군가의 시선 속에 있었다. 누군가의 시선이 그녀를 집요하게, 정면으로 응시하고 있었다. 그녀는 때때로 그 시선을 향해 홀로 중얼거렸다.

당신이 하루라도 빨리 숨을 놓으라고, 제발 그렇게 해달라고, 하루에 스무 번도 더 빌었어. 정한수 떠놓고 빌 데가 있었으면 그렇게라도 했을 거야. 당신 편하고 나 편하고 당신 늙은 어머니도 편하라고, 다, 다들 좋은 건 당신 죽는 거밖에 없다고…… 그런데 당신의 쓸모없는 몸뚱어리는 나날이 살이 찌고, 욕창으로 문드러진 등에도 살이 오르고, 그런 당신을 보면 마치 버러지 같았어. 그러니, 당신 내 손가락 대신 내 목을 물어뜯어. 물고는 절대로 놓지 마, 당신.
당신이 내 손을 물었을 때, 나는 무슨 생각을 했을까. 살아 있는 몸일 때는 한번도 하지 않던 그런 짓, 살아 있는 몸일 때는 내 목이라도 조를 수 있을 것처럼 튼튼하던 당신 팔목, 내 아랫배를 걷어차 한순간에 죽일 수도 있을 것처럼 억세던 당신 다리…… 그러나, 당신은 늘 유순했고 다정했어. 그때, 내가 당신을 얼마나 사랑했는지, 당신의 억센 손이 내 몸을 만질 때, 내 몸이 얼마나 자지러지게 떨렸는지, 아이도 만들지 못하는 쓸모없는 몸인데도 당신은 늘 나를 탐하고…… 나는 그런 당신이 얼마나 좋았는지. 그러나 사랑이란 게 다 뭐야. 그렇게 사랑했던 당신을, 당신의 몸을 나는 이제 살찐 버러지처럼 바라보네. 사랑? 그딴 거 개나 물어가라고 그래. 나는 살아 있는 몸이었던 당신을 이젠 잊었으니 사랑도 잊은 거야. 그러니 내가 당신을 아주 떠나지 못하고 있는 걸 사랑 때문이라고는 생각하지 마. 당신, 그러면 안돼. 내가 당신을 떠나지 못하는 건 미움 때문이야. 환멸과 분노 때문이야. 나는 당신이 내게 보여준 생의 놀라운 변화들이 무서워. 나는 내 앞에 또 어떤 함정이 도사리고 있을까 무서워. 자꾸 온 길로만 되돌아가게 돼. 그러나 왔던 길조차 절벽이네. 그 절벽을 넘으면, 보일까. 당신 사랑했던 기억이, 당신이 내게 주었던, 생의 기쁜 순간들이…… 보일까, 여보.

모텔에 러브체어가 들어오던 날, 그 신기한 물건을 구경하기 위해 모텔의 전직원들이 다 트럭 앞으로 몰려들었다. 윤도 청소복을 입은 채로, 다른 청소원들의 사이에 끼여서 고개를 기웃거렸다. 의자처럼 생겼으나 의자라고는 할 수 없는 그 기묘하게 생긴 조형물이 첫번째 상자에서 모습을 드러내는 순간, 여기저기서 폭소가 터져나왔다. 저기서 뭘 어쩌라는 거야, 도대체? 누군가 탄성을 내지르듯 말하자 트럭의 젊은 기사가 씨익 웃으며 설명서가 다 있어요,라고 대꾸했다.

사장은 직원들 사이에서 일어나는 소란과 웃음소리에도 불구하고 진지하고 엄숙하기 짝이 없는 모습이었다. 그는 그 물건들을 구입하기 위해 또다시 적지 않은 돈을 끌어쓴 모양이었다. 사실 그 지역 안에서 그것을 설치하지 않은 러브호텔은 거의 없었다. 콘돔을 무료로 구비해놓거나 생화든 조화든 꽃병을 들여놓지 않은 러브호텔이 없는 것처럼. 그러나 사장은 그 뒤늦은 물건이 알프스를 기사회생시킬 수 있는 마지막 보루라고 생각하기라도 하는 것처럼 진지했다. 그는 물건의 구석구석을 살펴보고, 받침대와 등받이를 탁탁 두드려보기도 했다. 그러나 마침내 그가 그 물건에 올라앉기까지 했을 때 사람들은 킥킥거리는 웃음소리를 딱 멈추고, 공연히 시선을 먼데로 옮겼다. 그 겸연쩍은 침묵 속에서 오직 한 여자만이 참지 못한 채 웃음을 터뜨렸다.

──그럼 사랑은 어디서 하라는 거야? 차 안에서 해? 차 없는 놈들
은 물레방앗간에서 하고?

하필이면 그 순간에 사장의 말이 다시 떠올랐고, 그 말과 함께 사장
의 엉거주춤한 모습이 겹쳐지면서 윤은 터져나오는 웃음을 참을 수가
없었다. 얼굴이 벌겋게 달아오른 사장이 그 물건 위에서 기묘하고도
민망하기 짝이 없는 자세로 그녀를 노려볼 때까지도 그녀는 끝내 웃
음을 멈출 수가 없었다.

러브체어가 각 객실에 배치된 뒤, 청소원들은 걸레 하나씩을 들고
그 새로운 물건을 깨끗하게 닦기 위해 각 객실로 들어갔다. 트럭기사
의 말처럼 설명서가 한장씩 붙어 있었다. 벌거벗은 남자와 여자가 그
물건에 올라앉아 연출할 수 있는 각종의 체위를 그려놓은 그림설명서
였다. 윤은 옆방에서 울려오는 다른 청소원들의 웃음소리를 들으며
그 그림 속의 체위들을 훑어보았다. 사장 앞에서 멈추지 못하고 웃던
때와는 다르게, 윤의 얼굴에서 부드러운 미소 같은 게 퍼졌다. 그림들
은 기괴하게 보이는 대신 유쾌하게 보였다. 윤은 걸레를 바닥에 내려
놓고 사장이 그랬던 것처럼 러브체어의 여기저기를 툭툭 두드려보았
다. 한 남자와 한 여자가 올라앉아 무슨 요동질을 치든 무너지지 않을
만큼 튼튼해야 할 물건이었다. 툭툭 두드려보다가 어깨에 억센 힘을
주고 물건의 받침대를 꾸욱 눌러보기도 했다. 러브체어는 한 여자의
팔힘 정도는 능히 받아낼 수 있다는 듯 흔들림이 없었다. 그래도 불안
한 것처럼 윤은 조심스럽게 체어 위에 한 발을 올려놓아보았다. 꿋꿋
했다. 마치 오래 전 남편의 허벅지가 그러했던 것처럼. 윤의 얼굴에
다시 미소가 피어올랐다. 그녀의 한 발이 마저 체어에 올라갔고, 잠시
후 그녀는 받침대에 등을 기대고 두 다리를 넓게 벌려 발판 위에 올려

놓았다. 편안했다. 생각보다 훨씬 더.

윤은 그렇게 누워 눈을 감았다. 그러고는 코를 킁킁거렸다. 어디선 가 복숭아 냄새가 퍼져오는 것 같았다. 지방의 공사현장을 떠돌며 중 장비를 몰던 남편이 보름 만에 집으로 돌아오던 날, 그의 손에 들려 있던 검은 봉투 속의 복숭아…… 복숭아 알레르기가 있는 윤이 기겁 을 하며 보름 만에 만난 남편을 피해 도망쳤고 남편은 웃음을 터뜨리 며 어린 소년처럼 그녀를 쫓아다녔다. 잘 익은 복숭아 냄새가 온 마당 을 가득 채웠다. 윤은 마루 끝에 오도카니 앉아 복숭아를 씻는 남편을 내려다보았다. 마당 수돗가의 큰 함지박에 복숭아털이 둥둥 떠다녔 다. 그러나 남편의 손이 복숭아를 몇번 문지르자, 복숭아는 곧 매끈한 소리를 내기 시작했고 뿌옇게 떠올랐던 털들은 말끔히 하수구 속으로 빨려들어갔다. 윤은 연신 팔과 목을 긁어대면서도, 오랜만에 만난 남 편의 뒷모습을 놓칠 수가 없어 끝내 외면하지 않고 쳐다보았다. 복숭 아를 씻는 내 남자…… 복숭아를 씻는 내 남자…… 남편이 불현듯 어깨를 돌려 잘 씻은 복숭아 하나를 마루 위의 그녀에게 던졌다. 윤이 엉겁결에 그 복숭아를 받아들고는 어쩔 줄 몰라하다가 한입 베어물었 다. 윤의 입가로 손톱만한 크기의 두드러기가 툭툭 불거져올랐다. 그 래도 행복한 그녀의 웃음, 복숭아 과육을 입가에 잔뜩 묻히고 두드러 기가 돋아오른, 한 여자의 행복에 겨운 미소…… 그날 밤, 남편은 그 녀를 끌어안고 절정에 겨운 채 물었다. 하고 싶었지? 너도 하고 싶었 지? 그때 그녀의 대답은 무엇이었을까. 가려워, 여보…… 내 생의 이 숨가쁜 순간이 내 몸속 어딘가를 자꾸 가렵게 하나봐. 여보, 나를 좀 긁어줘. 복숭아털이 내 몸 어딘가에 붙어 있어요. 제발, 여보, 나를 좀 긁어줘. 털 벗지 못한 복숭아 같은 내 몸…… 내 몸을 힘차게 씻어 싱

싱하고 매끈하게 만들어줘요.

　—그래…… 무엇이든 하렴.

러브체어 위에 다리를 넓게 벌리고 편안하게 누워, 윤은 홀로 중얼거렸다.

　—살아 있는 몸일 때, 너희들, 무엇이든 하렴. 그렇게 하렴……

그렇게 중얼거리고, 홀로 미소짓고, 눈을 뜨자마자 윤은 기절할 듯 놀라 의자에서 나동그라지듯이 떨어져내렸다. 객실 입구에서 한 남자가 그녀를 바라보고 있었다. 사장이었다.

사장은 단단히 화가 난 것 같았다. 의자에 앉지도 못하고 방안을 왔다갔다하면서 있는 대로 소리를 지르는데, 세상에 이렇게 이상한 아줌마는 듣도보도 못했다는 게 요지였다. 불같이 화를 내는 사장과 눈을 맞출 수가 없어 윤은 사장실의 바닥만 내려다보고 있었다. 사장실은 깨끗하지 않았다. 객실청소에 대해서는 그렇게 까탈을 부리면서도 정작 자기 방의 청결상태에 대해서는 무심한 사람이 사장이었다. 그는 지나치게 깨끗한 것이 불편하다고 했다. 자기 방은 하루 묵어가는 방이 아니니 사람냄새가 나야 한다고. 머리카락도 떨어져 있고 담뱃재도 묻어 있고 소파에서는 땀냄새도 적당히 풍겨야 한다고. 사장의 그런 요구가 청소원들에게는 더 힘겨웠다. 사람냄새가 날 만큼 적당히 지저분하다는 것은 어느 정도를 말하는 것일까. 꽁초 쌓인 재떨이를 비우지 않을 수는 없는 일이었고 비운 재떨이를 닦아놓지 않을 수도 없었는데, 그때마다 청소원들은 그것이 해도 좋은 일인지 아닌지를 알 수가 없어 공연히 안절부절못했다. 소파의 쿠션을 털 때도, 책상 위를 마른걸레로 닦을 때도 물론 마찬가지였다.

윤이 내려다보고 있는 사장실 바닥 카펫에는 담뱃자국이 있었다. 며칠 전 청소를 할 때도 보지 못한 것이었다. 아마 사장은 사장실에 있는 동안에도, 자리에 앉지 못한 채 왔다갔다하며 줄담배를 피워대는 모양이었다. 그런 사장이 안타깝다는 생각이 문득 들면서, 윤의 시선이 언뜻 사장의 얼굴로 가닿았는데 마치 불에 덴 듯 그 시선은 얼른 다시 바닥으로 떨궈져내렸다. 이건 도대체 무슨 일인가. 사장의 얼굴을 보자마자 또다시 참을 수 없는 것은 웃음이었다. 물레방앗간을 외치던 그의 새된 음성이 떠오르고, 한낮의 모텔 마당 한복판에서 엉거주춤한 자세로 러브체어에 올라앉아 있던 그의 모습이 떠오르고, 그럼 사랑은 어디서 하라는 거냐는 그의 탄식이 떠오르고…… 윤은 있는 힘껏 주먹을 쥐었다. 웃어서는 안되는 것이다. 사장이 정도 이상으로 화를 내고 있는 것도 실은 청소는 미뤄둔 채 러브체어에 올라앉아 있던 그녀의 게으름 때문이 아니라 그와 똑같은 자세로 사장이 그 위에 올라앉아 있었을 때 그녀가 터뜨린 웃음소리 때문일 것이었다. 그러나 한번 가슴속으로 고여들기 시작한 웃음의 충동은 이미 속수무책이었다. 어금니까지 앙다문 윤의 눈가에 눈물이 고여들었다.

"이봐, 아줌마! 내 말 듣고 있는 거야?"

사장이 기어코 책상 위를 손바닥으로 쾅 내리쳤다. 그러나 바로 그 순간이었다. 윤의 앙다문 입술 사이에서 기어코 으흑, 하고 울음소리 같은 웃음소리가 새어나왔다.

"뭐야? 아줌마, 우는 거야?"

사장이 놀란 듯 목소리를 낮춰 물었으나, 느닷없이 쩔쩔매는 듯한 사장의 그 목소리는 윤의 웃음보에 불을 질러버렸다. 으흑, 했던 그 소리가 울음소리가 아니라 웃음소리였다는 것을 알아차리는 데에는 시간이 오래 걸리지 않았다. 삽시간에 얼굴이 벌겋게 달아오른 사장이 책상 위의 무언가를 집어던지는가 싶더니 윤의 뒤쪽에서 와장창 유리 깨지는 소리가 들렸다. 알프스산의 풍경화를 담고 있는 거대한 액자가 산산조각이 되어 바닥으로 쏟아져내렸다. 그녀로서는 알 수 없는 곳, 지구 반대편의 산과 구름과 하늘은 순식간에 잘게 깨어진 유릿조각이 되어버렸다.

윤은 전철을 타고 종점까지 갔다. 그 종점에서 다시 표를 끊어 또다시 전철에 올라탔다. 사장실에서 쫓겨나온 뒤, 윤은 다른 직원들의 충고대로 잠시 사장의 눈을 피해 있기로 했다. 세탁실이나 청소원대기실에 숨죽여 있더라도 사장이 일부러 그녀를 찾아다닐 일은 없겠지만, 일단은 모텔 밖으로 나와 있는 게 좋겠다 싶었다. 사장의 화가 어느정도 풀리기까지를 기다려 그녀는 사장에게 잘못을 빌 작정이었다. 그녀는 돈을 벌어야 했고, 그러려면 일자리가 필요했고, 무엇보다도 잠자리가 제공되는 일자리가 필요했다. 모텔에서 쫓겨난다면 당장 그녀에게 갈 곳이라고는 집밖에 없었다. 남편이 누워 있는 집, 늙은 시어머니가 지키고 있는 집…… 그녀에게 집은 '돌아가야 할 곳'이었다. 그녀가 돌아가지 않고 있는 한은 언제든지. 그러나 돌아가는 순간부터 집은 '떠나야 할 곳'이 되었다. 그냥 떠나는 것이 아니라 아주 떠나야 할 곳, 떠나서는 다시 돌아오지 말아야 할 곳…… 그러나 윤에게는 아주 떠나야 할 곳 같은 데는 없었다.

윤에게는 친정이라 이름붙일 만한 데가 없었다. 부모는 그녀가 어려서 세상을 떴고, 그녀를 보살피던 할머니도 그녀가 어른 되기를 기다렸다는 듯이 세상을 떠버렸다. 남편을 만나기까지 그녀는 늘 혼자였다. 남편이 그녀에게 청혼했을 때, 그녀가 감동한 것은 사랑한다는 말도 아니고 널 위해 평생 살겠다는 말도 아니었다. 우리집에 가서 같이 살자. 남편에게서 그 말이 떨어지자마자 그녀는 기다렸다는 듯이 짐을 쌌다. 우리집. 남편이 그렇게 말하는 순간 그녀에게도 집이 생긴 것이었다. 내 집, 내 방이 아니라 우리집, 말이다.

여보, 그날이 생각나네. 우리집의 문을 처음 들어서던 날…… 나는 당신이 내게 말했던 우리집이란 게 그렇게 낡고 누추하다는 데에 놀라 입이 그만 딱 벌어졌지. 손바닥만한 마당에는 철삿줄로 엉겨놓은 플라스틱 함지박에 구정물이 고여 있고, 그 바로 옆에는 온갖 고철덩어리들이 아무렇게나 쌓여 있고, 무슨 사과궤짝들은 그렇게 많았을까. 그 사과궤짝 속에는 십년 이십년도 더 되었을 것 같은 신발들이 가득 들어 있었지. 당신 어머니는 무엇이든 내다버리지를 못하는 사람이라, 그 좁은 마당은 쓸모없는 물건들의 쓰레기장 같아 보였어. 정말 입이 딱 벌어질 정도였다니까. 겨우 두 칸뿐인 방은 오죽했을까. 벽지는 비얼룩으로 젖어 다 일어나 있고, 그 틈틈으로 쏟아져내린 쥐똥들이 무더기였어. 방안에도 사과궤짝들이 있었지. 한 궤짝 안에는 양말, 또 한 궤짝 안에는 속옷, 또 한 궤짝 안에는 바지, 이런 식으로. 어머니는 살림과는 영 거리가 먼 사람이었어. 설거지한 그릇하고 수저조차도 가지런히 놓지를 못하는 양반이었으니까. 방 닦은 걸레도 마당의 더러운 함지박 안에 툭 던져놓고 한나절이나 잊어버리고 있고, 반찬그릇 덮는 뚜껑도 한번 제대로 귀맞춰놓는 걸 못 봤으니까. 하나밖에 없는 자식인 당신을 먹이고 입히고 가르치느라, 평생 바깥일만 했지 집안일에는 시간 팔 겨를이 없었던 양반이라고, 당신이 변명처럼 말을 할 때 어머니는 도끼눈이 되어서 나를 노려보고 있었지.

당신 알아? 그날, 내가 우리집엘 처음 가던 날, 당신이 잠깐 화장실에 가고, 내가 쭈뼛쭈뼛 어머니를 도울 양으로 부엌에 들어갔을 때 어머니는 내 팔뚝을 할퀴면서, 난데없이 요년! 하고 소리를 쳤어. 당신에게 말을 하지 않았던 건, 내가 잘못 들었다고 생각했기 때문이야. 그냥 단 한번 요년! 그 소리뿐이었으니까. 팔뚝의 할퀸 자국도, 아마 어디서 이미 생겨난 것일 거라고 난 그냥 그렇게 믿어버렸지 뭐야. 그러나 놀란 마음이 가시지를 않아서 우리집에서 처음 먹던 밥, 나는 그만 국그릇을 엎어버렸지.

여보, 그래도 난 그날 얼마나 행복하던지…… 결혼식도 안 올리고, 혼인신고도 안하고, 심지어는 인사 한번 제대로 안 올린 시어머니 사는 집을, 거기가 이제부터 우리집이라고 짐부터 싸가지고 들어가던 날, 여보, 나는 그래도 얼마나 행복하던지…… 당신 기억나? 그날 밤, 여인숙도 여관도 아닌 우리집 방안에서, 그래도 이불 하나는 정갈했던 방안에서 당신 품에 안겨 내가 했던 말…… 몸은 다 죽었어도, 정신은 나날이 맑은 당신, 기억하겠지?

난 첫사랑을 이뤘어요.

당신이 내게 첫남자였다는 사실을 알고 있는 사람은 당신뿐이지. 내 몸과 내 마음의 모든 기쁨이 당신에게만 열려 있던 시절을 기억하는 사람도 당신뿐이지. 그날, 당신의 숨소리가 기억나네. 그 가쁘던 숨소리, 세상을 다 삼켜버릴 듯하던, 그 거센 숨소리가……

윤이 알프스 근방으로 되돌아온 것은 이미 밤이 늦은 시간이었다. 밤늦은 시간, 모텔 바깥에서 바라보는 러브호텔 밀집지역은 세상에서 가장 화려하고 아름다운 동네처럼 보였다. 건물들은 할 수 있는 한 모든 기교들을 뽐내 고풍적이거나 초현대적으로 지어졌고 하나같이 다 밝은 네온들을 뿜어내고 있었다. 그 밝은 네온빛 사이로, 멀리 언덕 위 알프스의 간판도 보였다. 일년 전 건물개축을 하면서 사장은 엄청 난 돈을 들였으나, 아무래도 세련된 것과는 거리가 먼 사장은 네온도 꼬마전구가 반짝이는 것 정도로만 만족했다. 그러나 윤에게는 언덕 위 그 간판이 정겨웠다. 윤은 언덕 아래에서 그 정겨운 간판을 올려다 보며 한동안을 망설였다. 아직은 사장을 면대할 용기가 나지 않았다. 윤은 한숨 끝에 왔던 길을 되짚어 걷기 시작했다. 멀지 않은 곳에 포 장마차가 보였고 윤은 저녁을 거른 것을 그제야 생각해냈다. 갈 곳이 생긴 게 다행이라는 듯 윤은 서둘러 포장마차 쪽으로 걸음을 옮겼다. 요기를 하면서 사장에게 용서를 빌 말을 궁리할 수 있을 것이었다.

포장마차 안은 이제 곧 러브호텔 쪽으로 방향을 틀게 될 쌍쌍의 남 녀들이 마시는 술냄새와 안주냄새로 뿌옇게 김이 서려 있었다. 윤은 포장을 들추자마자 가장 먼저 보이는 빈자리에 앉아 가락국수 한그릇 을 시켰다. 그 포장마차 안에 혼자인 손님은 윤과, 안주진열대 앞에 의자 하나만 차지하고 앉아 바쁜 주인에게 자꾸 술을 권하고 있는 늙 은 남자 한사람뿐이었다. 늙은 남자는 가뜩이나 바빠서 단무지 한접 시 더 달라는 소리조차 성가실 판인 주인에게, 듣거나 말거나 장광설 을 늘어놓는 중이었다. 웅얼거리듯 울려오는 그의 이야기는 어린시절 의 찢어질 듯한 배고픔에 관한 이야기다가 난데없이 연애시절의 어떤 여인에 관한 이야기기도 하고, 불효하는 자식들에 관한 이야기다가 정치권에 관한 이야기기도 했다. 윤이 가락국수 한그릇을 다 먹고 지 갑에서 돈을 꺼낼 즈음에, 그 늙은 남자도 자리에서 일어섰다. 그는 돈을 꺼내면서도 이야기를 멈추지 않았다.

"그런데 주인양반…… 그럼…… 사랑은…… 도대체 사랑은 어디 가서 하라는 거요?"

그 늙은 남자가 일어서면서 마지막으로 하는 소리를 듣고서야, 윤은 그 남자가 바로 사장이라는 것을 알았다. 윤은 지갑에서 꺼낸 지폐를 탁자 위에 내려놓고 서둘러 사장의 뒤를 쫓아 포장마차를 나섰다. 어쩌면 잘못을 빌 기회는 지금밖에 없을지도 모른다. 사장님, 저 잘못했어요. 사장의 뒤를 쫓는 바쁜 걸음과 함께 윤의 입술도 바쁘게 달싹거렸다. 당장 갈 데가 없어요. 그러니 일하게 해주세요. 웃은 건 정말 잘못했어요. 사장은 취한 사람 특유의 걸음걸이로 느리게 걷고 있었다. 그러나 윤은 마음과는 다르게, 선뜻 사장을 불러세울 수가 없었다. 아무래도 그 정도의 말로는 사장의 화를 풀 수 없을 것만 같았다. 그렇다면 어떻게 말할 것인가.

내게는 병든 남편이 있어요. 그러나 한때 그는 세상에서 가장 건강한 청년이었지요. 그의 어깨와 등은 늘 까맣게 타 있고, 또 늘 꺼풀이 일어나 있었지요. 나는 그의 어깨에 일어난 꺼풀을 가만가만 뜯어내며, 그의 비린 땀냄새를 맡던 것을 기억한답니다. 그때 나는 그를 사랑했지요. 그는 내 첫사랑이었거든요. 그러나, 이제 나는 그에게 돌아갈 수 없어요. 돌아가는 순간 떠나야 한다는 걸 알거든요. 나는 지쳤어요. 삼년이면 돌부처도 돌아앉을 만한 시간이에요. 내가 그의 몸에 대해 기억하는 것은 이젠 노동에 지쳐 있던 그의 검붉은 어깨 위에 일어난 꺼풀 정도거든요. 매일매일 내가 벗겨내면 또 새살로 돌아오르던…… 그러나, 이제는 아주 사라져버린, 다시는 존재하지 않을…… 그러니 아직은…… 아직은, 사장님…… 날 알프스에 있게 해주세요. 그를 아주 버릴 수 있게, 사장님, 내게 좀더 시간을 주세요.

사장은 대취한 것 같았다. 그의 뒤를 쫓고 있는 한 여자의 마음속 목소리가 무엇을 말하든 간에, 그는 흔들흔들 걸으며 홀로 중얼거릴 뿐이었다.

"어디 가서 하냐구…… 도대체 어디 가서……"

그는 그렇게 중얼거리다가 문득 길 한복판에 서서, 주먹을 흔들며 이렇게 소리지르기도 했다.

"뭐가 문제라는 거야? 딴데도 아니고 꼭 내 집에서 새끼를 내는 것들도 있는데! 딴데도 아니고 꼭 내 집이어야만 한다는데! 그놈들은 그럼 어디로 가라는 거야. 도대체 어디로!"

윤은 더이상 사장의 뒤를 쫓아갈 수가 없었다. 사장은 길을 건너고 있었고, 사장과 윤 사이로 승용차 두 대가 연거푸 지나갔다. 그러는 사이 사장은 이미 차도를 다 건너 언덕 위의 알프스 가는 길로 접어들고 있었다. 또 무엇이 복받치는가. 느닷없이 허공으로 주먹을 흔들어대기도 하면서.

사장의 뒷모습은 초라해 보였다. 윤은 그 뒷모습을 슬프게 바라보았다. 사장하고만 마주치면 시도때도없이 터져나오곤 하던 웃음은 슬픔으로 인해 완전히 가라앉아버렸다. 그러나 바로 그 순간에 윤은 처음으로, 자신이 어쩌면 저 사람을 좋아했는지도 모르겠구나, 생각했다. 그래서 그렇게 웃음이 터졌는지도 모르겠구나. 아마도 그랬던 것 같다. 처음 모텔 알프스의 문을 열고, 사장실에서 그를 면대하던 첫순간부터, 모텔 알프스의 사장이 아니라 물주전자 받쳐들고 숙박계 써 달라고 객실 문을 두드리던 알프스장의 주인이어야 할 것 같은 그 늙은 남자를, 그리고 그 남자가 그날 입밖에 냈던 물레방앗간이라는 말을, 아마도 나는 좋아했던 모양이구나. 윤이 그런 생각을 하고 있을 때, 사장이 건넌 건널목도 없는 길을, 고양이 한마리가 재빠르게 뛰어 건너는 것이 보였다. 고양이는 사장이 걸어올라간 언덕길을 뛰어올라가다가 문득 멈춰서 윤을 돌아보았다. 어둠속에서 노란 눈빛이 쩽 하고 빛났다. 고양이의 그 눈빛이 윤의 가슴을 베어내는 듯했다.

그날 밤 윤은 자정이 가까워서야 집으로 들어섰다. 가져갈 것이라곤 불행밖에 없는 집의 대문에 빗장이 채워진 적은 없었다. 집엔 불이란 불은 전부 꺼져 있었다. 그래도 달빛인지 골목의 외등 빛인지 알 수 없는 것으로 마당이 밝아, 윤은 피할 것은 피해가며 기척없이 남편의 방문을 열 수 있었다. 남편은 잠들어 있는 것처럼 보였다. 윤은 그의 침대를 마주보는 벽에 등을 기대고 앉았다.
"여보, 자?"
남편은 대답이 없었다. 그는 정말로 잠들어 있거나, 아니면 잠든 척하고 싶어하는 것일 수도 있었다. 그를 깨우기 위해 그의 발바닥을 간질여본다든가 하는 일은 이젠 소용없는 일이었다. 그의 허벅지를 송곳으로 찌른다고 하더라도 그는 그 감각을 알지 못하는 것이다. 윤은 언덕길을 올라가는 사장의 뒷모습을 오래 바라보고 서 있었던 것처럼, 잠들어 있는 것 같은 남편의 모습을 오래 쳐다보았다.
"여보, 정말 자는 거야?"
윤이 다시 물었으나 남편은 여전히 미동도 없었다. 설령 남편이 깨어 있는 것이라고 하더라도, 남편에겐 자는 척하는 일이 그다지 어렵지 않을 것이었다. 그에겐 이젠 말할 수 있는 몸 같은 것은 없었다. 윤은 무릎걸음으로 천천히 남편에게로 다가갔다. 그러고는 소용없는 일이란 걸 뻔히 알면서도 남편의 다리를 흔들었다. 남편의 다리에 저항의 힘 같은 것은 존재하지 않았다. 윤은 그 다리에 얼굴을 묻었다.

"그러지 마, 당신…… 당신, 아직도 살아 있는 거 다 알아. 나보다 먼저 죽지 않을 거라는 것도 알아."

그러나 남편에게서는 여전히 아무런 기척도 없었고, 윤의 눈꺼풀이 졸음인지 슬픔인지 알 수 없는 것으로 저 홀로 무거워졌다. 자야겠다는 생각이 들었다. 자기 몫의 이부자리를 침대 아래에 펴기 위해 몸을 일으키다 말고, 윤은 갑자기 남편의 다리를 침대 한쪽으로 밀었다. 그러고는 이번엔 엉덩이를, 가슴을, 그리고 팔을…… 마지막으로 남편의 얼굴을 베개 한쪽으로 밀 때까지도 남편은 눈을 뜨지 않았다. 윤은 남편의 좁은 침대에 몸을 누이고, 남편의 저항 없는 팔을 들어 팔베개를 했다. 갑자기 뺨이 뜨끈한 느낌이 들어 손바닥으로 뺨을 문대보니 물기가 만져졌다. 눈물인지 땀인지 알 수 없는 물기가 남편에게서부터 흘러나와 그녀의 뺨까지 적시고 있었다. 윤은 자신의 얼굴에 젖은 물기를 닦아내는 대신, 천천히 옷을 벗기 시작했다. 남김없이 옷을 벗고 벗은 몸으로 남편의 몸을 끌어안았다. 저항 없는 몸이 출렁 하고 윤의 품안으로 끌어당겨졌다. 윤은 남편의 얼굴을 자신의 목에 묻게 했다.

여보, 나를 물어…… 손가락이 아니라 내 목을 물어뜯어…… 그러고는 절대로 놓지 마……

윤은 가만히 눈을 감았다. 뺨의 물기가 점점 더 흥건해져갔다. 그렇다면 울고 있는 것은 난가? 눈물 같은 건 완전히 잊어버린 지 이미 오랜 윤이었다. 윤은 차마 그 물기의 근원을 확인할 수 없어 눈을 뜨지 못했다. 그러면 아주 떠나게 될까봐, 떠나서는 아주 돌아오지 않게 될까봐, 그날이 바로 오늘일까봐서…… 알 수 없는 소리가 들려온 것은 바로 그때였다. 번쩍 뜬 윤의 눈빛이 느닷없이 반짝, 빛났다. 시어머니구나! 첫날밤, 그때처럼 늙은 시어머니가 방안을 엿보고 있구나! 시어머니의 머리채를 휘어잡기 직전이면 언제나 그런 것처럼 윤의 눈빛이 아연, 밝아졌다. 윤은 벼락같이 일어나 방문을 와락 열어젖혔다. 그러나 그 벼락같던 행동이 무색하게 방문 밖은 텅 빈 적요뿐이었다. 시어머니의 모습은 그림자조차 보이지 않았다. 윤은 잠시 멍청해져서 넋을 놓고 마당을 내다보았다. 마당 한가운데로 달빛이 길게 드리워져 있었다.

무엇이었나…… 무엇이 나를 불렀나……

대답은 긴 고양이 울음소리였다. 대문 옆 담장 위였다. 늙은 고양이 한마리가 그녀를 내려다보며 이번에는 짧고 날카로운 울음소리를 냈다. 윤은 가슴이 먹먹해졌다. 새끼 잃은, 어미고양이였다. 갓 낳은 새끼들을 물속에 잠겨 죽인 어미고양이…… 그 늙은 고양이가 새끼들을 찾고 있었다. 윤은 가만히, 방문을 가로막고 있던 자신의 몸을 비켰다. 보렴, 여기에 너의 새끼가 있다. 살아 있는 몸을 잃어버린 딱한 아들, 그리고 살아 있는 몸뿐인 딸이 여기에 있다. 그리고 여기에 네 생의 끝까지 갈 기억들이 있다. 담장 위의 늙은 고양이는 꼼짝도 하지 않았다. 빳빳하게 세운 꼬리도 흔들림이 없었다. 그때 다시 한번 긴 울음소리가 들렸는데, 그것은 방안에 누워 있는 남편의 울음소리 같기도 했고 불꺼진 건넌방, 늙은 시어머니의 울음소리 같기도 했다. 담장 위의 고양이가 천천히 몸을 일으켜, 지붕 쪽으로 느리게 걸음을 옮겨가고 있었다.

—『현대문학』 2001년 9월호

빨간 풍선

1

기억할 수도 없는 오래 전의 한때, 나는 성우라는 직업을 가진 적이 있었다. 사람들이 여전히 라디오 연속극을 듣던 시절, 성우는 인기있는 직업 중의 하나였다. 텔레비전이 제대로 보급되지 않은 산골마을의 눈 어두운 노인네들뿐만이 아니라 도시의 여고생, 대학생까지 라디오를 끼고 살던 시절이 있었다는 얘기다. 그것은 마치 전생의 일처럼 아득하게 여겨지지만, 생각해보면 그리 오래 전의 일도 아니다. 나는 지금도 우리 온 가족이 한꺼번에 쓰던 방 한구석에서, 작은 트랜지스터라디오를 보물처럼 끼고 앉아 있던 언니와 오빠들이 떠오른다. 식구들이 앉고 눕기에도 비좁았던 방안에는, 거대한 스피커와 열쇠가 달린 케이스와 쓸데없는 장식들 때문에 덩치가 장롱만큼이나 커다래

진 금성 이십 인치 텔레비전이 놓여 있었다. 텔레비전이 거구의 뚱뚱보처럼, 그러잖아도 온 식구가 쓰느라 가뜩이나 덥고 탁한 방안에 더운 숨을 뿜어내는 동안, 트랜지스터라디오는 이어폰의 가느다란 줄을 타고 바다를 건너온 음악과 울림이 깊은 목소리와 상상력이 풍부한 드라마들을 내놓았다. 실록 제1공화국 따위의 정치드라마를 얘기하는 게 아니다. 라디오 연속극이 방송되는 시간, 보충수업이 끝난 학생들을 태우고 가는 만원의 버스 안에서는 숨소리까지 낮아졌다. 땀냄새와 책가방 속 도시락으로부터 흘러나온 김치냄새로 뒤범벅이 된, 고요하고 가난한, 그래서 슬픈 악취 속으로 누군가의 한숨소리가 나지막하게 흘러나오면 만원버스는 그 슬픔으로 인해 슬퍼지는 게 아니라 가마솥에서 고아진 엿물처럼 쓰고 달콤해졌다.

"휘파람을 불지 마, 그건 너무 쓸쓸해. 촛불을 끄지 마, 어두운 건 싫어. 너와 난 빨간 풍선, 하늘 높이 날아……"

예나 지금이나 불멸의 주제인, 이루어질 수 없는 사랑을 다룬 라디오 연속극의 주제가는 그 당시 가장 인기있는 유행가였다. 당시 고등학생이던 언니는 밤마다 빨간 풍선을 들고 언덕 위에 서 있는 꿈을 꾸었고, 나는 밤마다 좋은 꿈을 꾸는 언니의 손을 잡고 잠들었다.

그러나 나는 그처럼 운이 좋은 시기에 성우가 된 것이 아니다. 내가 성우가 된 시기에는 여전히 라디오 연속극이 존재하기는 했으나 그 시간에 맞춰 라디오 채널을 돌리는 사람은 거의 존재하지 않았다. 성우는 급속하게 비인기 직업이 되었다. 영화는 이미 동시녹음으로 제작되고 있었고, 설령 후시녹음이라고 하더라도 성우가 배우의 목소리를 대신하는 경우는 거의 없었고, 텔레비전이 컬러방송을 시작한 지도 이미 오래여서 누구도 더이상은 라디오 연속극 따위를 들으려고 하지 않았다. 여전히 젊은 사람들을 사로잡는 음악프로가 있기는 했지만, 진행자는 대부분 전문적인 디제이들이었다. 막차랄 것까지는 없었지만 늦어도 상당히 늦은 차를 탄 셈이었다. 저물녘의 모든 차창 풍경이 그러한 것처럼, 그 시절의 풍경에는 애수가 느껴진다. 물론 기억 속에서 그러하다. 기억은 재단된 천처럼, 이미 포플린이나 광목, 혹은 모슬린 따위가 아니라 그것으로 만들어진 옷이 되어버린다. 나는 그 옷을 입고 누구를 만났을까. 어김없이 떠오르는 풍경은 자정을 넘긴 시간의 라디오 녹음부스 앞이다. 새벽 한시, 인기있는 음악방송은 모두 끝이 났고, 그 방송을 진행한 디제이와 스텝들도 떠들썩하게 부스를 비워버린 뒤이다. 물론 텔레비전은 일찌감치 이미 애국가 4절까지 끝내버렸다. 아무도 듣지 않는 시간, 그러나 누군가 들을지도 모르는 사람을 위해, 라디오방송국의 녹음부스는 차가운 불빛 속에서 붉은 온에어 등을 점멸하고 있다. 부스 안에서 성우는 고전명시를 읽고, 이름난 작가의 수상록 한구절을 읽고, 쎄미클래식이나 경음악을 튼다. 이제 신입인 나는 복도에 서서, 화려한 세월을 거쳐 그곳에 이른 선배를 바라보고 있다. 새벽 두시가 가까워오고, 붉은 등이 점멸하는 부스에는 서서히 물이 차오르고, 선배는 잉어나 가물치 같은 물고기가 된다. 물고기의 꼬리가 부스의 유리벽을 탕탕 칠 때마다, 붉은 등이 깜빡깜빡한다.

급속히 사양화되어가고 있기는 했지만, 그렇다고 해서 성우가 할 일이 전혀 없는 것은 아니었다. 그리고 아무리 운이 나쁜 시대라도, 그중에 가장 운좋은 사람은 있는 법이다. 성우 일을 시작한 지 얼마 되지 않아 텔레비전 광고 섭외를 받았다. 유명 가전회사의 냉장고 광고였는데 여배우가 나처럼 신인이었다. 광고주는 그 신선한 얼굴에 가장 어울리는 신선한 목소리를 찾던 끝에, 성우 중에서도 신인이던 나를 택했던 것이다.

"나도 갖고 싶어요."

귀엽고 깜찍한 얼굴의 여배우가 물고기처럼 입을 벌리면 내 목소리는 작은 열대어처럼 그녀의 입술을 열고 미끄러져나왔다. 잉어나 가물치가 아니라 작은 열대어였다. 여배우의 예쁜 입술 위에서, 다섯 가지 이상의 색깔을 가진 열대어의 꼬리가 탱탱 소리를 냈다.

탱탱, 탱탱탱……

광고는 엄청난 히트를 쳤다. 대한민국의 남자들이 가전제품 광고를 보기 위해 채널을 고정시킨 적은 그전에도 없었고 그후에도 없을 거라 했다. 여배우는 광고 한 편으로 스타가 되었고 그 여자의 매혹은 목소리의 매혹이 되었다. 혹은 그 반대거나.

여배우가 스타가 된 것처럼, 나도 인기를 누렸다. 귀가 밝은 식당 주인들 중에는 내 목소리를 알아듣는 사람도 있었다. 그들은 내게 기어코 '나도 갖고 싶어요'라는 광고 속의 말을 하게 만들었고, 그 목소리와 얼굴의 부조화에 감탄을 하면서, 혹은 경악을 하면서 공짜 고기나 공짜 술 등을 냈다. 성우라는 직업을 선택한 이상, 감당하지 않으면 안될 일들이 있었다. 목소리를 알아들은 사람이 어쩔 수 없이 드러내는, 실망과 비련과 탄식. 그런 것들에 익숙해지는 것은 오래 걸리지 않았다. 어떤 직업이든 적응이라는 게 있는 법이니까.

정작 익숙해지지 않는 것은 얼굴과 목소리의 문제가 아니라, 목소리와 기억의 문제였다. 언젠가 내가 '결코 사소하지 않은' 문의를 하기 위해 은행에 전화를 걸었을 때의 일이었다. 네, 대부계 김문기 대립니다. 수화기 속의 남자는 전화를 자주 받는 자리의 직업적 특성을 고스란히 나타내는 목소리로 전화를 받았다. 습관적인 친절, 관성적인 나른함, 상대에 대한 완전한 무관심, 그런 목소리.

"저……"

나는 머뭇거리는 목소리를 냈다. 돈을 빌려야 한다는 것은 결코 사소하지 않은 용건이었기 때문이다. 나는 이 사소하지 않은 용건을 어떻게 해결해야 할지 알 수 없었는데, 그런 고민은 오래 할 필요도 없었다. 전화기 저편에서 갑자기 무언가가, 홀연히 사라져버렸던 것이다.

나는 당황하지 않을 수 없었다. 그것은 전화가 끊겼다거나 하는 것과는 전혀 성질이 다른 것으로, 사라졌다,라는 표현 이상으로는 어떻게 말해야 할지 알 수 없는 것이었다. 눈앞에서 갑자기 건물이 사라져버린다거나, 길이 사라져버린다거나, 혹은 잠시 전에 내 앞에서 사랑을 고백하던 남자가 사라져버린다거나, 그럴 때의 기분은 어떤 것일까. 비현실, 허구, 농담, 혹은 그 모든 것을 한꺼번에 갈아서 뒤섞어놓은 공포…… 숨결은 삼초쯤이나 삼십분쯤 후, 그러니까 나로서는 결코 헤아릴 수 없는 시간을 거쳐, 사라질 때와 똑같이 홀연히 돌아왔다. 그런데 그 사이에 그는 어디엘 다녀온 것일까. 깊고 습한 동굴, 그속의 어두운 기억, 그로부터 미끄러져나오는 배밀이 짐승의 차갑고 어둡고 고통스러운 숨결…… 그런 숨결로 남자는 내게 물었다.

"……너니?"

그때는 이미 가전제품 광고가 히트를 쳤던 시기로부터 몇년이나 흘러 광고도 잊혀지고, 그 광고 속의 카피도 잊혀져버린 시기였다. 여배우는 여전히 인기 상종가를 누렸는데, 그렇게 높은 인기 때문에 더이상은 성우의 목소리가 필요하지 않게 되었다. 텔레비전의 채널을 돌릴 때마다 여배우가 출연하는 광고를 볼 수 있었지만, 옷 광고든 아이

스크림 광고든 가전제품 광고든 목소리는 전부 그녀 자신의 것이었다. 그녀의 입술은 더이상 물고기가 꼬리를 치며 탱탱거리는 소리를 내지 않았다.

그렇다면 그 남자가 기억하는 목소리는 무엇일까. 그 남자의 너는, 어쩌면 뭐든지 갖고 싶다고 응석을 잘 부리는 여자였거나, 광고 속의 여배우처럼 보조개가 있는 여자였거나, 혹은 냉장고를 사랑했던 여자였는지도 모른다. 어떻게 생각한다고 하더라도 그 여자의 목소리가 내 목소리와 닮았을 거란 생각은 들지 않는다. 허구로부터 길어올려진 기억이 아니라면 그토록 간절하다는 것이 가능한 일일까. 존재하지 않는 것의 기억, 어긋나고 뒤섞여 그것이 무엇인지도 알 수 없는 기억, 그런데도 생생히 남아 있는 어느 순간의 고통과 아픔…… 그래서 남자는 차마, 기억하는 그 어떤 이름도 입에 올리지 못한 채 다만 숨결로만 내게 묻는 것이다. 너니? 너야? 물론 나는 내 생의 어느 한 순간에도 그의 '너'인 적이 없었다.

2

"어머나, 나이가 꽤 있네. 전화받았을 때는 혹시 이십대 아가씬가 했는데. 목소리가 어찌나 예쁘던지."

이제 내 목소리를 기억하는 사람은 거의 없다. 설령 아슴아슴 기억이 떠오르더라도 오래 전 성우였던 여자와 지금 베이비시터인 여자를 연결시키는 일은 그다지 쉬운 일이 아닐 터이다. 이제 와서 내 목소리는 단지 나이에 대한 오해를 일으킬 뿐이다. 그러나 그런 오해는 나 역시 마찬가지였다. 전화로 듣기에는 꽤 늙은 사람인 줄 알았더니, 그녀는 '할머니'라는 호칭을 붙이기가 민망할 정도로 젊어 보였다. 지나치게 어리게 들리는 내 목소리가 얼굴과 부조화를 이루는 것처럼, 과도하게 젊어 보이는 장교수의 얼굴도 이물스럽기는 마찬가지였다. 저 늙은이가 무슨 짓을 했기에 저렇게 탱탱한 거야. 공손한 얼굴로 장교수를 바라보며 나는 속으로만 생각했다. 부러운 마음 대신 고소한 생각이 드는 것은, 장교수가 아이 할머니라는 사실을 아는 사람들이라면 누구나가 나와 같은 생각을 할 것이기 때문이었다. 아니 저 늙은이는 왜 늙지도 않는 거야. 그런 생각을 할 때 사람들이 느끼는 감정은 혐오다.

"전도사님만 믿고 부탁드리는 거니까, 다른 말은 더 할 필요도 없어요. 그저 믿고 맡길게요."

내가 그 집에 도착했을 때 장교수는 이미 외출복 차림이었다. 처음 본 나는 고사하고 나를 소개해준 전도사에 대한 신뢰와도 상관없이, 그녀에게 지금 가장 중요한 것은 당장 집을 탈출하는 일뿐인 듯했다. 장교수는 아이를 돌보는 데에 필요한 모든 것을 꼼꼼히 노트한 수첩을 내게 내밀었다. 수첩에는 아이에게 우유를 먹이고 잠을 재워야 할 시간이 적혀 있을 뿐만 아니라, 기저귀와 옷, 장난감 등이 들어 있는 서랍의 위치까지 일일이 적혀 있었다. 마치 남의 집 대문 앞에 바구니에 담긴 아이를 버리고 가는 어미처럼, 장교수의 노트는 주도면밀하면서 뻔뻔했다.

"나, 실은……"

잠든 아이를 낯선 여인에게 맡기고 집을 나서는 아이 할머니가 현관 문고리를 잡고 서서 말했다.

"지난번에는 저애 에미 애비라는 것들이 한꺼번에 쎄미나를 가버리는 바람에 꼼짝없이 저애를 닷새 동안이나 봤지 뭐야. 그런데 그게 글쎄, 딱 삼십분 이쁘고 나서는 나흘 스물세시간 삼십분 동안이 죽을 맛이었어."

말끝에 장교수의 입가에는 민망한 웃음이 번지고, 내 입에서는 나도 모르는 사이에 웃음소리가 흘러나왔다. 하필이면 안식년에 첫 외손주를 얻는 바람에 바쁘다는 핑계를 댈 수도 없게 된 장교수는 딸과 사위도 모르게 베이비시터를 부르기로 작정한 모양이었다. '딸과 사위도 모르게'인 것을 보면 외출의 목적이 그리 정당한 것은 못 되리라. 그렇다면 혹시 연애일까. 현관문을 나서는 젊은 할미의 등이 풍선에 매달린 듯 위태하고, 가볍다.

할머니와 할아버지, 엄마 아버지가 모두 교수라는 이 유복한 집안에서 태어난 아이는 자신의 운을 아는 것처럼 유순해 보이는 얼굴이었다. 장교수가 집을 나간 후 요람에 뉘어 있는 아이를 내려다보았을 때, 아이는 이미 깨어 있었다. 울지도 않고 홀로 깨어서는 요람 위로 나타난 내 눈과 마주치자마자 방그레 웃음을 지어 보였다. 나는 적군을 탐색하듯 아이를 오래 내려다보았다. 아이는 지치지도 않고, 나보다 더 오래 내 눈을 맞추었다. 경계도 없고 의심도 없는 그 검은 눈동자는, 그러나 어느 순간 내게 말하는 듯했다.

나는 네가 하려는 일을 다 알고 있어.

사나운지 순한지 알 수 없는 개의 등을 한번 건드려보듯, 나는 툭하고 요람을 한번 흔들어보았다. 아이의 입이 벙긋 벌어지며, 소리없는, 민물고기 같은 웃음이 퍼졌다.

나는 요람 속에서 아이를 꺼내 안았다. 아이의 묵직한 몸무게가 팔과 가슴에 얹혀지자 언제나 그런 것처럼 비린 것을 삼켰을 때와 같은 심정이 되었다. 그것은 뭐랄까…… 마치 어둠속에서 옷을 벗고, 누군지도 알지 못하는 남자의 살에 맨가슴을 붙이고는 사랑한다고 말을 해야 하는 순간의 메슥거림과 같다고 해야 할까. 남자와 사랑을 하는 것에도 시간이 필요한 것처럼, 아이와 친해지는 데에도 시간이 필요했다. 그러나 고객들은 그걸 이해하지 못했다. 고객들은 자신들의 아이가 누구에게나 사랑받을 것이라고 믿었고, 심지어는 마땅히 그래야 한다고 확신했다. 베이비시터는 아이를 보자마자 첫눈에 사랑에 빠져야만 했다. 의심하고 경계한다면, 그는 베이비시터가 될 수 없다.

아이를 품에 안고 집안을 왔다갔다하며 나는 노래를 부르기 시작했다. 엄마가 섬 그늘에 굴 따러 가면…… 살과 소리의 접촉으로 아이와 익숙해지기. 아기는 혼자 남아 집을 봅니다…… 그리고 경계하기. 장교수는 허술한 사람이었다. 노래 한 곡을 다 부르기도 전에 나는 거실 장식장과 아이 방 장난감 선반 사이에서, 카메라 하나와 디지털녹음기 하나를 발견할 수 있었다. 아무리 교수고 아무리 젊어 보인다 해도, 그는 별수없이 늙은 여자였다. 녹음기와 카메라는 과속경고판 뒤에 설치되어 있는 단속카메라처럼, 지나치게 노출되어 있었다. 그 서툰 솜씨는 나를 슬프게 했다. 오래 전에는 모욕이었으나, 이제는 그런 것쯤은 잊어버렸다. 나는 아이를 다시 요람 위에 누이고, 아이의 얼굴 가까이에 대고 속삭였다. 카메라에도 녹음기에도 닿지 못할 정도의 목소리로, 조용히, 다정하게.

까불면 안돼. 난 이제 널 패줄 수도 있으니까.

아이는 마치 내 말을 알아듣기라도 한 것처럼, 세상에 태어나 처음으로 들어본, 이 악의로 가득한 말에 놀라 눈을 동그랗게 떴다. 자궁에서 배운 본능으로 아이는 울지 않는다. 아이는 이제부터, 울지 않기 위해, 이가 없는 잇몸을 깨물어야 할 것이다.

오래 전에 내게도 그런 시절이 있었다. 밤마다 이를 갈아 아침이면 이뿌리가 흔들렸지만 몸속에는 울음이 가득 차 침대 아래로 맨발을 내려놓을 때마다 출렁거리는 물소리가 들렸다. 그 시절에 나는 잔인하지도 현명하지도 않았다. 다만 돈이 필요했을 뿐이었다. 그러나 돈을 빌리는 일은 무척이나 어려웠다.

내가 그 남자 '대부계 김문기 대리'를 만난 것은 돈 때문은 아니었다. 그때 돈이 급했던 사람은 내가 아니라 내 사촌이었고, 그는 은행원이 아니라 정체가 조금 수상쩍은 '미래론'이라는 대출전문회사의 직원이 되어 있었다. 은행원이 수상쩍은 회사 직원이 되고 성우가 베이비시터가 되기까지는 적지 않은 세월이 흘렀다.

그를 만나러 가는 차 안에서 사촌은 '무보증, 무서류 OK'라고 씌어진 명함을 손에서 놓지 않았다. 그녀는 일곱 장의 카드를 갖고 있었는데 그 카드들은 오직 빚을 얻어 빚을 갚는 용도로만 쓰였다. 불행히도 그녀에게 여덟번째의 카드는 사채였다.

"나도 뉴질랜드에나 갈까."

하이힐을 신은 발을 맹렬하게 흔들며 사촌이 차 안에서 말했다. 자기 친구 중에 다 늦게 뉴질랜드에 유학을 갔다가 거기에서 케냐 남자를 만나 결혼한 애가 있다고 했다. 뉴질랜드에서 뉴질랜드 남자를 만난 것도 아니라 케냐 남자를 만났다는 것인데, 중요한 것은, 그 케냐 남자가 엄청나게 부자라는 사실이라고 했다.

"케냐라고 부자가 없으라는 법은 없는 거잖아?"

사촌은 그렇게 말을 덧붙인 후, 다시 말을 이었다.

"그런데 재밌는 건, 개네들은 싸울 때는 각자 자기 나라 말을 한다는 거야. 그러다보면 저 자식이 지금 무슨 흉한 욕을 하나 싶은 생각이 들고, 그러면 자기 입에서도 점점 더 흉악한 욕이 나온다는 거야. 밑지기 싫어서 말이지. 그래서 어느날인가는 둘다 자기 나라 욕을 아는 대로 다 상대방에게 가르쳐줬다는 거야. 사랑해, 좋아해, 그리워, 보고 싶어, 그런 말이 아니라 개자식, 씨팔놈, 좆같이, 이런 말들을 말이야."

사촌이 말을 끝내자마자 택시기사가 폭소를 터뜨렸다. 갑자기 웃음으로 가득 찬 택시는 굴러가는 게 아니라 통통 튕겨가는 것처럼, 교차로를 돌았다. 신호대기를 하고 있던 모든 차들의 운전석 차창 밖으로, 저 차 안에서 지금 무슨 즐거운 일이 벌어졌는가를 궁금해하는 시선들이 쏟아져나오는 것 같았다. 택시기사의 열렬한 웃음에 힘입어, 얼굴이 빨개질 정도로 웃음을 토해내는 사촌의 눈에는 눈물이 그렁그렁했다.

"좆같이!"

사촌은 웃으면서 소리를 질렀고,

"씨팔, 거 욕 좀 하지 마시요! 좆같이, 여자가!"

택시기사는 경적을 울리면서 흐느끼듯 소리를 질렀다. 나 역시 그들의 유희에 호응해야 했으나, 불행히도 나는 아는 욕이 없었다. 내 성대는 '방송부적격용어'를 배울 기회가 없었던 것이다.

사촌은, 지금은 문을 닫은, 그러나 한때는 제법 규모가 컸던 유치원의 교사였다. 그녀가 일하던 유치원의 원장이 원생들을 주기적으로 성추행했다는 것이 알려졌을 때, 그녀는 원장과는 상관없이, 그리고 유아 성추행과도 아무 상관없이 그냥 실업자가 되어버렸다. 그리고 카드빚이 쌓이기 시작했다. 내게 베이비시터 일을 할 수 있도록 정보를 주고, 연줄을 제공해준 사람은 바로 사촌이었다. 그러나 실업자가 된 후의 사촌은, 나와 함께 애보기 자리를 알아보러 다니는 대신, 카드를 돌려막기 위해 각각 다른 일곱 장의 카드대금 납부일을 달력 위에다가 동그라미를 치고, 또 지워나가는 일에만 열중했다. 한때 성우였던 여자가 애보기를 할 수는 있어도, 한때 유명 유치원의 선생님이던 여자가 애보기가 될 수는 없다는 게 내 사촌의 지론이었다.

사촌이 그를 만나고 있는 동안, 나는 찻집의 다른 테이블에 앉아 있었다. 아무리 '미래론'이라는 근사한 이름을 갖고는 있어도 별수없이 악덕 사채업자를 걱정하지 않을 수 없었던 사촌은 나를 그곳까지 데리고는 갔지만 구체적인 상담의 구질구질한 장면까지 보여주고 싶지는 않은 것 같았다. 나는 따로 떨어져 앉아 텔레비전 고발프로그램에서 보았던 온갖 장면들을 떠올렸다. 그러니까 눈더미처럼 불어나는 빚, 몸이라도 팔아 빚을 갚으라고 강요하는 깡패들, 창녀촌의 쇼윈도에 앉아 있는 사촌의 모습, 그런 것들.

사촌의 맞은편에 앉아 있는 그를 내가 처음부터 알아보았던 것은 아니었다. 사실 나는 그를 몰랐고, 그때까지 그를 만나본 적조차 없었다. 그러나 사촌이 갖고 있던 명함에서 그의 이름을 본 순간 나는 동명이인이 아닌 그를 떠올렸고, 사촌보다 늦게 찻집에 나타난 그가 안녕하세요, 인사를 하는 순간에는 바로 그가 내가 아는 대부계 김문기 대리라는 것을 확신했다. 아니, 어쩌면 순서가 바뀐 것인지도 모르겠다. 그의 목소리를 먼저 듣고 그가 바로 그라는 것을 알게 되었던 것인지도. 따지고 보면 그쪽이 훨씬 더 자연스러운 과정이겠다. 그는 값싼 양복을 입고 있었고, 구두에는 먼지가 묻어 있었다. 돈을 빌려주는 사람이라기보다는 돈이 필요한 사람 같은 몰골이었고, 마치 내 사촌에게 돈을 꾸기 위해 열렬히 호소하고 있는 것처럼 표정은 비굴했다.

사촌과 그의 만남은 그리 오래 걸리지 않았다. 고작 십분쯤 후 사촌이 먼저 자리에서 일어섰고, 잠시 후 그도 일어섰다. 그의 표정을 읽을 수는 없었으나, 내 앞자리로 다가온 사촌의 낙담한 표정은 뚜렷이 볼 수 있었다. 사촌은 자리에 앉자마자 얼굴을 손에 묻고 일분쯤 울었다. 세상에 존재하는 모든 '부적격용어'를 동원한다 하더라도 사촌의 기분이 풀리지는 않으리라는 것을 나는 알았다. 그리고 그건 나 역시 마찬가지였다. 뉴질랜드에 가서 케냐 남자를 만나, 서로 통하지 않는 언어로 대판 싸움을 하고 싶은 것은, 늘은 아니더라도 때때로, 내게 역시 간절한 바람이었다.

돈을 들여 멀리 가서, 오랜 시간과 각고의 노력과, 게다가 하늘이 내려준 행운이 겹치기까지 해야 만날 수 있는 '엄청난 부자 케냐 남자' 대신, 그날 '대부계 김문기 대리'가 내 눈앞에 있었다. 사촌과 내가 찻집에서 나왔을 때, 찻집 주차장에 세워진 봉고차 안에 앉아 있는 그가 보였다. 고객을 만나러 나온 사람이 승용차도 아니라 봉고차를 몰고 온 것도 희한했지만, 그 봉고차의 몰골이 참으로 험악했다. 차는 세상의 모든 먼지를 다 뒤집어쓴 듯, 와이퍼가 둥글게 그려놓은 앞창의 두어 뼘 면적을 빼놓고는 제 색깔을 비슷하게라도 드러낸 구석이 한군데도 없었다. 그는 핸들 위에 한쪽 팔을 얹고, 멍한 표정으로 앉아 있었다. 사촌은 자기에게 다른 약속이 있다고 말했다. 내가 어디로 가냐고 물었더니, 알 수 없는 방향을 손가락으로 가리켰다. 그녀의 손가락은 비스듬하게 세워져 있어서, 마치 하늘을 가리키는 것 같기도 했다. 사촌을 먼저 보낸 뒤, 다시 주차장을 돌아보았을 때 봉고차는 여전히 그 자리에 서 있었으나 운전석에 앉아 있던 그는 보이지 않았다. 사촌이 손가락으로 가리켰던 방향으로, 길을 건너가고 있는 그의 뒷모습이 잠시 후에 보였다. 그러나 그는 하늘로 걸어올라가는 게 아니라, 편의점과 복사가게와 철물점이 있는 건물입구로 향해가고 있었다. 나는 다가가 그의 차 안을 들여다보았다. 죄송합니다. 잠시 자리를 비웁니다. 그 더러운 차 앞창에는, 그의 휴대전화 번호가 적힌 메모지가 붙어 있었다. 망설임은 아주 잠시였다. 나는 그의 휴대전화로 전화를 걸었다.

"여보세요."

남자의 음성이 먼저 들려왔다. 이제 내가 말을 할 차례였다. 순간 이유를 알 수 없게 오줌이 마렵기 시작했다. 저,라고 머뭇거리는 목소리를 낼 것인가? 아니면 뜬금없이 '나도 갖고 싶어요'라고 말을 할 것인가. 어떻든 나는 그의 숨소리를 듣고 싶었다. 기억의 오랜 늪지를 기어온 배밀이 짐승의 가쁜 숨소리…… 그 숨소리가 내 귓바퀴 안으로 흘러들어 탱탱, 탱탱탱, 내 기억의 달팽이관까지 울려주기를 바랐다. 방광 속에서 오줌이 급격하게 차오르는데, 갑자기, 뜬금없이, 느닷없이, 숨결이 아니라 여자의 교성이 들려왔다. 아이, 씨이…… 아이, 씨이…… 아이, 씨이이…… 순간, 사라져버린 건 오히려 내 숨결이었으리라. 나는 당황해서 숨소리조차 낼 수 없었고 그 사이에 여자의 교성은 점점 더 볼륨이 작아지더니, 나중에는 완전히 음소거가 되었다.

"여보세요!"

그러고는 내 귓속으로 날치 한마리가 사납게 튀어오르는 듯한, 그의 목소리가 튀어나왔다. 나는 얼얼해진 귀를 한손으로 막으며 길 건너 그가 사라진, 철물점과 편의점과 복사가게가 있는 건물을 바라보았다. 그 건물의 삼층에는 유리창을 온통 푸른색으로 썬팅한 성인피씨방이 있었다. 통화를 더이상 할 마음도 없었지만, 더이상은 할 수도 없었다. 가시에 찔린 귀에서 피가 흐르는 듯했기 때문이다.

피는 귀에서도 흐르지만, 온몸의 숨구멍으로도 흐른다. 감시카메라를 처음 발견하고는 화장실로 달려들어갔을 때 팬티가 피로 흥건했다. 나는 그 피가 어느 구멍에서 나오는 것인지 알 수 없었다.

책과 책 사이의 카메라렌즈를 조심하라고 처음 알려준 사람은 사촌이었다. 벽과 커튼과 천장의 전등과 목욕탕의 거울까지, 모두 너를 보고 있을 거라고 그녀는 경고했다. 그러니 절대 안심하고 용변을 봐선 안된다고, 감시카메라는 네 엉덩이와 그 엉덩이 사이로 쏟아져나오는 너의 배설물까지도 촬영하고 있을 거라고, 그녀는 눈을 동그랗게 뜬 채로 말했다. 그러나 마침내 사촌이 깔깔거리며 웃음소리를 내기 시작했을 때, 나는 혹시 사촌의 원룸에도 감시카메라 같은 것이 있어서 내가 어느날 오후 사촌이 집을 비운 사이에 홀로 수음을 하던 광경을 보지 않았을까, 걱정이 되었고 얼굴이 붉어졌다. 우연찮게도 바로 그날 밤 아홉시 뉴스에 바로 그런 감시카메라의 필름들이 방영되었다. 그것은 일종의 공포영화였다. 나는 오래 전에 보았던 「버닝」인가 하는 공포영화를 얼른 떠올렸는데, 그 영화 속에서 끔찍한 화상을 입어 얼굴이 괴물 같아진 주인공은 나뭇가지를 자르기 위해서가 아니라 사람들의 목을 자르기 위해 거대한 전지가위를 철컥거리고 다녔다. 아기의 부모들이 몰래 촬영한 필름 속에서 베이비시터들은 전지가위를

든 괴물이다. 아기는 집어던져지고, 막대기로 얻어터지고, 욕조 속에
처박혔다. 뉴스를 보면서 나는 깊은 한숨을 내쉬었다. 만일에 아기가
잠든 사이에 저 여인이 소파에 누워 손가락으로 가랑이 사이를 문질
렀다면, 카메라는 그것까지 촬영을 했을 텐데.

　베이비시터 일을 시작한 후 얼마 동안, 나는 어느 곳에 숨어 있을지
알 수 없는 감시카메라로부터 도무지 자유로울 수가 없었다. 아기가
잠든 후에도 나는 그 옆에 앉아 졸음이 쏟아지는 눈을 부릅뜨고 있어
야 했다. 아기의 요람을 흔드는 동안에도 허리를 꼿꼿이 세우고 앉아
있었고, 우아하게 걷고 단정하게 움직이며 세련되게 손을 움직였다.
그리고 끝없이 좋은 말만 해야 했다. 오래 전, 내가 성우를 하던 당시
의 새벽 두시, 아무도 듣지 않지만 혹시 누군가가 들을지도 모르는 사
람을 위해 나른하지만 진지한 것처럼 낭송되던 세계의 명시, 그리고
유명인사의 수상록, 격언과 명언이 십여년의 세월을 건너, 잠든 아기
앞에서 재방송되었다. 목소리가 어쩐지 좀 귀에 익은 것 같아,라고 말
하는 사람들은 대개 기억력이 좋은 아이의 젊은 할머니, 할아버지였
다. 나는 그들이 내 목소리를 내 육성으로부터가 아니라 아이의 부모
가 촬영해놓은 감시카메라의 필름을 통해 알아들었다는 것을 알았다.
그런 식으로 나는 점점 더 내 평판이 좋아지리라고 기대했지만, 결과
는 정반대였다. 녹화된 필름을 보고 난 부모들은 곧 회사에 전화를 걸
어 베이비시터를 교체해달라고 요구했다. 뭐랄까, 그 여자는 이상해
요. 좋은 사람 같기는 한데, 이상하게 부자연스럽다구요.

　회사에서는 내게 감시카메라를 잊어버리라고 말했다. 과속하지 않
는 운전자가 과속카메라를 신경쓰지 않는 것과 똑같이, 당신은 그냥
속도를 잘 지켜 운전만 하면 된다는 것이었다. 오래 전 성우실의 선배

들도 내게 그렇게 말했었다. 마이크를 잊어버려라. 그래야 좋은 목소리가 나온다. 선배들의 말은 별로 도움이 되지 않았다. 나는 끝없이 마이크를 의식했고, 마이크가 없는 곳에서는 갈라진 목소리가 나오거나, 아예 목소리가 나오지 않았다. 잊어버릴 수 없다면 그것을 새로 해넣은 의치처럼 조심하며, 항상 혀뿌리로 느끼는 것이 차라리 나았다. 제발 냉장고 광고는 잊어버리라고 선배들이 안타까운 충고를 했을 때도 마찬가지였다. 청취자들이 네 목소리에서 평생 냉장고만 떠올린다면 너는 성우로선 끝장이라고 했다. 그러나 냉장고는 내 이빨 중에서도, 가장 가혹한 통증을 선사하면서 이뿌리를 잇몸 전체에 심어놓은, 거대한 사랑니였다. '갖고 싶어요'라는 말을 나보다 더 잘할 수 있는 사람은 세상에 아무도 없었다. 단지 그 말만으로 세상에서 가장 좋은 냉장고를 떠올리게 만들 수 있는 사람도 나 이외에는 없었다. 그러나 그뿐이었다. 내 채널은 그것 하나로 고정이 되어버렸던 것이다. 채널을 하나밖에 갖지 못한 라디오는, 선배들의 말처럼, 끝장이었다.

성우가 곧바로 베이비시터로 변할 수 있는 것은 아니었다. 나는 지금의 사촌처럼 길고긴 실업자 세월을 보낸 적이 있었다. 그 시절에 나는 끝없이 걷고, 걷고, 또 걸었다. 남들과 달랐다면 나는 앞으로 걷거나 옆으로 걷는 대신 위로 걷는 방법을 택했다. 나는 버스를 타고 가다가 높은 빌딩이 보일 때마다 내려서 그 빌딩의 꼭대기까지 계단을 걸어올라갔다. 계단을 오르는 것은 비만, 특히 복부의 비만을 방지하는 데에 탁월한 효과가 있어서, 내 몸은 점점 더 날씬해지고 단단해지고 아름다워졌다. 낯선 빌딩의 낯선 옥상에 서서, 나는 세상을 내려다보았다. 내가 내려다볼 수 있는 세상은 그다지 크지도 않고, 그다지 아름답지도 않았지만, 그러나 욕심이 많지 않은 나는 그만큼이라도

갖고 싶었다. 말하자면, 나도…… 갖고 싶었다…… 냉장고와, 냉장
고가 있는 집과, 그 냉장고를 열어 물을 마시는 남자를…… 나도, 갖
고 싶었다. 그리고 그 남자에게 나는 말하고 싶었다. 나를 냉장고에
넣어주세요! 그리하여 내 목소리를 차갑게 얼려주세요! 나는 내 유일
한 채널을 열어, 세상의 모든 스피커들이 뻥 뚫려버릴 때까지, 차갑고
시린 목소리로, 그렇게 소리치고 싶었다.

　찻집에서 멀지 않은 곳에 도심에서는 보기 힘든 개천이 흐르고 있
다는 것을, 대부계 김문기 대리의 뒤를 쫓아가다가 알게 되었다. 그는
성인피씨방에서 삼십분 정도를 머물렀고, 편의점에서 십분 정도를 머
물렀으며, 찻집 주차장으로 건너오는 건널목에 멈춰서 파란불이 두
번 바뀔 때까지 서 있었다. 세번째 파란불이 들어왔을 때 그는 건널목
을 건너는 대신 다시 걷기 시작했다. 그런 식의 태도는 내 사촌 같은
실업자나, 나 같은 부정기직을 가진 사람이 아니라면 할 수 없는 행동
이었는데 사실 그의 걸음걸이는 실업자만큼이나 휘청거리고 있었다.
그의 뒤를 놓치지 않기 위해서는 그의 휘청거리는 보폭을 주의 깊게
쫓아 걷는 것이 필요했다. 어떤 식의 보행이든, 걷기에는 얼마든지 자
신이 있었다. 사실 나는 할일이 없었고, 더이상은 얹혀살기에도 미안
해진 사촌의 원룸으로는 돌아가고 싶지 않았고, 만일에 그를 쫓아가
지 않는다면, 나 역시 그처럼 편의점과 복사가게와 철물점이 있는 건
물에서 서성거려야 할 형편이었다. 협회나 교회에서 일거리가 생겼다
는 연락이 올 때까지는, 시간을 때우는 일이 무엇보다도 가장 중요한
일이었다.
　개천은 물소리로 먼저 다가왔다. 왕복 12차선의 도로 옆으로 폭이

넓지 않은 인도가 있고, 그 인도 아래로 개천이 흐르고 있었는데 그 어마어마한 자동차 소음들을 뚫고 물소리가 들렸다. 그는 발걸음을 멈췄고, 인도 끝에 서서 아래쪽을 바라다보았다. 그도 그런 곳에 물이 흐른다는 사실은 미처 몰랐던 모양이다. 그의 얼굴에 아연 활기가 차는 듯하더니, 물소리가 갑자기 크게 들렸다. 개천은 이제 막 공원으로 조성되는 중인 것 같았다. 천변은 웃자란 풀들로 덮여 있었는데, 그 사이사이에 희끗희끗한 것들은 쓰레기나 버려진 신발짝 같은 것들이었다. 멀리 포크레인 하나가 무료하게 서 있는 게 보였다. 그는 개천으로 내려가는 계단의 중간쯤에 이르러 웅크려앉았다. 담배라도 피우려는가 했더니, 뜻밖에도 그의 서류가방 속에서 나온 것은 삼각김밥과 생수 한병이었다. 그는 개천을 내려다보며 김밥을 먹기 시작했다.

대부계 김문기 대리는 어쩌다가 은행을 관두게 되었을까. 나는 그에 대해서 아는 것이 없었다. 그가 나를 그의 '너'로 착각했던 전화통화 무렵, 나는 성우 일을 그만둔 뒤 통장의 돈도 전부 까먹어버린 빈털터리였다. 나는 어떻게든 대출문제를 상담해야 했으나, 그토록 숨막히는 떨림으로 내게 그의 '너'인가를 묻는 사람에게 그런 것을 물을 수는 없었다. 혹시 나는 당시 '숨이 막힐 정도로' 돈이 필요하지는 않았던 것일지도 모르겠다. 다른 은행에 전화를 걸어 문의를 할 수도 있었으나, 나는 그 통화 후에 돈을 빌리는 것보다는 차라리 무엇이든 일자리를 다시 찾아야겠다는 쪽으로 생각을 바꿨다. 그는 어쩌면 내가 전화를 걸었던 그날 오후에 은행에서 잘렸거나, 혹은 스스로 사직서를 냈을지도 모른다. 내 전화를 끊고 나서 그는 그의 '너'를 찾아야 한다고 생각했을 수도 있고, 정말로 그의 '너'를 찾아갔을지도 모른다. 그는 그의 '너' 때문에 은행돈을 빼돌렸을지도 모르고, 빼돌린 그 돈으로 '너'와 함께 삼각김밥보다는 분명히 근사한 식사를 했을 것이다.

마찬가지다. 만일 그가 그때 내게 '…… 너니?'라고 물어보지만 않았던들, 나는 빌린 돈으로 비싼 옷과 명품 구두를 신고, 내 평생의 냉장고, 양옆으로 여는 문이 달린, 정수기 물로 만든 얼음이 쏟아져나오는, 그런 냉장고를 찾아다녔을지도 모른다. 그런 허망한 꿈 대신에 베이비시터가 되는 것이 차라리 낫다고, 그렇게 현명하면서도 건전하고 도덕적인, 그러나 결국 가혹하고 끔찍한 결론에 도달하지는 않았을지도 모른다.

인도에 서서 계단에 쭈그려앉은 그를 내려다보며, 나는 손에 들고 있던 휴대전화의 전원을 켰다. 그사이에 부재중 전화가 세 통이나 찍혀 있는데, 전부 그에게서 걸려온 것이었다. 그는 성인피씨방에서 단절되었던 통화가, 놓쳐서는 안될, 어쩌면 이번달에 그가 받을 수 있는 유일한 수당을 제공해줄, 그토록 중요한 고객의 전화라고 생각했을지도 모른다. 물론 나는 그의 전화를 받을 수가 없었고 세번째로 전화가 걸려왔을 때는, 협회와 교회의 전화를 기다려야 한다는 엄중한 현실에도 불구하고, 전원을 끄지 않을 수 없었다. 그러나 이제 나는 다시 한번 그와 통화를 시도해볼 작정이었다. 나는 계단 아래의 그를 바라다보며 발신버튼을 눌렀다. 삼각김밥을 다 먹은 그는 껍질을 아무데나 버리고, 기름기와 밥알 찌꺼기가 묻은 손으로 주머니 속의 휴대전화를 꺼냈다. 포크레인이 움직이기 시작하고 있었다.

"네, 미래론 김문깁니다."

그의 목소리는 씩씩하고 활기찼다. 그것은 누가 듣더라도 도심 한 구석 개천변에 쭈그리고 앉아 삼각김밥을 먹은 사내의 목소리라고는 할 수가 없었다.

"저……"

나는 그 오래 전처럼, 머뭇거리는 목소리를 냈다. 그 오래 전처럼, 그의 숨결이 홀연히 사라지기를 기대하며 연기를 하는 것이 아니었다. 냉장고 광고 후, 나는 연기를 할 수 있는 목소리를 잃었다. 내 채널은 한가지로 국한되었고, 그것은 그후 오랜 세월이 지난 뒤에도 역시 마찬가지였다. 나는 단지 그 단독 채널의 주파수로 그에게 말하고 싶을 뿐이었다. 나는 당신의 '너'가 아니지만, 어쩌면 당신의 '너'일지도 몰라요. 만일에 당신이 기억할 수만 있다면 말이지요. 혹시 나를 기억할 수 있나요? 그러나, 내 채널이 다 열리기도 전에 그의 목소리가 먼저, 거침없이 쏟아져나왔다.

"네! 말씀하십시오. 신용보장, 저금리, 원하시는 모든 상품들을 소개해드릴 수 있습니다! 만일에 통화가 불편하시면, 제가 직접 고객님을 찾아뵐 수도 있습니다! 말씀만 하십시오! 돈에 관한 한 불가능은 없다, 미래론의 김문깁니다!"

그는 바로 내 발 아래, 계단의 중간참에 부동자세로 서서, 주먹을 불끈 쥔 채 소리를 질러대고 있었다. 바람에 날아갔던 삼각김밥 포장지가 그의 어깨로 되돌아 날아와 앉았다. 그는 어떤 표정일까. 내가 볼 수 있는 것은 그의 등뿐이었다. 수화기를 잡고 있는 필사적인 주먹, 김밥 포장지가 내려앉아 있는, 곧 부서질 듯 경직된 어깨…… 그리고 전화기 속의 그의 숨소리가 있었다. 숨막히도록 달아오른 그의 숨소리는, 이어폰을 꽂고 듣던 라디오의 헤비메탈처럼, 내 귓바퀴를 지나고 달팽이관을 지나 고막을 찢고 머리의 중심으로까지 쏟아져들어왔다. 전화기를 떼어내지 않으면 또 귀에서 피가 흐를 듯했으나, 전화기는 마치 귀에 철썩 달라붙어버린 것 같았다.

그런데 그것은 무슨 연상작용일까. 나는 왜 느닷없이, 오래 전 이십인치 금성텔레비전이 있던 방이 떠오르는 것일까. 내 어린시절, 그것은 우리가 아직 그다지 가난하지 않았던 시절의 유일한 유품이었다. 사업에 실패한 아버지는 집을 잃고 가재도구를 잃고 명예를 잃고 자존심까지 다 잃은 후 처자식을 이끌고 단칸방과 마루와 부엌이 있는 집으로 이사를 왔는데, 우리들 모두의 짐보따리라는 것이 그 텔레비전보다도 작았다.

아버지는 그 방안에서 생이 다할 때까지, 새로운 사업을 구상하며 살았다. 빛이 들지 않던 그 어둡던 방안에서, 텔레비전은 연속극「새엄마」를,「수사반장」을, 그리고「웃으면 복이 와요」등을 토해냈다. 재기의 시간이 늦어지면서 아버지는 점점 더 말수가 적어지고, 점점 더 엄격하며 무서운 사람이 되어갔다. 텔레비전이 방송되지 않는 낮 동안 나와 형제들은 모두 바깥에서 떠돌았지만 텔레비전이 방영되는 시간에는 그토록 무서운 아버지가 아랫목을 지키고 있어도 방안으로 들어가지 않을 재간이 없었다. 우리는 아버지와 함께,「새엄마」와「수사반장」을 봤고, 웃으면 복이 와요를 보면서는, 그토록 우스운 것을 보면서도「웃지 않는 아버지」를 무시한 채, 방바닥을 떼굴거렸다.

그러나 그 소란 속에서도, 이제 여고생이 된 언니는 유일하게 자신이 차지할 수 있는 공간인 앉은뱅이책상 앞에 앉아 결코 뒤를 돌아보지 않았다. 여고를 졸업한 언니가 친척집으로 옮기고 난 후에는 제대를 하고 돌아온 오빠가 언니의 자리를 차지했고, 언니와 완전히 똑같은 자세로 등을 돌리고 앉아, 고무줄로 친친 동여맨 트랜지스터라디오를 끌어안았다. 그들은 텔레비전의 엄청난 소음과 어린 동생들의 떠드는 소리를 피해 이어폰을 끼지 않으면 안되었는데, 나는 때때로 그들이 이어폰 속으로 완전히 사라져버리는 게 아닌가 여기곤 했다. 그것은 매우 동화적이고, 공포스러우면서도, 달콤한 상상이었다. 이어폰은 거대한 소라였고 언니와 오빠는 그 소라 속의 회전계단을 쫓아 걸어갔다. 세상은 겹겹이, 그리고 은밀히 아름다웠다. 나는 나 또한 언젠가 그들이 걸어갔던 길을 걸어가게 되리라고 생각했다. 그런데 그 소라고둥 속의 세상, 가장 깊은 곳에서 마침내 만나게 되는 것은 무엇일까. 그것은 아마도 소리가 아닐까. 여어, 여어…… 끝없이 울리는 메아리와 여기요, 여기…… 역시 응답하는 메아리.

3

사촌에게서 전화가 걸려온 것은 며칠 뒤의 저녁이었다. 소음이 가득 찬 수화기 속에서 사촌은 자기가 지금 버스터미널에 있다고 말했다. 나는 사촌의 비스듬하게 세워져 있던 손가락을 떠올리며, 어디로 가느냐고 다시 물었다. 사촌은 케냐로 간다고 했고, 나는 잘 갔다오라고 말했다. 그날 저녁 버스를 타고 케냐로 떠난 사촌은 다시는 집으로 돌아오지 않았다. 그리고 이튿날 장교수의 아파트 앞에 이르러 그것이 삼십오층이나 되는 고층아파트라는 것을 알게 되었을 때, 내 몸이 나보다 먼저 흥분을 했다.

장교수의 집은 삼층에 있었기 때문에 나는 굳이 엘리베이터를 기다릴 필요는 없었다. 그러나 계단을 오르기 시작하는 순간, 내 몸은 정지의 습관을 잊어버린 것 같았다. 삼층에 이르러 가까스로 멈추어섰을 때, 몸은 나에 대한 경멸과 분노로 부르르 떠는 듯했다. 오래 전,

내 생의 시간들을 오직 높은 건물의 옥상을 향해 걸어올라가는 것만으로 쓰고 있을 때에도 몸은 나를 그다지 좋아하지 않았다. 몸은 올라가는 것만으로 만족하지 않고 내려가기를 또한 원했던 것이다. 그러나 내려갈 때는 계단이 아니라 허공이었다. 몸은 내게 '비상(飛上)'을 꼬드겼지만, 나는 절대로 속지 않았다. 실업자인 여자가 자신과는 아무 상관도 없는 건물의 옥상에서 뛰어내린다면 그것은 비상이 아니라, 의심할 여지없이 추락이었다. 그랬음에도 나는 때때로 속고 싶었다. 물론 오래 전의 얘기다.

장교수가 외출을 한 뒤, 나는 감시카메라를 피해 아기에게 옷을 입히고 모자를 씌우고 신발을 신겼다. 바람 한점 없이 따뜻한 날씨라는 것은 알고 있었지만, 그래도 혹시 알 수가 없으므로 가벼운 담요도 준비했다. 아이를 외출시키는 일은 고객들이 요구하지 않는 한은, 베이비시터가 마음대로 결정해서는 안되는 일이었다. 부모들에게 세상이란 온갖 사고들과 병균으로 가득 찬 위험하기 짝이 없는 곳인데다가 감시카메라를 설치할 수도 없는 곳이기 때문이었다. 유능한 베이비시터는 부모들의 불안을 이해해야만 했다. 대단히 개방적이고 활달한 부모라고 하더라도, 자신들의 아기가 삼십오층 옥상 위로 외출을 하는 일에 안심을 하지는 않을 터였다.

아무리 걷는 데에는 자신이 있다고 하더라도, 아기를 안고 삼층부터 삼십오층까지 걸어올라가는 일은 쉽지가 않았다. 곧 몸에서 땀이 흘러 축축해졌고, 그 땀이 아이의 가슴까지 적셨다. 아기는 점점 더 내 품을 파고들었다. 나는 아이의 긴장과 불안과 공포를 이해할 수 있었다. 이제 겨우 삼개월 이십오일 동안 세상을 살았을 뿐인 아기는 그야말로 생애 최초로 꼭대기를 향해 올라가는 일을 배우고 있는 것이다. 사실 꼭대기로 올라가는 일은 결코 수월하지 않으며 다리가 덜덜 떨리고 온몸이 축축해지도록 땀을 쏟아내야 하는 고약한 일이기도 하며 어둡고 고독한 통로를 홀로 걸으며 공포와도 싸워야 한다는 것을 아이는 곧 알게 될 것이다. 그것은 섬 그늘에 굴 따러 간 엄마를 기다리는 일만큼이나 고독하고, 배가 고프며 불안한 일임을 아기는 알게 될 것이고, 그것은 아기의 생에 잠재의식이 될 것이며, 그 잠재의식은 감시카메라의 렌즈가 되어 그의 전생을 쫓아다니게 될 것이다. 그러나 안심하렴, 아기야. 너는 숨을 수 있다.

나 역시 숨을 수 있었을 것이다. 그러나 나는 숨지 못했다. 그것은 렌즈의 성능과는 상관이 없다. 나는 사업에 실패한 아버지를 원망할 생각도 없고, 아버지가 세상을 뜨자 파산을 선고하고는 뒤로 나자빠져버린 어머니를 원망할 생각도 없다. 내게 냉장고를 사랑하게 만든 사람들에 대해서도 마찬가지고, 내 목소리를 걸친 채 저만 혼자 스타가 되어 잘먹고 잘살게 된 여배우를 힐난할 생각도 전혀 없다. 그것은 단지 삶을 견디는 방식의 차이일 뿐이다. 다시 태어난다면, 물론 그렇게 되기를 원하는 것은 결코 아니지만, 그래도 운이 나쁘게 다시 태어나게 된다면, 나는 생에 대해서 좀더 뻔뻔스러워질 수 있기를 바랄 뿐이다. 말하자면, 냉장고 광고 섭외가 들어왔을 때 삶에 대해서 그토록 서둘러, 그토록 대단히 고마워할 필요는 없었다는 것이다. 그것 역시 어차피 렌즈의 한 방식일 뿐이었는데.

옥상의 문은 열려 있었다. 뜨겁게 달구어진 시멘트 바닥은 가뭄의 논바닥처럼 쩍쩍 갈라져 있었고, 어느 옥상이나 그런 것처럼, 그 고급 아파트의 옥상 역시 고독하게 황량했다. 햇살이 아기에게는 너무 뜨거웠으므로 그늘 쪽을 찾느라 넓은 옥상을 한바퀴 다 돌아야만 했다.

그러는 동안 나는 그곳에서는 무엇이든지 내려다볼 수 있다는 것을 발견했다. 개천이 보였고, 그 개천 위를 날아다니고 있는 삼각김밥의 비닐포장지가 보였고, 영원히 부재중인 김문기 대리의 더러운 봉고차가 보였고, 그 봉고차가 주차되어 있는 찻집이 보였다. 유쾌한 풍경들이었다. 그 풍경 속에서 김문기 대리는 컴퓨터 모니터 앞에서 얼굴이 달아올라 있고, 나는 전화를 걸고 있고, 사촌을 태운 버스는 아직도 케냐를 향해 달려가는 중이다. 나는 웃음이 터져나올 것만 같았다. 내려다보이는 것 중에는 아기의 정서에 좋은 것들도 없지 않았다. 삼십오층 까마득한 아래에 분홍빛 유모차가 주인을 태우지 않은 채 홀로 서 있는 게 보였다. 그것은 아이의 것과 똑같은 색깔, 똑같은 모양으로 바람과 빛을 막기 위해 비닐덮개가 달려 있는 것이었는데, 마치 유모차 스스로도 바람을 쐬고 숨을 쉬는 일이 필요하다는 것처럼 덮개를 활짝 열어놓고 있었다. 아니다. 자세히 보면, 유모차는 비어 있는 택시처럼 승객을 기다리고 있는 것 같다. 게다가 그 유모차는 김문기 대리의 더러운 봉고차나, 사촌이 타고 있는 고속버스보다 훨씬 품위가 있어 보였고, 무엇보다도 안전해 보였다.

여어!

나는 옥상 턱에 손을 얹고, 바닥을 향해 소리를 질렀다. 내 성대의 좁은 구멍이 열리면서 물고기들이 꼬리를 퍼덕이며 튀어나오기 시작했다. 시커먼 몸통의 장어와 황홀한 은빛의 갈치가, 그리고 옥돔과 등푸른 고등어가 미끄러져나왔다. 여기예요, 여기! 메아리치는 소리로 응답을 하는 것은 분홍빛 유모차다. 유모차는 품을 활짝 열어 물고기들을 받아들이고 있다. 황홀한 풍경이었다. 만일 지금 내가 비상한다면 나는 연어의 몸통을 하고 있지 않겠는가. 옥상의 시멘트 바닥 위에서 발바닥이 간지럼을 타듯 움찔거렸다.

나는 아기를 뜨거운 옥상 위, 그러나 그늘이 시원한 자리에 잠시 내려놓기로 했다. 앞가슴에 추처럼 매달려 있는 아기가 무척 무겁기 때문이었다. 아기는 울지 않았다. 다만 나를 바라보는 눈빛이 사뭇 째려보는 듯할 뿐이었다. 어쩌면 나는 오래 전부터 성우가 아니라 베이비 시터여야만 했을지도 모른다는 생각이 그때 문득 들었다. 그랬다면 나는 냉장고 따위가 아니라 내 아기를 갖고 싶었을 텐데. 그러면 유모차 같은 자궁 속에다가 세상의 모든 물고기들을 키웠을 텐데. 정말로 그랬을 텐데. 메아리에 응답을 할 때조차도 발성(發聲)을 하지 않는, 오직 오만한 눈빛만을 가진, 절대적으로 도도한 물고기들을 말이다.

—『실천문학』 2005년 여름호

슬픔과 환멸의 엑스터시를 넘어

차미령

> 새들은 무리지어 지나가면서 이곳을 무덤으로 덮는다
> 관 뚜껑을 미는 힘으로 나는 하늘을 바라본다
> ──이성복 「아주 흐린 날의 기억」

1

세상사 크고작은 싸움의 정점에 단 한가지 싸움이 있고 그 싸움에 승리함으로써 모든 모순이 해소되리라는 믿음으로 충만하던 시절이 있었다. 그런 믿음으로 엄혹한 시절을 버텨오던 사람들에게 닥친 최대의 위기란 그들을 유토피아로 인도해줄 지도의 분실이 아니라, 어느날 갑자기 묘연해진 적의 행방이 아닐까. 그 많던 적들은 다 어디로 갔나? 이제 와서 궁금한 것은 바로 그 적들의 행방이다. 이긴 것도 아니고 그렇다고 싸움이 끝난 것 같지도 않은데, 무언가 잘못되어가고 있다는 기분 나쁜 예감은 오늘도 계속되고 있는데, 어디를 겨냥해야 할지 오리무중이다. 오래된 지도를 다시 찾아 들춘다고 해서 적들이 친절하게 자신의 좌표를 가리키고 있을 리 만무하다.

부당한 국가권력의 폭력이라는 겨냥해야 할 실체가 명확했을 때와는 달리, 지금은 적의 실체가 잘 보이지 않는다. 잘 보이지 않는 적은 대신 더 간교해졌다. 일찍이 아도르노(T. W. Adorno)가 예견한 바 있듯이, 대중매체가 약속하는 화려한 세계에 묻혀 사람들은 더이상 혁명을 꿈꾸지 않는다. 문화산업을 전위로 삼는 전지구적 자본주의는 최후의 철옹성 같았던 국가들마저 삼켜버리는 와중이다. 그러나 잘 세공된 행복한 허위의식의 반대편에는, 일곱 장의 카드도 모자라 사채까지 빌리려는 사람(「빨간 풍선」)도 있고, 주식을 사고 부동산 정보를 모으느라 현실의 가족과는 담을 쌓은 사람(「짧은 여행」)도 있고, 쫓겨온 먼 이국땅의 음습한 공간에서 약물에 의지해 고통을 잊으려는 사람(「감옥의 뜰」)도 있다. 어떤 의미에서 이들은 현대판 사형수이거나, 현대판 망명객이지는 않은지.

「바다와 나비」에서, 몸통만 남아 허우적대는 나비의 날개 없는 날갯짓이 말해주고 있는 것, 그리고 그 깊은 수심도 알지 못한 채 이제 막 바다로 날아가려는 또 한 마리의 나비가 말해주고 있는 것은 바로 그런 현재의 핍진한 초상일진대, 이 두 나비의 시련에 이르기까지는 좀 우회할 필요가 있을 듯하다.

2

『그 여자의 자서전』에 수록된 소설들을 지배하는 정서는 우울이다.

말할 것도 없이 이 도저한 우울은 상실로부터 온 것이다. 그렇다면 무엇이 상실되었나. 김인숙의 소설에서 상실된 대상으로 먼저 지목되는 것은 과거의 한 시절이다. "내 인생의 절정기"(「밤의 고속도로」), "생의 기쁜 순간"(「모텔 알프스」), "기억할 수도 없는 오래 전의 한때"(「빨간 풍선」) 등으로 묘사되는 그 시절들은 모두, 행복한 미래를 예감하고 꿈을 품을 수 있었던 청년시절이라는 점에서 공통적이다. 이렇게 아름다울 수 있었던 옛날에 비하자면 인물들의 현재는 너무나 왜소해서, 그 시절로의 회억(回憶)은 기쁨이 아니라, 돌이킬 수 없기에 고통이다. 다시 한번 인생의 절정이 가능하리라고 생각하지 않는 이들이, 현실 속의 자신을 비루하다고 느끼면 느낄수록 반대편에 놓인 과거의 꿈은 환상적으로 조명된다. "잘 꾸며진 거실, 올망졸망한 아이들, 따듯하고 풍요로운 밤, 어린 계집아이가 치는 피아노 소리…… 그런 것들을 떠올리는 가슴이 마구 저려온다"(「밤의 고속도로」 156면)는 한 남자의 고백에서 엿보이듯, 그들의 초라한 현재는 이루지 못한 꿈에 대한 회한으로 가득하다. 이같은 심리의 한편에 보잘것없는 현재를 예상치 못했던 과거에 대한 원망도 어느정도 따르지 않을 수 없겠다. 환상이 깨어진 후 참담한 현실이 오리라고는 "생각지도 못한" 자기 자신에 대한 원망 말이다.

인생의 절정기를 지나 이제는 자신의 존재조차 희미해져버린 이들. 그러나 이들은 결코 잘산다고 할 수 없지만 먹고살 수 있는 직업이 있고, 더이상 젊다고 할 수 없지만 그렇다고 완전히 늙지도 않았다. 요컨대 그들은 "여전히 무사"하다. 그러나 그 무사함은 생과의 전의(戰意)를 상실함으로써 얻어진 그런 종류의 무사(無事)에 가깝기에, 가슴 깊은 곳 비애의 목록만 늘려갈 뿐이다. 최소한 십년 전만해도, 김인숙의 인물들은 그렇지 않았다. 그들은 싸우고자 하는 의욕을 가지고 있었다. 특히 김인숙이 창조해낸 아내들은, 남편과 싸움으로써 사랑을 이어갈 수 있다고 믿는 존재들이었다. 가령, 김인숙이 "그와 내가 여자와 남자 사이로서가 아니라 부부의 한쪽과 한쪽으로 살아가기 위해, 나는 내 가슴의 피를 흘리며 싸울 것이다. 나는 절대로 양보하지 않을 것이며 내 인생의 완성이 그의 인생을 더불어 완성시킬 것이라고, 그렇게 기고만장한 믿음을 갖기로 할 것이다."(「칼날과 사랑」, 『칼날과 사랑』 창작과비평사 1993, 61면)라고 쓸 때, 그녀는 부정성과 싸움으로써 미래를 전망할 수 있으며 그것은 가정이라는 공간 속 남편도 예외로 할 수 없다는 믿음을, 그리고 그 싸움이 부부의 사랑을 완성시켜 주리라는 확신을 천명하고 있었다. 그런데 십년이란 짧지 않은 세월이 흐른 뒤 '기고만장한 믿음'은, 그 기고만장이 과연 기고만장한 것에 불과했음을 증명이라도 하듯, 쓸쓸한 연민만을 남겨놓고 조용히 자취를 감추었다. 남편을 움직일 수조차 없는 불구로 설정해놓은 「모텔 알프스」가 극명하게 보여주는 것처럼, 김인숙의 아내들은 남편에게 도저히 전의를 가지려고 해야 가질 수 없는 지경에 이르렀다. 그리고 당연히 전의가 없다면, 사랑도 가능하지 않다.

그러나 그녀를 바라보는 시선은 어디에도 없었다. 다만 벽거울 속에 이제 막 잠에서 깨어나 어리둥절하여 눈을 휘둥그레 뜬 한 여인의 모습이 있을 뿐이었다. 바로 그 여자가 그녀를 보고 있고, 또 누군가가 그 여자를 보고 있다. 윤은 그 시선의 집요함을 안다. 남편에게 기적 같은 것은 없음을 인정한 이후, 그 시선은 단 한순간도 그녀를 놓아준 적이 없었다. (「모텔 알프스」 198면)

"살아 있는 몸을 잃어버린" 남편 앞에서 "살아 있는 몸뿐"인 「모텔 알프스」의 화자 윤은, 육체에 대한 환멸과, 육체가 없어지면서 함께 자취를 감춘 사랑에 대한 환멸로 절망한다. 그러나, 오해가 있을 수 있겠다. 윤이 그렇다고 싸우지 않는 것은 아니기 때문이다. 김인숙의 인물들에게 싸움의 끝이란 곧 생의 끝이다. 윤은 '오로지' 살기 위해서, 불구가 된 남편 대신 시어머니와 싸운다. 그것도 머리카락을 쥐어뜯으며. 싸우면서, 그녀는 그 순간에만 살아 있다고 느낀다. 그러나 시어머니와의 거센 드잡이는 부정적인 타자와의 싸움이라기보다는 "회복할 수 없는 불행"으로부터 도망치려는 자신의 충동을 묶고 삶을 그 불행의 자리에 영원히 못박으려는 그녀 자신과의 싸움에 다름 아닌바, 소설에 종종 등장하는 불가능한 시선, 벗어나고 싶다는 유혹을 느낄 때면 여지없이 어디선가 느껴지는, 때로는 시어머니의 시선으로 또 때로는 "가슴을 베어내는 듯한" 고양이의 시선으로 둔갑하기도 하는 그 시선 역시 기실 그 누구도 아닌 그녀 자신의 것이다. 결국 그 모든 환멸과 분노, 절망을 접어두고 사랑했던 순간을 "네 생의 끝까지 갈 기억"이라고 정리하는 윤을 만나게 되는 것은 그러므로 그리 이상한 일은 아니지만, 암담하다. 그녀가 어쩌면 '생의 끝까지' 절망과 환멸을 반복하며 살아가리라는 막막한 예감 때문이다. 그런가 하면,

　냉장고는 내 이빨 중에서도, 가장 가혹한 통증을 선사하면서 이뿌리를 잇몸 전체에 심어놓은, 거대한 사랑니였다. '갖고 싶어요'라는 말을 나보다 더 잘할 수 있는 사람은 세상에 아무도 없었다. 단지 그 말만으로 세상에서 가장 좋은 냉장고를 떠올리게 만들 수 있는 사람도 나 이외에는 없었

다. 그러나 그뿐이었다. 내 채널은 그것 하나로 고정이 되어버렸던 것이다. 채널을 하나밖에 갖지 못한 라디오는, 선배들의 말처럼, 끝장이었다.

(「빨간 풍선」 234면)

「빨간 풍선」이 기록하는 것은 "생의 채널"이 단 하나로 고정된 후 추락하는 스산한 삶의 풍경이다. 「빨간 풍선」의 화자 '나'는 자신을 한때 유명인으로 만들어주었던 텔레비전 광고를 잊지 못한다. 그 광고를 잊지 못해서 "끝장"이 왔다,고 생각하기 때문에 그녀에게 그것은 더욱더 잊기 어려운 것이 된다. "가장 가혹한 통증"에도 불구하고 "잇몸 전체"에 심어져 있어 뽑을 수조차 없는 저 "거대한 사랑니"의 이미지. 어떤 과거의 기억은 이후의 인생에서 아무 쓸모도 없는 것, 차라리 그것은 한줌의 환상만을 남기고 고통과 상처로 삶을 온통 얼룩지게 만들어버리는 그런 몹쓸 것이지만 그럼에도, 그 한때의 기억이 자신의 삶에서 뽑혀지는 순간 삶 전체가 붕괴하리라는 직관을 김인숙의 인물들은 가지고 있다. 삶을 지배하는 이러한 잠재의식은, 현재 베이비시터인 '나'를 감시하는 "카메라의 렌즈"처럼 그 위치가 확인되기만 하면 이로부터 피할 수 있다는 것을 '나' 또한 경험으로 알지만 그러나 그녀는 그 뒤편으로 숨지 못한다. 아니, 그러지 않는다.

김인숙 소설에서, 한때의 과거는 아름답다. "휘파람을 불지 마, 그건 너무 쓸쓸해. 촛불을 끄지 마, 어두운 건 싫어"로 시작되는 라디오 드라마 '빨간 풍선'의 주제음악처럼(「빨간 풍선」), 혹은 몸속 어딘가에 붙어 자신을 간지럽게 만드는 '복숭아 솜털'처럼(「모텔 알프스」) 그것은 낭만적이면서 또한, 감상적이다. 김인숙의 인물들은 자신에게 "남아 있는 유일한 낭만"(「숨은 샘」)을 지키기 위해 안간힘을 쓰는 만큼이나,

"감상에 빠지지 않기 위해"(『그 여자의 자서전』) 악착같이 이를 악물지만, 과거에 대한 낭만적 집착과 그것이 불러일으키는 감상에 대한 이들의 의식적인 거리두기가 뜻대로 잘 이루어지는 것은 아니다. 감상에 빠지지 않으려는 순간이 대개 그들이 이미 감상 속에 있는 순간이기도 하거니와, 이제는 그 감상만이 생에 대한 낭만적 기대가 여지없이 무너져버린 현실을 버티게 하는 유일한 힘이기도 하기 때문이다. 과거의 압박에서 벗어나고자 해도 결코 벗어날 수 없는 그런 삶을 그들은 그저 견디고 있다. 한편으론 스스로 정초한 윤리이기도 하고 또 한편으론 가혹한 저주이기도 한 그런 삶을. 언제나 어떤 날의 '후일(後日)'로만 기록될 뿐인 그런 삶을.

3

'후일담'이란 말 속에는 어쩔 수 없이, 그 말이 가리키는 대상과 무관하게, 이미 모든 것은 다 끝나버렸다는 부정적인 뉘앙스가 숨어 있다. 좀더 정확히 말하자면 어떤 종류의 글쓰기에 쉽게 따라붙는 '후일담'이라 하는 꼬리표가 과연 적확한 것인지부터 반성해야 할 일이지만, 현재의 어느 싯점이건 그것이 과거 어느 싯점의 후일일 수밖에 없는 숙명을 안고 사는 한 '세대'가 있음을 부인하기란 어렵다. 전전(戰前)세대가 아무리 시간이 흐른들 결코 전후(戰後)세대가 될 수 없듯이, 특정한 시기에 특정한 사회역사적 격변을 그것도 특정한 연령대에 함께 겪은 세대의 글쓰기에서는, 그것이 언제 누군가에 의해 씌어졌건 상관없이, 그들의 운명을 결정지은 시대의 흔적이 묻어난다. 그리고 대개 그 흔적 속에는 지난 시간에도 불구하고 아직도 말해지지 않은 부분, 끊임없이 상징화를 요구하는 어떤 부채가 숨어 있기 마련이다. 이를테면 "감옥에 가는 사람이 있었고, 최루탄과 맞서 돌을 던지는 사람이 있었고, 밤마다 학교 앞 술집에서 울음을 터뜨리는 사람들이 있었던 시절"에 "오로지 도서관만을 지켰던 학구파"(「숨은 샘」)의 아무도 알아주지 않는 고통 같은 것 말이다.

「숨은 샘」은 십칠년 만에 다시 만난 한 동창생에 관한 이야기이자, 오랫동안 소중하게 간직해온 낭만적 꿈이 참담하게 훼손되는 이야기다. 소설의 핵심은 이영호라는 인물이다. 그는 엄혹한 시절에 도서관에만 틀어박혀 있어 '우리'에게 소외된 존재였으나 그에 대한 '나'만의 반짝이는 기억의 몇장면은 '나'로 하여금 그를 "우연한 날, 우연한 시간"에 다시 만나기를 지금껏 기대하게 만들어왔다. 이영호는 말하자면 '나'에게는, 아무도 발견하지 못한 '숨은 샘'과 같은 존재였으며, 그와의 재회를 향한 '나'의 낭만적 기대는 '나'만이 쉬고 갈 수 있는 마음속 '숨은 샘'이었던 것이다. 최소한, 서로가 서로의 존재를 확인하는 것이 민망한 중년의 보험외판원으로, 모든 사람들에게 환영받지 못하는 그런 사람으로 그가, 긴 세월의 지층을 뚫고 다시 나타나기 전까지는.

예전의 운동권이었던 사회부 기자는 예전의 학구파였던 그를 취재했다. 당시 동창들은 모일 때마다, 그때 그들이 그려냈을 풍경을 화제로 삼곤 했다. 그때마다 우리 모두는 무언가 쓴 것을 한움큼 삼킨 듯한 표정이었다. 우리들에게 지나갔던 것, 지나갔다고 믿었던 것이 갑자기 쓰디쓴 알약이 되어서 목젖에 걸렸다. (「숨은 샘」 47~48면)

대학시절 거리에 함께 있지 않았다는 사실이 고통스러웠던 이영호는 졸업 후 십년 뒤 공기업 파업의 선봉에 서지만 그는 그 "화려한 시절"의 일로 인해 바닥이 보이지 않는 몰락의 길을 걷고야 만다. 한때의 우등생에게 그것은 인생을 완전히 망가뜨리는 힘든 시련이었을 것이다. 그러나 그의 파업 장면을 보고 느꼈던 양심의 가책은 까맣게 잊어버린 그의 동창들은 보험외판원으로 나타난 그의 뜻밖의 등장에 당혹해하고, 그들과는 달리 이영호에게 연민을 품고 있었던 '나'는 "지나갔다고 믿었던 것"이 누군가에게는 생생한 현재로 살아 있음을 알려주었던 그의 파업참여를 쓸쓸한 어조로 재정의하기에 이른다. "잘못된 일을 복구하기에는 이미 늦어버린 나이에, 너무 멀리 뛰어버린 것"이라고. '나'에게 인정머리 없는 동창들보다 더 곤혹스러운 대상은 '나'가 보기에 너무나 뒤늦게 낭만 속으로 뛰어들었다가 모든 것을 잃고 만 이영호, '멀리뛰기'란 청춘의 한때에만 아름다울 수 있는 그런 종류의 것임을 상기하게 한 이영호다.

「숨은 샘」에 따르자면, 기억이란 "때묻고 더럽혀진 채 쌓여가는 것"이다. 이렇듯 기억이 얼룩지는 과정은 인물이 지녀온 도덕률이 현실로 인해 훼손되어가는 과정과 맞물린다. '나'에게 뼈아픈 것은 현실논리에 패배한 자가 주위 사람들에게 비도덕적인 인간으로 비난받게 되는 전도(顚倒)이자, 낭만이 물러난 자리를 메우는 현실의 섬뜩함이다. 그렇다면 김인숙 소설에서는 현실에 충실한 인물들만이 환영받는가. 그렇지는 않다. '깔고 있던' 부동산으로 갑작스럽게 부를 누리게 된, 현실에서 성공한 동창 남창호 역시 이영호처럼 무리로부터 배척당한다. 하지만 이를 자본주의에 대해 열심히 학습하고 또 열렬히 저항했던 이 세대 특유의 도덕률의 발현으로 보기에는 무리가 따른다.

그전에 먼저 자신은 가지지 못한 것을 가진 자에 대한 속물적인 질투가 읽혀지기 때문이다. 말하자면 「숨은 샘」에서는 내면화된 도덕률과 현실 사이의 긴장 관계보다는 현실의 패배가 불러일으키는 회한이 더 중요하다 하겠는데, 이와는 달리 인물의 내면이 겪게 되는 도덕과 현실 사이의 갈등이 서사의 중심에 놓여 있는 소설이 표제작인 「그 여자의 자서전」이다.

「그 여자의 자서전」에서 이호갑의 자서전 대필을 맡게 된 작가 '나'가 도저히 쓸 수 없어하는 대목은 이 졸부가 선거 출마를 위해 꼭 필요하다고 생각하는 '민주주의에 대한 기여'와 관련된 내용이다. "시대는 변했고, 이제 변화한 시대의 이력서에는 과거의 운동경력이 명문대학의 졸업장만큼이나 필수적인 것"이 되었다고 '나'는 냉소적으로 되뇌어 보지만, 정작 자신이 하는 일을 스스로에게 납득시킬 수 없어 갈등한다. 모멸감 속에서도 '돈' 때문에 일을 승낙할 수밖에 없었던 '나'의 번민은 이호갑 전처의 전화로 인해 극대화된다. "돈 몇푼에 그런 인간의 전기를 쓰겠다고 나서다니, 부끄럽지도 않아?" 자서전 대필이 "애초부터 쓰고 싶은 글을 쓰기 위한 매문"이라고 자신을 위로했지만, '나'가 맡은 일은 알고 보니, 부르주아이되 그저 부르주아가 아니라 '더러운' 부르주아의 인생을 각색해 주는 그런 일이었던 것이다. "내게는 그의 진실을 감당할 이유 같은 건 없다"는 거듭되는 확인으로 더 선명해지는 것은 '나' 자신의 견딜 수 없는 수치감이다.

이러한 수치감은 그러나, 부도덕한 부에 대한 비난과 반성적 각성이라는 상식적 결말로 수렴되고 있지는 않다. 김인숙은 이호갑의 세계 바로 맞은편에 오빠의 세계를 배치함으로서 '나'의 내면의 복잡한 지형도를 드러낸다. 위인전 속 인물처럼 되라는 아버지의 바람대로 정직하게 살아 인생이 '가난한 정답'으로 가득 찬 '나'의 오빠. 그러나 '나'는 아버지가 위인전을 보여주며 아들이 깨치기를 바란 것도 결국 위인들의 훌륭한 삶이 아니라 그들이 거머쥐었던 "명예, 출세, 돈"이 었다고 생각하며, 그 사실을 몰랐고 그래서 가족의 삶을 갑갑하게 만든 오빠를, 한편으론 비난하고 한편으로 연민한다. 지면 가득 배어나오는 오빠에 대한 연민은 "팔리는 소설 따위에는 관심이 없었"으나 결국 소설을 쓰기 위해 매문을 하고 있는 '나' 곧, 자신의 도덕률을 지키기 위해서 현실과 타협해야 하는 모순 속의 자신에 대한 연민이기도 할 터이다.

4

　그것이 '정답'이라고 생각하면서도, '가난한'이란 수식이 붙은 정답을 「그 여자의 자서전」의 '나'가 차마 받아들일 수 없는 것은, '가난'하더라도 자신의 '정답' 정도는 굳건히 지키게끔 하는 최후의 방어막이 현재의 상황에서 더이상 가능하지 않다는 사실과 그리 무관하지 않을 것이다. 이런 각도에서 '나'의 의식세계보다 더 흥미로운 것은 그녀의 몸에 각인된 습관이다. 의식이 아무리 바뀌어도 몸에 붙은 습속은 쉽게 변하지 않으며, 의식이 아무리 부인하려 해도 몸은 의식이 거부하는 변화를 재빨리 흡수한다. '나'는, 아버지의 서재에서 빛나던 문학 전집까지를 쎄일하는 홈쇼핑의 왕성한 식욕에 거부감을 느끼지만, 글을 쓸 때의 '나'에게는 등 뒤에서 울려오는 홈쇼핑 광고가 가장 안온한 소음이며, '나'는 그 소음에 기대어 글을 쓰다가도 미친 듯이 충동

구매에 빠져든다. 자본력과 테크놀로지로 무장한 채, 일상의 모든 영역에 전방위적으로 침투하는 후기자본주의의 전략으로부터 자유로울 수 있는 사람은 아마 없을 것이다. 그러나 「그 여자의 자서전」의 주인공보다 더한 남자들이 있다. 그들은 지금 심각하다. 그 남자들은, "숫자와 싸우느라 현실의 말에 대해서는 무감각"(「짧은 여행」)해진 "한 덩어리 죽은 살점"(「바다와 나비」)에 불과하며, "아무것도 생각하지 않는 표정"(「바다와 나비」)이나 "도무지 모르겠다는 표정"(「짧은 여행」)을 겨우 지을 수 있을 뿐이다. 그렇다면 이 남자들을 이토록 허깨비로 만든 것, 아내들을 먼 이국땅까지 도망하게 한, 더 정확히 말해 그녀들에게서 남편들을 빼앗아간 그 어떤 것은 무엇인가. 거대한 체제의 부속품으로 자신을 소모하게 하고, 그 소모가 무엇을 위한 것이고 어디를 향한 것인지조차 망각하게 만드는 "지랄 같은" 생존의 장. 남자들을 모조리 불구로 만들어버리는 이 땅의 현실에 대한 고찰은 흥미롭게도, 「짧은 여행」「바다와 나비」「감옥의 뜰」에서 볼 수 있듯이 주로 해외를 배경으로 이루어지고 있다.

『그 여자의 자서전』에서 아마도 가장 감동적인 작품일 것이라 여겨지는 「바다와 나비」와 「감옥의 뜰」이 소설적 공간으로 채택하고 있는 곳은 중국이다. 이국이 배경이 된 것은 어제 오늘 일이 아니므로, 소설 공간의 영역 확장이라는 측면에서 이는 그리 주목할 만한 현상이 아닌지도 모른다. 그러나 근래에 『랍스터를 먹는 시간』(창비 2003)의 방현석이 베트남으로, 『별들의 들판』(창비 2004)의 공지영이 독일로, 그리고 이제 김인숙이 중국으로 시선을 돌리고 있다는 사실은, 이들이 모두 이른바 386세대의 핵심적인 작가라는 점에서 주목해봄 직하다. 여기서 놓치지 말아야 할 것은, 현재의 세계에 대한 깊이 있는 통찰 없이 과거에 대한 열망만으로 소설은 씌어질 수 없다는 사실이다. 고착이라는 불유쾌한 함정을 피해가는 것은 현재를 놓치지 않는 작가의 예민한 눈이다. 김인숙이 누구보다도 역량있는 작가임이 드러나는 것도 이 대목이다.

김인숙에게 중국은, "청춘에 순결한 믿음과 희망만이 불길처럼 타오르고 있을 때, 우리는 암호를 대고서야 들어갈 수 있는 밀실에서 중국혁명사를 공부했다"(「바다와 나비」)는 회상이 가능한 나라이며, 또 그런 회상을 소설화할 수 있는 세대는 김인숙의 세대밖에 없을 터이다. 그러나, 김인숙이 바라보는 현재의 중국은, "빠른 것, 간단한 것, 포장된 환상, 결국 자본주의적인 것"(「바다와 나비」)의 대명사인 마이땅라오(맥도널드)가 젊은이들의 식성을 장악해가는 곳이며, 한국행 비자를 얻기 위해 자신의 어린 몸을 담보해야만 하는 이십오세 조선족 처녀가 사는 곳이다. 더욱이 한국의 중년 남성 여행객들에게 중국은, "하얼삔이든 빼이징이든 혹은 저 아래 항주와 소주든, 그것이 여행지인 한 다를 것이 없"(「감옥의 뜰」)는, 731부대의 유적지나 여순감옥보다 하룻밤의 룸싸롱이 "본게임"인, 그런 곳으로 탈바꿈해버렸다. 김인숙의 소설 세계에 중국이 의미 있는 공간으로 편입된 것은 그러므로, 그곳에 과거의 이상을 확인시켜줄 만한 무언가가 여전히 숨쉬고 있어서가 아니라 그것과는 반대로, 중국 역시도 "조국이니 국적이니 하는 말"보다 '돈'이 우선인, "돈밖에는 믿을 게 없게 된" 곳으로 변모했기 때문이다. 그것이 바로 중국, 김인숙이 파악하는 현재의 중국이다. 이념이 사라진 자리를 잽싸게 파고드는 것은 초국가적 자본이고, 전지구적 후기 자본주의가 유포하는 환상의 유혹적인 불빛을 따라 사람들은 부나비가 되어 날아들고, 또 날아간다. 그리고 그 대열 속에 끼어 지금,

그러나 나는 다시 한발을 더 앞으로 옮겼고, 순간 진저리를 치고 말았다. 나는 그때 나비의 날개 아래로 뚝뚝 듣고 있는 물방울을 보았던 것이다. 그건 바닷물이었다. 바닷물을 뚝뚝 흘리고 있는 나비는 날개가 젖고, 젖다못해 갈기갈기 찢겨져 있었다. 나비의 지친 숨소리와, 한 목숨쯤은 족히 다 절여버릴 만큼 짠 소금냄새가 내 가슴속으로 쏟아져들어왔다. (「바다와 나비」 98~99면)

행복해지기를 바라는, 또 그럴 수 있다고 믿는 「바다와 나비」의 조선족 처녀 채금이 나비가 되어 저 바다를 건너려고 한다. 아무도 지원하려 하지 않는 한국의 힘겹고 고단한 일자리를 메운 채금의 어머니가 그러하듯, 채금 역시 불평등한 국제 노동 분업의 이름 없는 부속품의 하나로 서서히 스러져갈 것이다. 행복할 수 있다고 굳건히 믿는 채금의 소망과는 딴판일 그녀의 불행한 미래를 아마도 화자는 잘 알 것이다. 채금이 건너려는 바다는 자신의 남편의 날개를 훔쳐간 바다이기도 하기 때문에. '나'의 남편은 삼년간의 실업 후 겨우 재취업하지만, 자존심을 모두 앗아간 삼년이라는 시간이 흐른 후의 그는, "그 자신조차도 본인이 울고 있는 이유를 알지 못하는" 허깨비 같은 존재가 되어버렸다. 그런 남편을 떠나 중국으로 온 '나'는 그녀 역시 바다를 한번 건너고 나서야, 바다를 건너는 나비의 모습에서 남편의 고통을 되짚어보게 된다. 바닷물에 날개가 젖은 나비는, 날개가 찢기어도, 그 사실조차 모른 채 남은 몸통만으로도 날갯짓을 계속해야 한다. 나비의 이 날개 없는 날갯짓은 더이상 바다를 건너기 위한 것이 아니라, 바다에 빠져 죽지 않기 위한 애처로운 관성의 몸부림이다. 바다를 건너려고 작정한 이상 나비에게 가능한 현실은 단 하나, 죽음밖에는 없다. 그럼에도 이제는 안전한 육지로 회귀할 수조차 없는 이 나비의 비극은,

눈물을 거두어버린 한쪽 눈은 이제 한사람의 죽음 이외에는 더이상 아무것도 보려고 하지 않으리라는 것을, 또한 기억하지 않으리라는 것을. 그러나 남아 있는 눈은, 눈물을 거두어버린 눈이 마지막으로 보았던 것보다 더 흉하고 끔찍한 것들을 평생 목격하게 되리라. 한쪽 눈의 마지막 기억을 비웃으면서, 더 많은 것, 더 지독한 것들을 담아내리라. (「바다와 나비」 86면)

저 전율 이는 노인의 독백에 이르러 존재론적 차원으로 훌쩍 승화되어버린다. 그것은 소설의 표현을 빌자면 "지랄 같은 나라에서 밥 벌어 먹고 산다는 것"의 차원에서 "산다는 건 정말 지랄 같은 일"의 차원으로 이월하는 것이다. 채금의 아버지에게 삶은 "죽음보다 더한 것"이다. 그에 따르자면 산다는 것은 곧, 죽는다면 보지 않아도 될 것들, 더 흉하고, 더 끔찍하고, 더 지독한 것들을 남김없이, 아주 천천히, 아주 오래 보아야 한다는 것에 다름 아니다. 소설 전체를 압도하는 노인의 비관적 세계관은 그 자체로 인간의 삶에 대한 하나의 깊이 있는 통찰이지만, 현실의 구체적 문제들과 마주하게 될 그의 딸 채금에게 들려주기에는 가혹한 것이기도 하다. 그러한 비관주의는 현실의 이런저런 괴로움을 완전히 초월해버린 무욕(無慾)의 경지를 마침내 요구하게 될 것이기 때문에, 그 무욕의 상태를 일컫는 다른 이름은 완전한 소멸 곧, 죽음이기 때문에. 중국을 무대로 하는 또다른 작품인 「감옥의 뜰」이 서사의 중심에 놓고 있는 것은 바로 그 '소멸'이다.

「감옥의 뜰」은 "한 여자의 육체가 불속에서 소멸해버린 날"을 기점으로 그녀를 사랑했던 한 남자가 그녀에게 마지막 '작별인사'를 하는 이틀간을 담담하게 보여준다. 사랑하는 여인에 대한 애틋한 마음과 그녀가 소멸해가는 순간을 곁에서 지켜보지 못했다는 죄책감으로 괴로워하는 규상은 서른다섯에 주식으로 집을 통째로 날렸으며, 서른일곱에는 이혼을 당하고 중국으로 건너와, 관광업을 하는 형을 대신해 술을 마시고 여자를 산다. 규상은 "무언가를 잃어버리기에도 속절없이 어져버린 시간들"을 그저 흘려보내고 있다. 그와는 반대로 한국의 남편을 떠나 중국으로 온 여자 화선은, 낯선 땅에 적응하기 위해 부지런히 노력하며 매순간을 치열하게 살았지만, 규상이 보기에는 엉망진창으로 사는 그나 그렇지 않았던 그녀 모두 "삶의 물결이 밀어낸 생의 가장자리에서 만난 사람들"일 뿐이다. 규상에게 생은, 그 찬란한 정점의 순간에 박제되어야 마땅한 것이었으나, 그들은 '불행하게도' 죽지 않고 살아 있고 이제 남은 것은, 그것이 어느 때이건 생의 정점에서 죽지 못했다는 "원통함"뿐이다. 자신들을 "아무도 기억하지 않을" 것이라 말하던 화선마저도 불 속으로 완전히 자취를 감춰버린 후, 냉소적이던 규상의 몸과 마음을 지배하는 것은 그 깊이를 측정할 수 없을 정도의 슬픔과 환멸이다. 그리고 마침내 그 "슬픔과 환멸까지가 엑스터시"가 되는 순간이 온다.

그는 여순에서 보았던 사형대 밑의 어두운 통을 떠올렸다. 화선처럼 다 타올라 사라져버리지도 못한 그의 몸은, 어느날 언젠가에 이르면, 그와 같은 통 속에 담겨 폐기되어버릴 것이다. 생은 향기롭게 썩어가는 흙이어야 했으나 그의 흙은 이미 메말라버렸다. 그러나 맹렬하게 머리를 흔들고 있

는 그 순간, 그에게는 슬픔과 환멸까지가 엑스터시다. (…) 화선아…… 그
는 다시 그녀의 이름을 부른다. 나는 네 몸이 썩어가는 것도, 타오르는 것
도 보지 못했다. 미안하다, 화선아. 미안하다…… (「감옥의 뜰」 129면)

생에 대한 슬픔과 환멸은 김인숙의 이번 소설집을 관통하는 주제
다. 작가는 가장 황량한 자리에, 이를테면, "생에 대한 경멸조차도 속
절없어져버린" 그런 자리에 자신의 인물들을 데려다 놓는다. 생에 대
한 아무런 희망도 가지고 있지 않은 인물들이 직조해내는 쓸쓸한 내
면 풍경을 보는 것은 고통스럽다. 「감옥의 뜰」의 규상이 룸싸롱의 빈
방에서 약에 취해 연출하는 저 장면은, 그 고통의 절정이다. 그리고
이제 남은 길은 두 가지다. 하나는, 저 바닥까지 내려가, 규상이 시도
하듯이 슬픔과 환멸까지를 끌어안고 자기를 망각해버리는 것. 그러나
이 길은 끊임없이 현실의 문제를 포착하고 이와 대결하려는 작가에게
는 아직은 어울리지 않는다. 작가는 한편으로는 이러한 비관주의에
끌리면서도, 다른 한편으로는 그럴 수 없다는 것을 은연중 인식하고
있는 듯하다. 물론 그것이 낙관적 전망으로 드러나는 것은 아니다. 하
지만, 김인숙이 예컨대 「바다와 나비」의 '나'나, 「감옥의 뜰」의 규상
으로 하여금 다음과 같이 말하게 할 때,

내가 그에게 원했던 것, 내가 내 삶에 대해 원했던 것, 세월이 흐를수록
배반만 더해지던 내 삶의 욕망에 내가 무릎을 꿇지 못했다는 것…… (「바
다와 나비」 96면)

고백하건대, 그 어느 쪽도 포기가 안되었던 것이다. 불가능을 인정한다

는 것과 포기한다는 것은 완전히 다른 성질의 문제였다. 이렇게 끝낼 거라 구? 이렇게 아무것도 아닌 상태에서? 이렇게? (「감옥의 뜰」 127~28면)

현실의 어떠한 패배에도 도저히 포기할 수 없는 욕망이 여전히 그들 속에서 꿈틀대고 있음을, 그들을 저토록 괴롭게 만든 것은 패배한 자신의 인생이나 혹은 정점의 순간에 생을 끝내지 못했다는 환멸이 아니라, 그럼에도 도저히 포기할 수 없는 끈질긴 마지막 희망 때문임을, 그리고 바로 그것이 그들을 저 먼 이국땅까지 가게 했음을, 그녀는 보여주고 싶었던 것이 아닐까. 「바다와 나비」의 노인과, 그들의 결정적 차이는 그것이다. 완전한 무욕의 상태는 그들에게 아직 오지 않았다는 것, 그들에게는 여전히 자신의 욕망과 전투하며 치러야 할 생이 남았다는 것. 그러나 그 생은 물론, 그들의 세계를 떠받쳐주던 환상이 모두 소멸한 생이다. 그들은 더이상 어떤 것에도 미혹되지 않으며, 환상의 자리 또한 비워버렸다. 그렇다면 지금껏 그 자리를 차지하고 있던 아름다운 꿈이란 무엇인가. 때로는 이념이 약속하는 빛나는 이상이기도 했고, 때로는 후기자본주의가 유혹하는 안온한 삶이기도 했고, 또 때로는 젊음이 담보하는 살아 움직이는 육체이기도 했던 그 자리, 이제 김인숙에게 그 자리는 비어 있다.

이 비어 있는 자리 앞에서, 다시 나는 생각한다. 김인숙이 다다른 깊이는 나로서는 아득하기도 하고 아프기도 한 그런 것이다. 아니, 어쩌면 나는, 그녀가 작가이기에, 예술가이기에, 그녀의 소설 속 한 화자가 바랐듯이, 악착같이 잡고 놓아주지 않으려는 인연의 끈들을 다 물리치고 "단 한번만이라도 바닥을 쳐"(「짧은 여행」)보라고 말하고 싶은지도 모른다. 그러나 그것은 너무 잔인하지 않은가. 단 한조각의 희망도 욕망도 허락되지 않는 그곳까지 한번 내려가보라고, 그리고 그곳의 풍경을 쓰라고 말하는 것은 너무 잔인하다. 나는 이 작가에게 꿈과 이상과 욕망과 생이 빠져나가고 남은 빈자리가 악몽이기를 원치 않는다. 하지만 그 빈자리를 다시 새로운 그 무엇으로 채워야 한다고 역시 말하고 싶지 않다. 대신 여기서는, 김인숙의 인물들에게 이렇게 끝낼 수는 없다는 한움큼의 의지가 슬픔과 환멸이라는 베일 아래 감추어져 있다는 사실만을 지적해두기로 하자. 지금이 어떤 날의 후일인 그런 후일이 아니라, 진정 다가올 미래, 아직 도래하지 않은 후일을 위하여. '안녕하세요'를 몇번씩이나 쓰며 서툴지만 새로운 날들을 꿈꾸는 이십오세 채금의 앞날을 위하여…… 관 뚜껑 같은 현실의 답답함을 미는 마지막 안간힘이 남아 있는 한, 우리 모두는 이십오세인지도 모른다. 그리고 그런 한, 나비에게는 여전히 바다를, 아니 바다 바깥마저를, 꿈꿀 권리가 있는 것이리라.

車美怜 | 문학평론가

작가의 말

    책꽂이에 꽂힌 오래된 책을 꺼내본다. 벌써 26년 전에 출간된, 그리고 그보다 10년 전에 세상을 뜬 시인의 시집이다. 오래된 시집의 낱장들은 중심으로부터 바깥을 향해 좀더 낡고 오래된 빛을 낸다. 바깥이 먼저, 그리고 늘 세상과 접촉하였기 때문일 것이다. 아직 덜 변색되어 노란빛을 내는 낱장의 중심에는 연필로 밑줄이 그어진 싯구들이 있다.

    세상에 항거함이 없이,
    오히려 세상이
    너의 위엄 앞에 항거하려 하도록

    1979년에 출간된 신동엽 시집을 나는 한 선배로부터 1984년의 초여름 무렵에 선물받았던 것 같다. 책의 뒤에는 선배의 메모가 적혀 있다. "삶과 싸움이 하나로 통일되듯이, 너의 글 또한." 지금은 국회의원이 되어 있는, 오래 만나지 못한 여선배. 나는 그에게 시집을 선물받은 어느 하루를 기억해보려고 애쓴다. 날짜를 보면 혹시 생일 무렵이었을까. 기억할 수 없는 그날 저녁에도 나는 아마 신촌의 술집에 있었을 것이고, 막걸리 냄새가 진동을 하는 더러운 술집 탁자 위에 시집을 올려놓고는 울고 있었으리라.

오래된 기억들이다. 그런데 오늘 왜 그 기억이 새삼스러울까. 화장실에 가느라고 급히 책장에서 빼어든 책, 변기 위에 앉아 발견하는 오래된 시와 오래된 메모와, 그리고…… 무심히 실려온 세월의 흔적 앞에서 울컥 노여움이 솟구친다. 오래 전 시집을 받았을 때에는 아마도 바깥에 대한 노여움이었겠지만, 지금은 내 내부에 대한 노여움이다. 세상에 항거하지 못하고, 세상이 항거하고 싶을 정도로 내 위엄을 세우지 못했던 것은 오직 내 게으름 때문이었으리라. 수치와 모멸과 모든 사소한 분노들에 대하여 내가 치열했던 순간은 그것을 외면하기 위해 더 사소한 것들로 눈을 돌릴 때뿐이었다는 생각도 든다. 모든 사소한 것에 경의를 바친다고 낮거나 높은 목소리로 말을 하는 동안, 글쎄, 내가 사소해져버렸다. 스무살의 어느날처럼 느닷없이, 갑자기 위대해지고 싶다는 생각이 든다. '세상이 나의 위엄 앞에 항거하려 하도록.'

2000년도에 세번째 작품집을 냈으니 5년 만에 출간하는 새 작품집이다. 지난 5년 중의 2년 동안은 중국에 있었다. 내가 살았던 곳에는 바다가 있고 산이 있고, 물론 당연한 일이지만, 중국사람들이 있었다. 나는 그곳에서 평화롭고 편안했다는 생각이 든다. 내가 만났던 모든 중국사람들, 친구라고 불렀던 낯선 언어의 사람들에게는 내가 누린 평화와 기뿜 모두를 합쳐 고마움을 말해야 할 것이다. 그러나 그들이, 그리고 그곳에서의 시간들이 내게 주었던 '과거를 향한 시선'에 대해서는 어떻게 말해야 할까. 내 나라에 있는 동안은 매번 칠판에 분필 긁히는 소리를 내는 듯하던 기억들이, 그곳에서는 편안했다. 시간도 풍경도 사람들도 모두, 내가 한때 가장 격정적이었던, 그리고 게으르지 않았던, 게다가 많은 것을 믿었던, 그런 한때를 닮아 있었다. 그 2년 동안, 완전히는 아니겠으나, 원하는 만큼 나는 '과거' 속에서 편안했다. 말하자면, 부대끼지 않았다는 것이다. 그러고 싶어 떠난 길이기는 했으나, 그러는 동안 몹시 헐렁해진 기분이 든다. 뚱뚱해진 몸의 내부가 헐렁해져, 걸음을 걸을 때마다 크고 긴 바지를 입은 것처럼 발이 끌린다. 넘어지지 말아야 할 텐데.

그러나 한번쯤은 더 넘어져보는 것은 어떨까. 이제는 달리던 탄력에 의해 넘어지기보다는 넘어지기 위해 탄력을 필요로 하게 되어버린 그런 나이쯤이 된 것 같기는 하지만, 그러나 중요한 것은 아직도 나는 쓰고 있다는 사실이다. 전화벨이 울릴 때마다 낯선 번호에서 울려오는 좋은 목소리를 꿈꾸고, 외출을 할 때에는 좋은 구두를 오랜 시간 들여 고르는 것처럼, 글에 대한 열망은 외출을 꿈꾸는 열망처럼 아직도 내 안에서 불온하다. 그렇게 믿고 싶다. 그러니 좀더 뻔뻔해져도 좋지 않겠는가. 아직은, 말이다. 세상에 항거하지 못하고, 세상이 내게 항거하고 싶을 정도로 위엄을 세우지 못했던 것은 무능이 아니라, 다만 사소한 게으름 탓이었으니……

2005년 8월

김인숙

그 여자의 자서전

초판 1쇄 발행/2005년 8월 10일
초판 4쇄 발행/2006년 10월 20일

지은이/김인숙
펴낸이/고세현
편집/김정혜 문경미 안병률 강영규 김명재
미술·조판/윤종윤 한충현
펴낸곳/(주)창비
등록/1986년 8월 5일 제85호
주소/413-756 경기도 파주시 교하읍 문발리 513-11
전화/031-955-3333
팩시밀리/영업 031-955-3399 · 편집 031-955-3400
홈페이지/www.changbi.com
전자우편/literat@changbi.com